Ausführliche Informationen über unsere Autor*innen und Bücher finden Sie auf unserer Website www.scylla-verlag.de

Barbara Stewen

FUCHSTEUFELSMORD

Krimi

SCYLLA VERLAG
Lesen ist gut.

Bibliografische Information der Deutschen Nationalbibliothek:

Die Deutsche Nationalbibliothek verzeichnet diese Publikation
in der Deutschen Nationalbibliografie; detaillierte bibliografische
Daten sind im Internet über http://dnb.d-nb.de abrufbar.

1. Auflage
Taschenbuchausgabe April 2019

Umschlaggestaltung: Michael Thelen
unter Verwendung von Bildmaterial: Adobe Stock / iStock
Lektorat und Korrektorat: Mea Kalcher / Jeannette Graf / Frederik Loraing
Buchsatz: Andreas Burbach
Druck und Bindung: Pressel Digitaler Produktionsdruck, Remshalden, Deutschland
Verlag: Scylla Verlag UG (haftungsbeschränkt)
ISBN: 978-3-945287-11-8

Ahnung

Nacht im Ruhrgebiet. Dunkle Schatten überlagern das Mondlicht eines vergehenden Oktobertages des Jahres 2003.

Lichtlos bleiben die meisten Fenster, in denen sich, kurz vor Mitternacht, einige Strahlen des Mondes verfangen.

Wie ein Scherenschnitt wirken die Häuser, die sich um einen Marktplatz reihen: ein Copyshop, eine Kneipe, ein Sonnenstudio und alte Mietshäuser.

Zwischen den dunklen Fassaden ist ein greller Fleck, ein hell erleuchtetes Fenster. Es befindet sich im Dachgeschoss des Hauses Nummer 7. Aus der daneben liegenden Kneipe 'Zum Anton' dringt Schummerlicht und Wirtshausgelaber, sobald sich die Tür öffnet.

Zwei Männer schwanken über das Kopfsteinpflaster.

„Guck ma nach oben, Franz, sternenklarer Himmel überm Pott. Da siehse die schöne Seite von diese Scheißwelt."

„Scheißwelt? Mach ma halblang Bruno, oder hasse Ärger aufe Maloche?"

Bruno schweigt. Er geht ein wenig gebeugt, lässt die Schultern hängen. „Meine Else wa gestern beim Doktor …"

Franz unterbricht ihn und stößt ihn mit dem Ellenbogen in die Seite: „Guck ma da oben, aufm Dach."

„Seh nix."

„Döskopp, ich glaub ich spinne. Da kriecht doch einer übern First. Da, am Schornstein."

„Vielleicht hasse einen Kurzen zu viel gekippt. Da is nix."

„Mensch Bruno, du denks nur an deine Else, kuckst bedröppelt ausse Wäsche und kriegst nix anderes mehr mit."

„Else hat Krebs."

Stille.

Von fern dringt Großstadtlärm durch die Straßen. Das Quietschen der Linie Eins, der schrille Ton einer Polizeisirene, Lautfetzen und grelle Lichtkegel aus der Kneipe. Die beiden Männer beobachten zwei Gestalten, die ungeniert in eine Hausnische pinkeln.

„Macht 'nen Abfluch, Schlunzköppe!", ruft Franz. Seine kräftige Gestalt und sein kantiges Gesicht mit den blitzenden Augen flößen Respekt ein.

Doch Bruno unterbricht die brenzlige Situation und zeigt aufgeregt auf Nummer 7.

„Gezz seh ich ihn auch, Franz, den Schatten auf'm Dach."

Der Schatten eines Menschen, eben noch auf dem Dachfirst, bewegt sich eilig über die Dachpfannen. Blechernes Getöse zerschneidet die Stille.

„Da is doch wat nich in Ordnung." Franz schaut in Richtung der verdächtigen Geräusche.

„Dat hört sich so an, als ob jemand hinterm Haus auf Wellblech gelandet is", sagt Bruno.

Der Dachfirst bricht das fahle Mondlicht.

Der Marktplatz liegt jetzt im Dunkeln, bis auf diesen irritierenden Fleck, das erleuchtete Fenster im Dachgeschoss des Hauses Nummer 7.

Bruno und Franz stehen ratlos da, schauen sich an, horchen erneut auf. Sie hören hastige Schritte.

„Ich glaub, da läuft einer wech!", ruft Franz.

Ein Motor heult auf.

„Vorsicht Franz, pass auf!", schreit Bruno.

Schon schießt ein knallroter SUV an ihnen vorbei und verschwindet mit quietschenden Reifen um die Ecke.

„Hat vielleicht Ehekrach und seine Olle hat ihn rausgeschmissen."

Bruno lacht. Es klingt ein bisschen bitter.

„Verkehrsraudi“, schimpft Franz, bleibt stehen, zündet sich eine Zigarette an und bietet Bruno auch eine an, gibt ihm Feuer. „Tut mir leid wegen Else.“

Bruno nickt und zieht tief den Rauch der Zigarette ein.

Die Freunde setzen sich wieder in Bewegung. Ihre Stimmen verlieren sich im monotonen Klang der Nachtgeräusche.

Eins ist klar, Bruno und Franz werden an diesem Samstagabend noch eine extra Runde durch ihr Viertel drehen. Sicher ist sicher, man weiß ja nie.

Der Schattenmann

Ein Mann rennt durch die Straßen, als sei der Teufel hinter ihm her. Eine schwarze Kapuze verdeckt fast sein ganzes Gesicht. Dieser Mann hat es eilig. Er ächzt, stößt gurgelnde Laute aus. Verschwommen sieht er Nachtschwärmer näherkommen, duckt und versteckt sich in Hauseingängen und Nischen, hinter Mülltonnen oder geparkten Autos.

Wütende Rufe, Schimpfkanonaden, Autohupen und Bremsenquietschen begleiten ihn, als er bei Rot die Ringstraße überquert, stolpert, und über die Bordsteinkante stürzt.

Den Schmerzensschrei unterdrückt er, bleibt aber für einen Moment benommen liegen. Als ein heraneilender Passant Hilfestellung leisten will, rappelt er sich wieder auf. Rüde stößt er die Person zur Seite und humpelt weiter. Die Schmerzen rauben ihm den Atem.

Auf dem Weg zum Friedhof findet er eine Bank, auf der er ausruhen muss, bis ihn auch hier das Mondlicht entdeckt.

Du musst aufpassen, mahnt er sich. *Wenn dich jemand erkennt, bist du geliefert.*

Mit schmerzenden Gliedern schleppt er sich weiter. Tonnenschwer ist sein Gewissen. Die düstere Fracht, die seit einer Stunde auf seiner Seele liegt und nie mehr weichen wird. Er hat nur einen Wunsch: Er möchte die Zeit um diese Stunde zurückdrehen. Nur eine Stunde. „Aus, vorbei, lieber Gott, bitte mach das ungeschehen", betet er. Er betet? Seit Jahren hat er das nicht mehr getan.

Inzwischen sind die Gassen menschenleer. Nur das ferne Flüstern des Großstadtverkehrs begleitet ihn auf seiner Flucht. Angstschweiß und Tränen der Erschöpfung rinnen über sein Gesicht. Er ekelt sich vor der unangenehmen Ausdünstung seines Körpers und dem schalen Geschmack auf der Zunge. Er möchte diesen Stadtteil schnell hinter sich lassen.

Panik kommt auf, als er erkennt, dass er zahlreiche Umwege gemacht hat. *Noch vor Beginn des Morgengrauens muss ich meine Wohnung erreichen, sonst ist alles zerstört, mein Ansehen, mein Ruf.*

Endlich ist die Grenze der Stadt erreicht. Eine trostlose, schwach beleuchtete Straße liegt vor ihm. Er kennt diese Straßen seit seiner Jugend. Vertraut und heimisch war es hier für ihn, damals, als der Bergbau noch boomte. Heute wirken die Straßen und Plätze und die einst typisch graue Ruhrpott-Patina vernachlässigt. Die Fenster eines Kiosks wurden mit Brettern vernagelt. Vergammeltes Leergut liegt am Straßenrand. Eine fette Ratte krabbelt aus einer offenstehenden Mülltonne und kreuzt flink seinen Weg. Auch sie ist auf der Flucht.

Er sammelt seine letzten Kräfte, zieht die schwarze Kapuze nochmals tiefer ins Gesicht und rennt gegen das lässig vorgestreckte Bein einer Frau, die vor dem Eingang einer Kneipe steht und ihn anquatscht. Er stolpert und flucht: „Hau ab, du blöde Ische, sonst …"

Auch das noch, eine Prostituierte, denkt er. Aus den Augenwinkeln registriert er, dass die Frau gestürzt ist und auf dem Boden liegt. Darum kann er sich jetzt nicht kümmern.

Er macht sich umsonst Sorgen. Seit seiner Flucht ist er ein anderer. Jemand, der er glaubte, niemals sein zu können. Selbst die ihn kennen, hätten ihn in dieser Nacht nicht wiedererkannt, diesen Schattenmann. Irgendwann fällt er gegen eine marode Hauswand, erbricht sich mit einem Schwall, sackt zusammen und rafft sich stöhnend wieder auf. Er hastet weiter, wie ein gehetztes, verwundetes Tier. Dann endlich verschluckt ihn die Nacht.

Das Mädchen Sunny aus der Kneipe 'Zum alten Schacht'

Eine kalte Vollmondnacht lässt die 16-jährige Sunny tiefsinnig werden. Fröstelnd wartet sie vor der berüchtigten Kneipe 'Zum alten Schacht' auf Freier.

Schon viel zu lange steht sie hier bei Wind und Wetter mit platinblonder Perücke und in Kleidung, die wenig verhüllt und noch weniger wärmt.

Ihr ist zum Heulen zumute. So ein verkorkstes Leben hat sie sich nicht vorgestellt, als sie Boris Koslowski traf und sich sofort in ihn verknallte.

Das war damals, als sie von zuhause ausgebüxt war und von einem besseren Leben träumte.

„Und jetzt hab ich den Salat, sitze wie eine Maus in der Falle und es gibt kein Zurück“, flüstert sie. Sunny überlegt, wie sie vor diesen miesen Schuppen und auf die schiefe Bahn geraten konnte.

Sie versinkt in Erinnerungen: *War es Boris verwegene Gestalt, die mir imponierte? Die Hoffnung, dass er mein Held und Retter sein und für mich sorgen könnte? Das trübsinnige, schäbige Leben mit Mama und ihren Problemen, und dann diese Zockerkneipe hier.* Als es gar nicht mehr auszuhalten und Sunny auf dem Nullpunkt war, parkte eines Abends ein knallroter SUV vor der Kneipe. Heraus stieg Boris

Koslowski, groß, stark, breitschultrig. Die Tür der Kneipe und Sunnys Augen öffneten sich weit. Boris erinnerte sie an einen Serienstar aus dem Fernsehen. Alle stierten ihn an. Die Bardame hielt die Luft an und stellte sich aufreizend in Positur. Vergebens, Boris Koslowski hatte nur Augen für Sunny. Boris, Sunnys Held und Retter, versprach ihr den Himmel auf Erden und ehrliche Arbeit. Er wollte sie, seine Traumfrau, beschützen. Sunny fühlte sich wie eine Prinzessin, trank den ersten Champagner ihres Lebens. *Champagner, wow!*

Boris nahm sie mit in seine Wohnung, ließ die Korken knallen, verführte sie. Sie wurde abhängig von ihm und den bunten Pillen, die er ihr gab. Schluss mit dem Herumlungern auf der Straße, er würde jetzt auf sie aufpassen, sie beschützen.

Zu spät bemerkte sie, dass die Klamotten, die sie anziehen sollte, immer kürzer und aufreizender wurden, und dass die Freunde, die er mit in das Appartement brachte, sich immer zudringlicher und gewalttätiger verhielten. Sie musste gehorchen, sonst wurde Boris böse.

Eben noch war Sunny zum Heulen zumute, nun schäumt sie vor Wut, denkt an die letzten Wochen mit Boris. *Das halte ich nicht mehr aus. Ständig diese ekligen Typen. Und ewig ist Boris sauer. Da hätte ich auch bei meiner Mutter bleiben können. Jeden Morgen nimmt er mir das schwer verdiente Geld ab. Alles ein abgekartetes Spiel mit seinen Mackern. Das wird der Koslowski noch bereuen.*

Sie und ihre Freundin Sonja haben heimlich gespart. Sie wollen zusammen die Flatter machen. Der Fluchtplan ist perfekt. Nur noch wenige Nächte und Freier muss sie aushalten. Dann hauen sie ab. Aber wenn Boris das Ersparte bei ihr findet, haut er sie bunt und blau. Sie weiß, dass er eine Waffe hat.

In Gedanken vertieft, wartet sie auf den nächsten Freier. *Wäre schön, wenn Sonja mal vorbeikäme. Der verflixte Vollmond, da sind die Typen schräg drauf. Alles Vollmondwichser!*

Sie hört eilige Schritte. *Endlich lässt sich Sonja hier mal sehen*, hofft sie insgeheim. Doch als die Schritte näher kommen, fürchtet sie einen neuen Vollmondfreier.

„He Süßer, warum so eilig?“ Sunnys Stimme ist dunkel und rauchig wie eine Kohlenschütte. Aufreizend streckt sie das rechte Bein vor und erstarrt, als sie für einen Moment in das halb verdeckte Gesicht und die verzerrte Fratze eines Mannes blickt. Sie erschrickt bis ins Mark.

Der Fremde rempelt sie an, flucht und stolpert über ihr ausgestrecktes Bein. Sie bekommt einen Stoß in die Seite, fällt gegen die rote Ziegelwand und ist für einen Moment kurz weg. Und weg ist auch der Schattenmann.

Das Fenster

Sechs Tage sind vergangen, seitdem ein Schattenmann auf seiner Flucht die kleine Sunny umrannte. Das Dachfenster von Haus Nummer 7 ist immer noch hell erleuchtet, sein Licht schimmert durch matt gewordenes Glas. Es ist der 17. Oktober 2003 und erste, frühe Nachtfröste kündigen sich an.

Die Außenkälte und die sich im beheizten Raum entwickelnde feuchte Wärme legen einen diffusen Schleier über die Innenseite des Fensters. Schimmernde Schmeißfliegen, einige mit bläulichem, andere mit goldfarbenem Panzer, stoßen abwechselnd gegen das Fenster und eine grelle Neonröhre.

Kleinste weiße Larven und Mikroben bilden schmale Straßen zwischen Fenster und Bad der scheinbar unbewohnten Mansarde. Sie weben ein raffiniertes Netzwerk zwischen den schwarz-weißen Fliesen des Bades und dem braun gesprenkelten Fußbodenbelag des Flurs, der bereits an einigen Ecken Wellen schlägt.

Ein lauter Knall zerreißt die Stille.

Der Kern der seit Tagen überhitzten Neonröhre schmilzt, Glas platzt, ein feiner Scherbenregen rieselt von der Decke und mit ihm hunderte von Insektenkadavern, die das Licht suchten. Nun liegt die Mansarde im Dunkeln, hütet ein Geheimnis, nach dem bisher noch niemand sucht, und von dem nur ein Mensch weiß.

Der schwache Schein einer Straßenlaterne beleuchtet an der Rückwand des Raumes hunderte von Buchrücken, zwischen denen feinste Glassplitter nun wie Diamantstaub schimmern.

Die Bücher stehen auf Regalen mit nostalgisch anmutenden, verstaubten Fläschchen, die seltene Tuschen mit Namen wie Himmelsgold und Kupfertinte enthalten. Dazwischen Pinsel, Farbtuben mit kostbarem Krapplack, quecksilberhaltigem Zinnoberrot, venezianischer grüne Erde, Kadmiumgelb und Bleiweiß, alles säuberlich aufgereiht.

Antike Schätze und tödliches Gift. Derjenige, der diese Farben aufbewahrte, war ein wissender Künstler oder ein lebensmüder Narr. Die unzähligen Bücher sprächen Bände, wenn sie denn sprechen könnten. In durchsichtigen Schatullen aufbewahrt, liegen seltene Werke mit Samteinband. Auffällig sind die zahlreichen, handschriftlichen Kommentare in den anderen, weniger wertvoll gebundenen Büchern und die vielen gelben Klebezettel. Wer auch immer in diesen Werken gelesen hat, widerspricht mit Elan den Autoren, korrigiert, ergänzt die Texte mit eigenen Erkenntnissen.

Das alles sieht nach dem lustvoll angeordneten Ambiente eines Sammlers, Kunstliebhabers und eines sehr kritischen Geistes aus. Wären da nicht überall diese Fliegen und Larven, könnte der Eindruck entstehen, dass hier gerade jemand seine Arbeit unterbrochen hat, vielleicht schon gleich zurückkehrt. Ein Gelehrter, Künstler, ein Denker, Forscher, ein Alchimist?

Doch irgendetwas stinkt in dieser Kammer bis zum Himmel. Bedrückende Totenstille, nur eine hölzerne Wanduhr tickt so träge, als ginge ihre Kraft zur Neige.

Frust eines Luden

Weitere sieben Tage sind vergangen. Es ist der 24. Oktober 2003, 20 Uhr. Eine nachtgraue Dunstglocke breitet sich an diesem trüben Freitagabend über dem Ruhrpott aus.

Die wenigen Läden in der Bergmannstraße sind geschlossen. Nur eine Kioskreklame ist von weitem durch die feuchte Nebelwand erkennbar.

Mit quietschenden Reifen biegt Boris' knallroter SUV in die Bergmannstraße ein, saust am Kiosk vorbei und stoppt vor einem verwahrlosten Mehrfamilienhaus. Kurz beleuchtet die Flamme eines Feuerzeugs das kantige Gesicht des Fahrers.

Mit einem Knall schlägt im Nachbarhaus ein Fenster zu.

Boris schaut hinauf. *Gott sei Dank. Die Alte da oben räumt endlich ihren Fensterplatz. Zeugen kann ich nicht gebrauchen.*

Boris beobachtet den Hauseingang und trommelt auf dem Lederlenkrad des SUV herum. Klotzige Fingerringe mit Totenköpfen und Schlangensymbolen blitzen auf. Boris steht auf diesen Protz. Hastig zündet er sich eine Zigarette nach der anderen an und schaut jede Minute auf seine gefälschte Rolex. Er sitzt in der Klemme, hat sich total verzockt, ist knapp bei Kasse. Die Uhr wird er auch bald verpfänden müssen, wenn Sunny keine Kohle mehr rüberschiebt und ständig auf seine Kosten Prinzessin spielt. Heute ist Zahltag.

21.00 Uhr, eine Stunde ist vergangen. Boris explodiert schier vor Wut. Er ruft Kalle, den Wirt der Kneipe 'Zum alten Schacht' an. Nur ein klein wenig Hoffnung, dass sein bestes Pony im Stall doch brav macht, was er verlangt, ist ihm geblieben.

„Hey, Kalle, ist die Schlampe heute schon bei dir aufgetaucht? Ich bin vor einer Stunde vom Boxen gekommen, hab sie aber nicht vor deiner Kneipe gesichtet. Mann, auf die hab ich vielleicht 'nen Brass!"

„Nö, die wa noch nich hier. Kenns doch die Weiber." Kalle knallt den Hörer auf und Boris' – zugegeben – eher kleine Hoffnung ist zerschmettert. Sein Adrenalinspiegel steigt auf hundert.

„Verdammte Sunny", zischt er und tritt gegen die Wagenverkleidung, erinnert sich dann, dass es sein eigener Wagen ist, sein absolutes Traumauto, das er hegt und pflegt und nun rüde malträtiert. Es tut ihm leid.

Es ist so gut angelaufen, mit Sunny. In den ersten Wochen, nachdem er sie aufgegabelt hat – heruntergekommen, frierend – war sie irgendwie süß. Und dankbar. Er hat sich glatt verknallt in die kleine Zuckerschnute. Nach kurzen Aufwärmübungen hat sie jeden Tag tüchtig Moos abgeliefert und sie verlebten eine coole Zeit. Ein bisschen schöne Augen machen, Plörren für die Kleine, und er hatte finanziell keine Maläste mehr.

Heute wird abgerechnet. Sie ist mal wieder nicht da, wahrscheinlich ist sie mit dieser Sonja unterwegs, schoppen und dann in einer anderen Kneipe rumhängen und den Mackern schöne Augen machen, in die eigene Tasche wirtschaften. Er hat schon seit einiger Zeit das Gefühl, dass die beiden Schlampen was ausbaldowern, einen

Plan haben, ihn bescheißen. Aber nicht mit Boris Koslowski.

Im Rückspiegel des Autos tauchen zwei kichernde Mädchen auf. Es sind Sunny und ihre Freundin Sonja. Boris duckt sich tief in die Polster, wartet, bis die Mädchen im Haus verschwunden sind.

In der zweiten Etage geht das Licht an, in Sonjas Zimmer. Nun, mit der hat er nicht viel am Hut. Ihm geht es allein um Sunny, die jetzt endlich in ihrem gemeinsamen Appartement Licht anmacht. Er will sie überraschen, und dann wird abgerechnet. Noch ehe seine letzte Zigarette verglüht, reißt er die Autotür auf, stürmt los. Als er im Hauseingang verschwindet, sieht man im Schein der Türbeleuchtung schemenhaft seinen ausrasierten, bleichen Hinterkopf mit einer schwarzen eintätowierten Spinne, lauernd in einem Netz.

Schlimme Zeichen

Dreizehn Tage sind vergangen, seitdem Bruno und Franz auf dem Dach des Hauses Nummer 7 die Flucht eines Mannes beobachteten. Heute haben die beiden Freunde wieder einen zu viel gekippt, es ist spät geworden. Die Kragen ihrer wattierten Jacken hochgezogen, absolvieren sie, leicht schwankend, ihren allabendlichen Ritus, einmal um die Häuser zu gehen, um dem häuslichen Stubenmief zu entkommen. Sie verstehen sich schweigend.

Franz zieht die Schultern hoch. „Mein lieber Herr Kokoschinski, dat gibt'n kalten Herbst."

Es ist Freitag, der 24. Oktober, 22.15 Uhr. Eine Bierdose kollert über das Pflaster, landet in einem Stoß alter Zeitungen. Eisige Windstöße lassen Herbstlaub durch die Luft wirbeln und die Mülleimerdeckel im Durchgang zwischen Haus Nummer 7 und 8 klappern.

In einer Seitenstraße steht ein Polizeiwagen mit laufendem Motor, offener Tür und unruhig flackerndem Blaulicht. Ein Polizist sitzt am Funkgerät, ein anderer kommt aus der Gasse, die Haus Nummer 7 und 8 voneinander trennt.

„Mach mal den Motor aus, Karl, und bleib am Funkgerät. Hinten im Hof ist ein Wellblechschuppen, und neben den Mülltonnen ein vergittertes, gekipptes Fenster an der Rückwand von Nummer 7. Da riecht es wirklich nicht gut. Das kann nicht nur von den Mülltonnen kommen, besonders nicht bei diesen Temperaturen. Es ist schweinekalt."

„Wat is mit der Zeugin, die der Leitstelle gemeldet hat, dass es aus dem Haus Nummer 7 stinkt?“

„Die hab ich nicht erreicht, umsonst geklingelt. Komische Sache. Aber ehrlich, Karl, da fällt der Frau um 22.00 Uhr ein, dass es im Nachbarhof stinkt, und benachrichtigt die Leitstelle. Wahrscheinlich war nix spannendes im Fernsehen. Ich versuch mal, in Haus Nummer 7 zu gelangen.“

Polizeihauptmeister Poldi Piontek geht auf die Eingangstür zu, die völlig im Dunkeln liegt. Er entdeckt drei Haustürklingeln. Auf der unteren steht der Name Hase, auf den beiden anderen Klingeln jeweils der Name Wolf. Trotz etlicher Klingelversuche rührt sich nichts. Totenstille.

Seufzend schiebt sich Piontek zurück in den Wagen.

„Vielleicht ist es nur ein totes Tier.“ Er zeigt auf die Haustür. „Aber wir müssen in jedem Fall mal rein und nachschauen.“

Piontek setzt einen Funkspruch an die Leitstelle ab: „Erna für 10/22, bitte kommen. “

„Erna an 10/22, ich höre.“

„Brauchen die Feuerwehr, um in das Haus Marktplatz Nummer 7 einzudringen. Auf Klingeln wird nicht geöffnet. Es könnte sich um eine Leichensache handeln. Melde mich, wenn sich der Verdacht bestätigt, und wir drin sind.“

„Erna an 10/22: Kann noch etwa 10 Minuten dauern, bis die Feuerwehr bei euch ist.“

„10/22 an Erna: In Ordnung, hier brennt es ja nicht, aber es stinkt. Ende.“

Wachsam behalten Kantak und Piontek Haus Nummer 7 im Auge. Rauschen und verzerrte Lautfetzen des Funkgerätes zerschneiden die nächtliche Stille.

„Verlorene Zeit“, murmelt Piontek, schielt auf sein Butterbrot, aber der Appetit ist ihm durch den Gestank vergangen. Er klappt die

Dose zu, was den dicken Kollegen Kantak enttäuscht. Ihm läuft das Wasser im Mund zusammen. Er hat sich schon auf eine Stulle seines Kollegen gefreut.

„Schau mal, Poldi." Kantak zeigt auf den dunklen Durchgang zwischen den Häusern 7 und 8. „Steht da nicht jemand?"

Piontek lehnt sich aus dem Wagen: „Ich seh nix."

„Mann Poldi, ich spinne doch nicht. Da stand eben einer, sah so aus, wie die heute alle so aussehen, dunkle Kapuze, Trainingshose mit hellen Streifen an der Seite."

Poldi seufzt. „Mir geht die Warterei gewaltig auf den Senkel."

Kantak gibt nicht auf. „Poldi, da bewegte sich jemand, hundertpro, jetzt ist er weggelaufen."

Endlich, der erwartete Anruf der Leitstelle. Die Feuerwehr ist auf dem Weg. Piontek ahnt nicht, dass Kommissar-Anwärter Spitz, frisch importierter Naseweis aus der Fachhochschule, sich zufällig in der Leitstelle herumgedrückt und den Funkspruch mitbekommen hat. Mit Sirenengeheul und quietschenden Reifen braust er heran. Er kann es kaum abwarten, zum Einsatzort zu kommen, stets in der Hoffnung, dass endlich mal was los ist – ohne allerdings, wie auch dieses Mal – seinen Vorgesetzten, Hauptkommissar Max Teufel, oder den Streifenführer von 10/22, Piontek, zu informieren.

Spitz, vollgepfropft mit kriminalistischen Theorien der Fachhochschule, geht den Kollegen gehörig auf den Geist und jetzt dem Kollegen Piontek.

Grelles, unruhig flackerndes Licht spiegelt sich in den Fensterscheiben am Einsatzort.

„Spitz, schalte um Gottes willen das Martinshorn und das Blaulicht ab. Mensch, was soll der Mist? Auf eigene Faust mit Geheul zum Einsatz fahren. Wir müssen das wieder vor den Vorgesetzten verantworten. Eitler Affe", fügt Piontek im Weggehen hinzu. Er wendet sich an Kantak: „Bleib im Wagen, Karl, und halt Verbindung zur Leitstelle.“

Nun dringt nur noch ein matter Schein bis in die obere Dachstube des Hauses Nummer 7, hüllt sie und das noch unentdeckte Geheimnis in kaltes Licht.

„Mann, Bruno, wat‘n Heidenlärm mitten inne Nacht. Immer is in diese Ecke wat los. Weiße noch, Bruno, neulich der Mann auf‘n Dach?“

„Franz, komm, lass uns nach Hause gehen, Else wartet. Hatte heute Chemo und kotzt sich die Seele aussen Leib. Warum am Elend anderer Menschen aufgeilen, davon hab ich zuhause genug. Wenn wirklich wat Kriminelles passiert is, isset morgen sowieso inne Nachrichten.“

Franz bleibt neugierig: „Guck doch ma … die Trachtengruppe und die Feuerwehr. Und da, die beiden.“ Er deutet auf Spitz und Piontek. „Da is dicke Luft.“

„Hör auf, Franz. Lass uns gezz gehn, sonst steht deine Anneliese nachher mitte dicke Nudelrolle inne Tür. Bei deinem Zustand hat sie leichtes Spiel.“

„Platz machen!“ Piontek, der sich immer noch über den Überflieger Spitz ärgert, lässt den Unmut an Franz und Bruno aus. Die beiden Männer werden zur Seite geschoben. Durch das Gellen des Martinshorns sind einige Anwohner wach geworden. Fenster werden hell, und aus der Kneipe scharen sich Neugierige um die beiden Polizeiwagen. Sie werden von Kantak verscheucht.

Um 22.30 Uhr trifft die Feuerwehr ein.

Zwei Feuerwehrmänner stehen vor der verschlossenen Haustür.

„Aufbrechen“, ruft Piontek, und schon splittert das verblasste, faserige Holz der Eingangstür und gibt den Blick auf den düsteren Flur des Altbaus wieder.

Die Männer schrecken zurück, süßlicher Geruch schlägt ihnen entgegen.

„Boah, hat das denn vorher keiner gerochen?“, ruft Brandmeister Florian aus und schaut sich um. „Treppe hoch, links und rechts sind weitere Türen“, sagt er.

„Alle Türen aufbrechen!“, ruft Piontek. Er folgt mit Spitz den Feuerwehrleuten, nachdem in der ersten Etage alle Türen geöffnet wurden.

Diese Räume sind menschenleer. Je höher die Männer kommen, umso intensiver wird der Geruch.

„Leichengeruch“, konstatiert Piontek.

Mit Spitz und Florian erreicht er die Tür zum Dachgeschoss. Sie ist ebenfalls verschlossen. Als sie gewaltsam geöffnet wird, raubt unerträglicher Geruch den Männern den Atem.

„Nichts anfassen“, sagt Piontek.

Zögernd machen sie einen Schritt vorwärts, schalten ihre Stablampen ein. Sie wenden sich nach rechts zum Bad, dessen Tür weit geöffnet ist, und erbleichen. Der Anblick, der sich ihnen bietet, ist schrecklich.

Spitz weicht alle Farbe aus dem Gesicht, will tapfer sein, trotz allem mit seinem Wissen brillieren, stottert: „159 StPO: Sind Anhaltspunkte dafür vorhanden, dass jemand eines nicht natürlichen Todes gestorben ist, oder wird der Leichnam eines Unbekannten gefunden, so sind die Polizei- und Gemeindebehörden zur sofortigen Anzeige an die Staatsanwaltschaft oder an das Amtsgericht verpflichtet.“

„Schnauze!“, brüllt Piontek, der, wie Spitz, ebenfalls mitgenommen aussieht.

Da rennt Spitz auch schon, seinen Gesetzestext jäh unterbrechend, würgend und wie von einer Tarantel gestochen, an Piontek vorbei die Treppe herunter.

Piontek verharrt, entdeckt an der Innenseite der Tür einen Ring voller Schlüssel, der hin- und herpendelt.

„Von innen war abgeschlossen", murmelt er, schüttelt den Kopf, ahnt ein Verbrechen. „Spitz, sag Kantak Bescheid, er soll über die Leitstelle die Kripo anfordern", ruft er durchs Treppenhaus. „Wir haben eine Leichensache."

Doch Spitz steht kreidebleich im Durchgang der beiden Häuser und erbricht sich.

Piontek, der keine Antwort bekommt, steigt mit Brandmeister Florian die Stiege hinunter und denkt verärgert: *Wenn man ihn braucht, den Burschen, ist er verschwunden.* Er geht zum Fahrzeug, setzt sich seufzend neben Kantak: „Leichensache, Karl, wir brauchen die Kripo."

„Erna für 10/22: Wir haben eine Leiche, brauchen die Kripo und einen Arzt."

„Erna an 10/22: Verstanden."

„Wer ist heute für K1 zuständig?"

„Der Leiter K1, Hauptkommissar Max Teufel."

"Verstanden, Ende."

Das hat mir gerade noch gefehlt. Eine dubiose Geschichte und dann noch eine Nachtschicht in diesem finsteren Bau mit Teufel, dem Erbsenzähler, denkt Piontek.

Das Ende eines Tages

Teufel beugt sich über die Leiche eines sechzehnjährigen Mädchens, erfasst mit einem Blick die bedrückende Szene des Tatorts.

Hauptkommissar Max Teufel ist 49 Jahre alt. Er ist zuständig für Mord und Sittendelikte im Großstadtrevier. Wie stets ist er korrekt gekleidet: Fliege, englisches Sakko und preußischer Kaiser-Wilhelm-Bart. Teufel ist auch im Dienst sehr preußisch. Er ist kollegial und wird geschätzt. Ungehalten reagiert er, wenn seine präzisen Anordnungen nicht befolgt werden. Witzeleien von Kollegen am Tatort mag er gar nicht.

Auf dem Heimweg erreichte ihn um 21.45 Uhr folgender Funkspruch der Leitstelle: „Dringender Verdacht auf Raubmord an einer Prostituierten, Bergmannstraße 13, 2. Stock links. Die Streifenbesatzung von 11/15, unterwegs im Stadtteil Ückendorf, ist auf dem Weg zum Einsatzort. Der Notarzt ist ebenfalls benachrichtigt. Wahrscheinlich befindet sich außer dem Opfer noch die Zeugin vor Ort, die die Anzeige erstattet hat. Eventuell braucht sie medizinische Hilfe."

Mit lautem Geknatter endete der Funkspruch im Nichts, und Teufel gab Gas.

Er ist immer tief betroffen, wenn er Tatorte betritt, und der Eindruck, den er an diesem Einsatzort in sich aufnimmt, geht ihm besonders nah. Er hat eine fünfzehnjährige Tochter, Andrea, an die er denken muss, als er vor dem blutjungen Opfer steht, das, verrenkt wie eine Schaufensterpuppe, schwer misshandelt, und allem Anschein nach erwürgt, auf dem schwarz-weiß gefliesten Küchenboden liegt. Die vor Entsetzen aufgerissenen Augen der Toten, die punktuellen Blutungen im Augenbereich, typisch für den Tod durch Erwürgen. Ein makaberer Kontrast ist der grellrote Seidenschal, noch mit einem Preisschild versehen, der den Hals des Opfers umschließt. Auf dem Boden verstreute Kleidungsstücke, eine blonde Perücke, umgeworfene Sektgläser, Zigarettenkippen und ein zerbrochenes Sparschwein lassen auf einen Kampf schließen.

Im Hintergrund ist das Schluchzen der Freundin des Opfers zu hören. Zitternd sitzt sie auf einem Stuhl im Nebenraum. Die Streife, schon vor Ort mit zwei Beamten, hat den vermeintlichen Tatort gesichert und bereits ihre Personalien aufgenommen. Jetzt sind sie *Klinkenputzen* in der Nachbarschaft, auf der Suche nach weiteren Zeugen.

Teufel wendet sich behutsam dem Mädchen zu. Ihr Name ist Sonja. Sie berichtet in abgehackten Sätzen von ihrem Einkaufsbummel mit ihrer Freundin Sunny, der in einer Kneipe endete. Sonja bricht erneut in Tränen aus, verlaufende Wimperntusche und lila Lidschatten lassen ihr Puppengesicht altern.

„Frau Falter …"

„Nennen Sie mich einfach Sonja. Bin ja erst siebzehn."

„Sonja, wann hast du die Polizei angerufen?"

„Gegen halb zehn. Um neun, als ich mit Sunny zurückkam, ist der Boris hier aufgetaucht, war voll auf Speed und hat wie ein Besessener rumgeschrien. Ich habe ein Zimmer nebenan und konnte alles hören." Sie holt tief Luft.

„Was machte dieser Boris hier, und was macht er überhaupt?"

„Er ist Zuhälter. Er wohnt hier mit Sunny zusammen, er ..." Sie stockt.

„Ihr schafft also an?"

Sonja nickt.

„Worum ging es in dem Streit, konntest du etwas verstehen?"

„Ja, Boris war wieder mal schräg drauf, schrie Sunny an, ob sie andere Macker aufgerissen hätte. Sie sei sein Pony, er wolle endlich mal fette Kohle sehen. Dann flogen Sachen herum, ich hörte es poltern. Sunny hat geschrien und geheult. Boris hat sie geschlagen, das konnte ich ganz deutlich hören."

„Sie hat also heimlich Geld weggelegt? Wir haben Scherben eines Sparschweins am Tatort gefunden."

„Dieses miese Arschloch. Wir haben seit ein paar Wochen Geld zur Seite geschafft. Wir wollten abhauen."

„Weißt du, wie viel Geld sich in der Spardose befunden haben muss? Nur fürs Protokoll."

„Ja, ich weiß es sogar ganz genau. Wir hatten schon 545 Euro zusammen. Wir hätten nicht mehr lange gebraucht." Sonja bricht wieder in Tränen aus.

„Wie ging es weiter, Sonja?" Er reicht ihr ein Taschentuch.

Sonja wischt sich übers Gesicht und verschmiert die Schminke noch mehr.

Sie ringt um Fassung. „Da war ein dumpfer Knall, ein Schrei, ein Ächzen. Es war furchtbar! War wie erstarrt, konnte mich kaum bewegen. Dann war es auf einmal totenstill." Sonja beginnt markerschütternd zu heulen.

Teufel wartet.

„Ich bin dann mit Pfefferspray in die Küche gestürmt. Der Boris hockte auf Sunny, die den roten Schal um den Hals hatte." Sie deutet auf die offene Küchentür, hinter der die Tote liegt. „Als Boris mich sah, sprang er auf, zog seine Knarre und schrie mich an, dass er auch mich kalt machen würde. Er hat die ganzen Scheine zusammengerafft, in die Taschen gestopft und ist dann weggerannt, die Treppenstufen runter. Ich habe nur noch seine Angeberkarre aufjaulen hören."

Bedrückende Stille. Sonja ist in sich zusammengesunken.

„Da warst du aber ganz schön mutig, Sonja. Hast du jemanden in der Nähe, der sich um dich kümmert?"

„Nein, meine Eltern wohnen weit weg, die wollen auch nix mehr mit mir zu tun haben. Da ist wohl die Wirtin Adelheid. Da unten an der Ecke der Straße hat sie ein Bistro." Sie zeigt in Richtung Straße. „Da sind Sunny und ich morgens oft hingegangen. Die hat uns *ihre Mädels* genannt und uns aufgepäppelt, wenn wir down waren.“ Sonjas Stimme zittert.

„Die Wirtin der Eckkneipe?“ Teufel macht ein bedenkliches Gesicht.

Ein Streifenpolizist reicht ihm ein eingegangenes Fax.

Teufel liest, räuspert sich und wendet sich wieder Sonja zu. „Ich kann ja mal mit dem Jugendamt sprechen. Einverstanden? Die sind ja sicher noch für dich zuständig.“

„Jugendamt?“, ruft Sonja. „Halten Sie mir die Tussen vom Leib!“

„Wir möchten, dass du in Sicherheit bist. Du musst morgen, ich schreib es dir auf meine Karte, um 11 Uhr im Präsidium sein, damit wir deine Aussage protokollieren können. In Ordnung?“

Sonja nickt.

„Morgen wird jemand vom Jugendamt dabei sein, dann sehen wir weiter.“ Teufel macht sich Notizen. „Weißt du das Autokennzeichen von Boris’ Wagen?

„Ja, GE BK 180, ein roter Porsche Cayenne.“

Teufel gibt Sonja seine Karte: „Du kannst mich jederzeit anrufen, wenn dir noch etwas einfällt oder wenn du Fragen hast.“ Wieder denkt Teufel an seine Tochter Andrea, die jetzt gerade alleine zuhause sitzt. Oder eine wilde Party veranstaltet.

Sonja schluchzt: „Können Sie mich nicht ins Mädchenhaus bringen, Herr Kommissar? Die sind dort alle in Ordnung, da war ich schon mal.“

Teufel nickt, gibt das Kennzeichen an die Fahndung weiter, leitet die Jagd nach Koslowski ein. Dann spricht er mit der Mädchenberatungsstelle und mit einem Kollegen, der Sonja dort vorbeibringen soll.

Die Spurensicherung und der diensthabende Arzt treffen ein. „Dr. Schulteis“, stellt sich der Notarzt vor.

Teufel erstattet der Spusi und dem Arzt Bericht und bittet Schulteis, sich um Sonja zu kümmern, die auf dem Stuhl in sich zusammengesunken ist. Dann verlässt er den Tatort. Er sagt: "Na, dann gute Nacht allerseits. Ich fahre jetzt nach Hause."

Es ist 22.35 Uhr und Teufel gibt Gas. Die Ringfahndung nach dem flüchtigen und bewaffneten Koslowski läuft auf Hochtouren. Er ist der Polizei als Gewalttäter bestens bekannt.

„Knallroter Cayenne, das wirkt ja wie eine Aufforderung zum Tanz. Dich Bürschchen kriegen wir", sagt er und fährt sich durch seinen mittelbraunen Bürstenschnitt, an dessen Seiten schon graue Strähnen sichtbar werden.

Sein Diensthandy klingelt, die K-Wache. Er nimmt das Gespräch an. „Hier Teufel, Neuigkeiten über den Fall Sunny?"

„Nein, Max, aber ein Anruf der Leitstelle. Wirre Story und eine total verpeilte Leitung. Da hat eine Streife, warte mal ... 10/22 ... die Feuerwehr angefordert, um Türen in einem Haus aufzubrechen, aus dem Leichengeruch dringt. Daraufhin ist der Kommissar-Anwärter Spitz, der den Funkspruch mitbekommen hat, mit Ta-Tü-ta-ta und Glanz und Gloria zum Einsatzort gefahren. Adresse: Marktplatz Nummer 7, Wohnung Wolf. Leiche in einer Dachgeschosswohnung. Fahr doch mal da vorbei und schau, was da eigentlich los ist, und ob dieser *Anwärter* den Fall schon gelöst hat? Du kannst den Einsatzort gar nicht verfehlen." Er lacht. „Du kannst 10/22 auch anfunken, den Streifenführer PHM Piontek. Gib uns Nachricht, falls die Spusi gebraucht wird. Ende."

Teufels Kopf glüht, trotz der Kälte im Wagen. Schon als er den Namen *Spitz* hört, steigt ihm die Galle hoch.

Dieser Klugscheißer, der hat mir heute noch gefehlt. Teufel, sonst eher besonnen, atmet tief durch. *Was kommt auf mich zu, was erwartet mich am nächsten Einsatzort? Noch eine Leiche, und dieses Mal nicht so frisch wie die der kleinen Sunny.*

Er setzt das Blaulicht auf das Dach seines alten Rovers und prescht los, Richtung Innenstadt. Er bekommt das bedrückende Bild des letzten Einsatzortes nicht aus dem Kopf. Die schwarze Haarpracht des 16-jährigen Mädchens, die über die rechte Hälfte ihres schmalen Gesichtes fiel, das im Neonlicht gespenstisch weiß wirkte.

Er schreckt aus seinen Erinnerungen auf. Fast zu spät sieht er ein Fahrzeug, das die Spur nicht für ihn freimacht. Markerschütterndes Kreischen der Bremsen. Sein Wagen schleudert, findet wieder auf die Spur zurück, braust an dem Hindernis vorbei.

Teufel schreit: „Schlafmütze, Idiot, Geisterfahrer!" Doch der betroffene Autofahrer scheint die Gefahr und den Einsatzwagen gar nicht wahrgenommen zu haben.

Erschöpft trifft Teufel um 22.45 Uhr am Einsatzort ein, parkt vor Haus Nummer 7.

Typische Geste: Er greift zunächst an seine Fliege, als wolle er sie lockern. Oder seine überaus gepflegten Klamotten vor den Ereignissen, die er bereits kommen sieht, schützen. Vom Wagen aus erfasst er das vernachlässigte Haus mit dem Charme eines leicht maroden Altbaus aus der Zeit des frühen 19. Jahrhunderts.

Teufel steigt aus und kneift seine Augen zusammen. Die dichten Augenbrauen formieren sich zu einem Strich. Nun greift er an seine Hornbrille, rückt sie zurecht. Als er die gesamte Mannschaft sieht, fragt er: „Was soll der Volksauflauf? Was ist hier eigentlich Fakt?"

Piontek öffnet den Mund, doch bevor er sich überlegt hat, wie er die Situation schildert, sagt Teufel ungeduldig: „Wer hat den Anruf angenommen mit der Aussage, dass es hier zum Himmel stinkt? Spitz, du? Hast du eventuell auch schon die ganze Spurensicherung mobilisiert?"

KA Stefan Spitz prescht vor. „Polizei-Hauptmeister Piontek hat über Funk durchgegeben, dass hier eventuell die Kripo gebraucht wird."

„Eventuell? Und du Esel bist losgebraust? Piontek!", ruft Teufel, bekommt einen roten Kopf, rückt erneut seine Fliege zurecht. „Was ist hier los, die vollständige Ansage bitte."

Piontek macht sich klein, nimmt die Mütze ab und fährt sich mit der Hand durch das schüttere, graue Haar. *Wir sind für die Herrn Kommissare immer die Blödmänner*, scheint er zu denken, sammelt sich für den Bericht, und erklärt: „Um 22.00 Uhr Anruf auf der Leitstelle. Eine Frau, Rosa Schmitz, die hier im Hinterhof wohnt, beschwerte sich, dass es aus dem gekippten Flurfenster im Parterre des Hausflures Nummer 7 wie die Pest stinkt, bis in den Hof. Sie dachte erst, es wären die Mülleimer."

„Eine Frau also. Dass es kein Hund war, wundert mich nicht. Wo ist die Zeugin?" Teufel geht auf die Haustür zu. Er betritt den Hausflur.

„Spitz, wer wohnt da?" Teufel zeigt auf die Wohnungstür im Parterre rechts, deren dunkelbraune Lackfarbe um das Schloss herum abgeblättert ist.

„Ein gewisser Detlef Hase. Er machte nicht auf. Der Briefkasten ist voll, der Mann scheint verreist zu sein."

„Aha, mein Name ist Hase? Kümmere dich darum, Spitz, EMA polizeilich in Erscheinung getreten? Vorladung, et cetera. Wer wohnt oben?"

„Beide Wohnungen, 1. Etage und Dachgeschoss, sind vermietet an Armin Wolf, 63 Jahre, ehemaliger Studiendirektor eines Gymnasiums", ergänzt Piontek betont pflichtbewusst. Er hat seinen Job erledigt. „Die Zeugin, Frau Rosa Schmitz, wohnt im Hinterhof, in Haus Nummer 8. Da habe ich um 22.30 Uhr geklingelt, scheint aber keiner zuhause zu sein."

„Sehr gut, Kollege", sagt Teufel.

Pionteks Miene entspannt sich. Teufel, Piontek und Spitz betreten Haus Nummer 7.

An der Wand des steilen Treppenaufgangs klebt eine altmodische Tapete mit nostalgischem Rosenmuster. Begrenzt wird die Tapete durch Fragmente eines tristen, ochsenblutroten Malerstreifens. Die gleiche Farbe ziert das geschnitzte Holzgeländer mit geschwungenem Handlauf. Auf der ausgetretenen Holztreppe sind nur noch Farbreste zu erkennen.

Spitz ist käsig im Gesicht, doch er gibt sich gefasst und bestaunt einen fast schon antiken Stromkasten und dessen kunstvolle Porzellansicherungen. Kugelförmige Deckenlampen aus weißem Porzellan im Stil der 50er-Jahre spenden hier im Treppenhaus eher schummeriges Licht. „So hat meine Oma auch mal gewohnt", sinniert er.

“So, so, da haben wir ein Omabübchen", sagt Piontek.

Teufel ignoriert diesen spitzfindigen Einwurf.

Die Treppe mündet in einem Flur, der die Räume der Wohnung der 1. Etage voneinander trennt. An der linken und rechten Flurseite sind insgesamt vier Türen der Wohnung aufgestemmt.

Hinter der 1. Tür rechts befindet sich ein großes Wohnzimmer mit dänischen Möbeln, Antiquitäten, Gemälden und zeitgenössischen Radierungen, dort, wo kein Platz mehr für Bücherregale ist. Links neben der Tür steht ein altes Telefon, daneben liegen ein Notizblock und ein Kugelschreiber. Das Wohnzimmer hat zur Straßenseite zwei große Fenster, deren schwere Vorhänge zugezogen sind. Die Fenster sind geschlossen. Links vom Flur befinden sich drei weitere geöffnete Türen. Eine modern eingerichtete Küche, an den Wänden sind zahlreiche Karikaturen, die Teufel schmunzelnd betrachtet. „Der Bewohner muss Humor gehabt haben." Er geht in das angrenzende, gepflegte Bad. Der dritte Raum auf dieser Seite ist ein kleines Schlafzimmer mit einem Fenster zum Hinterhof. Auch hier reiht sich in Wandregalen Buchrücken an Buchrücken. In allen nebeneinanderliegenden drei Räumen sind die Fenster geschlossen.

In der hinteren Flurecke, neben dem Treppenaufgang zur Mansarde, steht ein Garderobenständer mit fünf frisch gebügelten Oberhemden der Größe XL, einem eleganten, schwarzen, breitkrempigen Filzhut, einem alten, dunkelblauen Trenchcoat aus der Mode der Siebziger, einem blaugrauen Arbeitskittel, der irgendwie an Hausmeisterbekleidung erinnert. Im Messingring des Kleiderständers stehen drei Regenschirme im Trockenen.

Hand- und Schutzschuhe werden übergestreift.

„Spitz, du übernimmst mit Piontek die Spurensuche in dieser Etage. Neben dem Telefon liegt ein Adressbuch, wir brauchen die Adresse der Angehörigen. Mach dich schlau. Achte auch auf Spuren, die auf Mitbewohner oder Besucher deuten könnten."

Was vom Menschen übrig bleibt

Piontek betritt mit Teufel das Bad, schaut kurz hinein und lässt danach Teufel den Vortritt.

Teufel nimmt die Szene in sich auf und sagt leise: „Ja, ja, Piontek, was am Ende vom Menschen übrig bleibt."

Piontek nickt und geht wieder die glitschige Stiege hinunter, auf der sich Sekretspuren verbreitet haben. *Das hier oben ist nun Teufels Revier. Ich werde Spitz bei der Durchsuchung der Räume der 1. Etage zur Seite stehen*, denkt Piontek.

„Spitz", ruft Teufel nach einigen Minuten in den Hausflur hinunter. „Sag Kantak, er soll über die Leitstelle den Notarzt informieren."

„Schon längst erledigt", ruft Piontek statt Spitz hinauf. „Der Notarzt ist unterwegs, die genauen Personalien des Verstorbenen, wenn es denn Wolf ist, werden gerade ermittelt, eventuelle Angehörige auch."

„Sehr gut.“

Piontek ist zufrieden, das zweite Lob an einem Abend, das ist selten.

Teufel nimmt sein Diktaphon aus der Tasche und geht ans Werk: „Heute, am 24.10.2003, gegen 22.00 Uhr, erhielten PHM Piontek und KA Spitz im Rahmen des Kriminalwachdienstes folgende Meldung von der Leitstelle. Eine Bewohnerin des Hauses Marktplatz Nummer 8, Frau Rosa Schmitz, beschwerte sich über tagelang andauernden, unzumutbaren Geruch aus dem benachbarten Hausflur Nummer 7, in dem sich ein Flurfenster im Erdgeschoss in Kippstellung befand. Der Einsatzort, ein zweigeschossiges Mietshaus, ein Altbau im Stadtzentrum, liegt zwischen dem Sonnenstudio 'Helios' und der Gaststätte 'Zum Anton'. An die Rückseite des Hauses grenzt ein Hinterhof mit Müllcontainern, einem Wellblechverschlag und einem schmalen Zugang zwischen den Häusern 7 und 8. Haus- und Wohnungstüren wurden auf Veranlassung von PHM Piontek, PM Kantak, durch die Berufsfeuerwehr, Brandmeister Florian, geöffnet. Um 22.45 Uhr war ich, informiert durch die K-Wache, vor Ort.“

Teufel unterbricht kurz das Diktat. Er hasst diese Aufgabe des Berichteschreibens, aber er weiß, dass jede Kleinigkeit wichtig sein kann, sollte es zu einem Strafverfahren kommen. Dann fährt er fort: „In der Tür der Dachgeschosswohnung steckte der Schlüssel von innen. An einem ringförmigen Schlüsselbund aus Metall hängen die gesamten Schlüssel der beiden Wohnungen, die Wolf bewohnt, auch die der Zimmer beider Wohnungen. Die Fenster in den Wohnungen waren ebenfalls fest verschlossen.“ *Das ist der Knackpunkt in diesem Fall*, denkt er.

„Im Bad des Dachgeschosses …“ Er stoppt und schaut auf die Temperaturanzeige der Heizung. „… liegt bei 24 Grad Celsius eine männliche Leiche. Sie ist mit einer Jeans bekleidet. Darunter wird eine beigefarbene Schlafanzughose sichtbar. Der Oberkörper ist mit einem dazu passenden Schlafanzugoberteil mit buntem Paisleymuster bekleidet. Die Füße sind nackt." Teufel beugt sich über den Toten.

Fast lebendig wirken die dichten, dunkelbraunen, abstehenden Haare des Mannes, in der die Aasfliege Lucilia sericata mit ihren goldfarbenen Flügeln, und blau schillernde Schmeißfliegen bereits seit Tagen ihre Eier ablegen. *Hier ist noch im Vergehen etwas Schönes.* Er hält für einen Moment inne, atmet tief ein, bereut es sofort. Der Geruch ist einfach unerträglich. Er reißt die Fenster auf, die er vorher gewissenhaft auf Einbruchsspuren untersucht hat, und setzt seinen Bericht fort: „Der Leichnam befindet sich, die Knie leicht angezogen, in Bauch-Schräglage vor der Toilette, die neben der Badewanne steht. Der rechte Arm des Toten liegt unter dem Oberkörper, die Hand umfasst einen Lappen … Waschlappen oder Gästehandtuch … von undefinierbarer Farbe. Darunter breitet sich eine rotbraun verkrustete Lache … Blut, Erbrochenes und Leichenflüssigkeit (abklären!) … aus. Der linke Arm ist leicht angewinkelt, die Hand berührt den Fußboden. Auf dem schwarz-weiß gemusterten Fliesenboden befindet sich, wie auch im Flur, Leichensubstrat. Die Fußböden des Altbaus zeigen leichtes Gefälle zur Treppe hin, auf der sich auch Substrat befindet."

Die Sirene des Notarztwagens gellt durch die Nacht. Teufel unterbricht sein Diktat und ruft in Richtung Flur zu Spitz und Piontek: „Warum immer dieser Krach und das Getöse, dem armen Kerl hier ist sowieso nicht mehr zu helfen!"

Der Notarzt betritt das Dachgeschoss.

„Guten Abend."

„Ach, Dr. Schulteis", ruft Teufel. „Ich hoffe nicht, dass wir uns heute noch ein drittes Mal begegnen."

„Ja, schlimme Sache mit der kleinen Sunny. Ich habe Sunnys Freundin Sonja ein leichtes Beruhigungsmittel gespritzt, ehe Ihre Kollegen sie ins Mädchenhaus brachten."

„Das ist sehr gut so."

Der Arzt tritt, bereits mit einem Schutzanzug bekleidet, ins Bad und bleibt wie vom Donner gerührt stehen. „Hier war ich schon einmal zum Hausbesuch. Der Mann ist ein alter Patient von mir und ich war früher einmal sein Schüler. Ich bin sein Hausarzt." Er zögert: „Diesmal komme ich wohl ein wenig zu spät. Die Verwesung ist weit fortgeschritten. Ist fast nie in die Praxis gekommen, der Herr Wolf. Es wäre durchaus sinnvoll gewesen. Er hat sich ab und zu Rezepte geholt, aber vor gründlichen Untersuchungen gedrückt. Er ist 62 oder 63 Jahre alt und vor kurzer Zeit in den Ruhestand getreten. Er war Junggeselle, eher der Typ *einsamer Wolf*, wie der Name schon sagt." Der Arzt lächelt ein wenig hilflos und beugt sich über seinen ehemaligen Patienten und Lehrer.

„Armin Wolf ist laut EMA 63 Jahre alt. Das wissen wir schon, Herr Doktor. Allerdings konnten wir nicht sicher sein, ob es sich bei dem Toten auch um Armin Wolf handelt. Nun sind wir sicher. Sie haben ihn gerade identifiziert."

Teufel fährt während der Untersuchung des Arztes mit seinem Bericht fort:

„Das Gesicht des Toten liegt mit der rechten Gesichtshälfte auf dem Boden auf.

Zur Feststellung der Todesursache wird der Leichnam durch Dr. Schulteis, seinem Hausarzt, kurz auf die Seite gedreht. Der gesamte Brust- und Bauchbereich der Leiche und die Bekleidung sind mit verkrustetem Blut verschmiert."

Er beugt sich über den Toten: „Das erdseitig liegende Gesicht ist dunkel bis schwarz verfärbt, Gewebezerfall im Bereich des Nasenbeins. Madenbefall am unteren Rand der stark eingefallenen Augenlider in Form einer dünnen, weißen, gewellten Linie. Dunkle Verfärbungen im Bereich der Auflageflächen des Rumpfes." Teufel unterbricht sein Diktat, schaut den Arzt an. „Todesursache?"

„Armin Wolf litt seit vielen Jahren unter Bluthochdruck. Ich habe ihm stets geraten, Gewicht zu reduzieren." Er blickt um sich, deutet auf die spitzen, fontänenartigen Blutspritzer in der Badewanne, die weit bis über den Rand in den weißen Wandputz ragen. „Es wäre auch gut möglich, dass Wolf einen Hirnschlag bekommen hat oder Ösophagusbluten, alles Erkrankungen, die ich bei diesem Patienten dringend untersuchen wollte ... zu Lebzeiten." Dr. Schulteis fährt sich mit dem Unterarm über die Stirn, er schwitzt. „Wolf war bis vor fünfzehn Jahren extremer Raucher, hat häufig Aspirin eingenommen, wenn er Kopfschmerzen hatte. Die Kopfschmerzen wurden hervorgerufen durch den hohen Blutdruck. Das Aspirin verdünnt das Blut, greift den Magen an. Ein Teufelskreis. Auch ein Aneurysma, das plötzliche Platzen einer großen Körperarterie in der Bauchhöhle, kommt in Frage, aber dann blutet es eher nach innen." Schulteis scheint seine Gedanken zu sortieren, um sich an alles aus Wolfs Krankenakte zu erinnern. „Wolf hat mir einmal erzählt, dass er als Kind eine Hirnhautentzündung hatte. Das damals, ohne Antibiotika zu überstehen, war fast ein Wunder. Menschen, die diese Krankheit durchgemacht haben, leiden oft ihr ganzes Leben unter Kopfschmerzen." Der Arzt fixiert das Bad. „Es scheint so, dass Wolf sich mehrmals übergeben musste. Es kann sein, dass er sich einen Waschlappen oder ein Gästetuch gegriffen und vor den Mund gehalten hat." Er weist auf den mit Wasser gefüllten Putzeimer und den Schrubber. „Wolf war als Lehrer ein pedantischer Mensch, hatte einen ausgezeichneten Ruf, denkt noch ans Saubermachen kurz vor dem

Zusammenbruch. Sehr diszipliniert. Er musste sich eventuell nach dem Putzversuch noch einmal übergeben, hat sich vor die Toilette gehockt, einen Herzinfarkt oder Hirnschlag bekommen und ist bewusstlos zusammengebrochen. Er hätte besser sofort den Notarzt gerufen, statt sich anzustrengen und zu putzen."

„Oder jemand hat Wolf geschlagen, in den Bauch gestoßen, und damit den Blutsturz ... die innere Blutung im Brust-Bauchbereich oder im Gehirn ... des sowieso schon gesundheitlich angeschlagenen Mannes hervorgerufen. Wolf ist dabei eventuell mit dem Kopf gegen den Wannenrand gestürzt und verblutet. Aus kriminalistischer Erfahrung wissen wir, dass Menschen in solch einer Körperlage, wie wir sie hier bei Wolf erkennen, versuchen, sich zur Tür zu bewegen, auch kriechend, wenn sie noch bei Bewusstsein sind. Wolf aber liegt mit dem Kopf zur Fensterseite. Nach dem Sturz muss er so benommen und schwach gewesen sein, dass er sich nicht mehr zur Tür drehen konnte. Oder er war sofort bewusstlos", erklärt Teufel.

„Und hat vorher noch versucht, sauber zu machen?", fragt Schulteis trocken. „Was ihm aber wohl nicht gelungen ist, wie man sieht." Nach kurzer Überlegung: „Naja, vielleicht hat, falls von Fremdverschulden ausgegangen wird, der Täter vergeblich versucht, Spuren zu vernichten und dann eingesehen, dass diese Schweinerei nicht leicht zu bewältigen ist, denn es hat ja immer nachgeblutet. Der imaginäre Täter hat Wolf liegen lassen und dann die Flucht ergriffen." Schulteis blickt Teufel fragend an.

„Und sich dann in Luft aufgelöst, da haben wir es wieder, Herr Dr. Schulteis. Vielleicht gibt es hier Gespenster oder einen alten Hausgeist, so wie man sie in jahrhundertealten Bauten finden soll."

„Warum hat Wolf sich die Jeans übergezogen? Weil ihn ein Gespenst besuchte?"

„Ach, Herr Dr. Schulteis, Gespenster hin oder her, wer hat von innen abgeschlossen, wenn es nicht Wolf war? Das ist der Knackpunkt. Mein Ansatz, um das Rätsel zu lösen, wäre: Spurensicherung, Staatsanwaltschaft informieren und eine Obduktion beantragen." Teufel räuspert sich, schaut auf seine Uhr. „Also, mal Klartext, Doktor, Selbstmord scheidet aus. Also, natürlicher Todesfall, oder?"

„Ja, Herr Kommissar, mit den Krankheiten kenne ich mich aus. Spuren lesen und interpretieren müssen Sie", antwortet Schulteis etwas pikiert, räuspert sich, hat eine neue Idee zum Geschehen: „Haben Sie sich mal das Treppenhaus angesehen? Ist ziemlich kalt dort."

„Aha. Und?"

„Es könnte doch sein, dass Wolf, ehe er schlafen ging, noch etwas vergessen hatte und es aus dem unteren Bereich holen wollte. Da Wolf sehr empfindlich war, oft unter Erkältungen litt, wird er sich etwas übergezogen haben. Darum die Jeans. Als der übergewichtige Wolf auf dem Rückweg die steile Treppe wieder hinauf ging, was mühevoll war, ist ihm schlecht geworden, und dann fing das eben erörterte Procedere an, mit Erbrechen, Blutsturz und dem körperlichen Zusammenbruch."

„Und dann hat dieser schwerkranke, barfüßige Mann als erstes die Tür von innen verriegelt? Wolf hat weder Socken noch Pantoffel an. Sie machen es sich ein wenig einfach." Im Weggehen ergänzt Teufel: „Ich habe hier die Personalien. Wenn Sie schon mit dem Ausfüllen der Todesbescheinigung beginnen, kann ich versuchen, die Angehörigen zu erreichen. Dann erwarte ich das Ergebnis aus rein ärztlicher Sicht und Wolfs Todesursache."

Er verlässt das Bad, als Spitz hereinplatzt und auf die Blutspritzer und die hohen Blutfontänen an der Wand deutet. „Mann, Chef, die Blutspuren könnten wir doch mit UV-Licht sichtbar machen, und die Tropfenformen geben doch auch Hinweise über ..."

„Spitz, du Überflieger, die Blutspritzer haben wir alle gesehen und können wir alle sehen. UV-Licht brauchst du, um weggewischtes Blut sichtbar zu machen. Was ist eigentlich mit der Durchsicht der Wohnräume unten? Mach dich vom Acker." Teufel, der sich gestört fühlt, wendet sich ab.

Spitz hat Teufels Schlagabtausch mit dem Arzt über die Todesursache mitbekommen. Als er die Treppe herunterläuft, flüstert er: „Ja, ja, der Teufel liegt im Detail."

Teufel greift zum Diktaphon: „25.10.2003, 0.10 Uhr, werde jetzt Armin Wolfs Angehörige telefonisch benachrichtigen. Ein Fremdverschulden ist nicht auszuschließen." Er geht ins gegenüberliegende Schlafzimmer in der Hoffnung auf weitere Erkenntnisse. Auch hier ist, wie in der mittleren Etage, ein Telefon. Es steht auf dem Nachttisch. Er greift zum Hörer, sieht jedoch in dem Moment eine aufgeschlagene Zeitung mit dem Datum Samstag, 11. Oktober 2003. Die Bettdecke des Bettes ist ordentlich zurückgeschlagen. Teufel legt den Hörer wieder auf die Gabel.

Das könnte der Todestag des Opfers sein.

Unten im Hausflur wird es laut.

Eine hysterisch klingende Männerstimme: „He, was machen Sie in meiner Wohnung. Polizeistaat, was?"

Spitz stürmt nach oben. „Chef, der Hase ist da. Typ alter Hippie."

Teufel sieht ihn an, dieser Naseweis Spitz überrascht und nervt ihn immer wieder. „In Hases Wohnung mal ganz lässig reingeschaut, Spitz? Sie sind doch sonst so neugierig."

„Natürlich, habe gefragt, wo er war. Er meint, das gehe uns nichts an. Hat übrigens auf der Fensterbank eine Reihe vertrockneter Cannabispflanzen, war wohl länger weg. Na ja, der arme Pauker hier oben konnte die Blumenpflege bei ihm nicht mehr übernehmen."

„Raus!“, ruft Teufel. „Werden Sie mal nicht geschmacklos.“ Wenn Teufel sich über einen Kollegen sehr ärgert, wechselt er sofort zum förmlichen Sie. „Vorladung an Hase für morgen, 10 Uhr auf dem Präsidium, Herr Kommissar-Anwärter.“

Teufel betritt die Küche, widmet sich wieder der Tatortbeschreibung. Der Anruf bei den Angehörigen ist im Moment vergessen. „Im Abtropfbecken neben dem Spülbecken stehen ein Topf, ein Porzellanteller, im Spülbecken ein Wasser- und ein Weinglas mit rotem Rückstand im Glasboden. Im Mülleimer unter der Spüle befindet sich eine Gemüseschachtel mit der Aufschrift: ‘Pfifferlinge, Deutschland, Verfallsdatum 20.10.2003’. Daneben steht eine leere Rotweinflasche ‘Castillo de Almansa Reserva 1989’. Der Kühlschrank ist voller Lebensmittel.“ Teufels Blick fällt auf ein Päckchen Trüffel vom 1.10.2003. *Nun ja*, denkt er, *Wolf hat gut eingekauft. Schade, dass er es nicht mehr genießen konnte.*

Das Arbeitszimmer gegenüber des Bades liegt noch völlig im Dunkeln.

Teufel betätigt den Lichtschalter. Es bleibt finster. Mit einer Stablampe betritt er den Raum. Glas knirscht unter seinen Sohlen, die Lampe reflektiert tausende von kleinen Scherben und Glasstaubpartikeln, die sich schimmernd in den Bücherregalen und auf dem Arbeitstisch verteilt haben. Gespenstisch und bedrückend wirkt die Szene auf den Betrachter mit den exotischen Versatz- und Sammlerstücken und den kostbaren Büchern. Daneben ein leeres Wasserglas. Teufel sieht eine verstummte Uhr, deren Pendel die Zeit angehalten hat. Die Zeiger ruhen auf der Sieben. Überlagert wird das Stillleben von dumpfem Leichengeruch.

Der Strahl seiner Stablampe fällt auf die leere Halterung der Neonröhre an der Decke. Teufel reißt das beschlagene Dachfenster auf, schöpft nach Luft und setzt seinen Bericht fort: „Abgesehen vom Bad machen alle Räume einen aufgeräumten und ordentlichen Eindruck. Eine wahrscheinlich durch Überhitzung explodierte Neonröhre im Arbeitszimmer hat Glassplitter im gesamten Raum und auf den Bücherregalen verteilt." *Seltsam*, denkt Teufel, *dass der scheinbar ordentliche Wolf das nicht weggeräumt hat. Die Röhre muss also nach seinem Tod explodiert sein.*

Er setzt seinen Bericht fort: „An allen Fenstern und Türen der Wohnungen im ersten und im Dachgeschoss wurden keine Beschädigungen festgestellt, die auf Fremdeinwirkung weisen. Während der Ermittlungsarbeit sind alle Fenster weit geöffnet worden."

Teufel unterbricht seinen Bericht vorerst. Er geht zurück ins Bad.

Schulteis brütet unentschlossen über dem Totenschein, wendet sich wieder der Leiche zu, schiebt das Schlafanzugoberteil des Toten bis zur Brust in die Höhe und schaut sich Wolfs dunkel verfärbten Oberkörper und den aufgedunsenen Bauch an.

Wünscht sich wahrscheinlich Röntgenaugen, schießt es Teufel durch den Kopf.

„Diagnose, Doc?" Er bekommt ein Grummeln und Schulterzucken als Antwort. *Nachdem ich die Angehörigen angerufen habe, nagle ich ihn fest.* Teufel geht zurück ins Arbeitszimmer, entdeckt unter dem Schreibtischstuhl Hausschuhe aus Filz, die mit kleinsten Glassplittern übersät sind. Wie hingeworfen liegen sie unter dem Schreibtischstuhl. Er fügt den Fund noch in den Bericht ein. *Vielleicht hat Schulteis ja doch recht mit seiner These, dass Wolf sich vor seinem Tod noch einmal nach unten begeben hat.*

Unerwartet steht Dr. Schulteis mit dem Totenschein neben ihm im Arbeitszimmer.

„Doch schon fertig? Die Todesursache?"

„Hämorrhagischer Schock, verursacht durch massive Ösophagusblutung. Solch eine Blutung ist lebensbedrohlich und führt, wenn keine schnelle Hilfe kommt, binnen kurzer Zeit zum Kreislaufschock und dann, durch Volumen- und Sauerstoffmangel, zum Herzversagen."

Teufel ist verstimmt. „Na, da werde ich wegen des Antrages auf Obduktion bei der Staatsanwaltschaft wenig Erfolg haben."

„Ja, Herr Kommissar, ich habe es mir nicht leicht gemacht." Er zögert, bleibt an der Tür noch einmal stehen, dreht sich um und sagt: „Dann auf Wiedersehen, Herr Teufel."

„Danke, aber heute Nacht lieber nicht." Teufel beendet seinen Bericht.

Spitz kommt herein. *Der ist aber auch überall*, denkt Teufel. „Wenn du schon da bist, Spitz, ruf mal den Leichenwagen."

„Chef, laut Leitstelle sind schon alle Bestatter im Einsatz. Heute ist der Teufel los. Einer auf dem Ruhrschnellweg, tödlicher Unfall, einer mit der getöteten Prostituierten auf dem Weg zur Gerichtsmedizin."

„Diese Stadt hat so viele Bestatter, wie Bäcker. Irgendwen wirst du schon finden. An die Arbeit, Spitz!" Er schaut auf die Uhr. „0.40 Uhr, verflixt, der Anruf bei den Angehörigen!"

Teufel nimmt den Hörer zur Hand und wählt.

Henkersmahlzeit

24. Oktober 2003, ein Dorf im Bergischen Land. In Haus Nummer 3, im Kastanienpfad, klingelt der Wecker.

Es ist 7.30 Uhr, Elisa Fuchs erwacht und gähnt herzhaft. Constantin, ihr Mann, ist auf Dienstreise. Elisa hat an diesem Tag einen strengen Zeitplan. Alles ist durchorganisiert, doch sie freut sich auf morgen, wenn sie endlich mal wieder ihren Bruder Armin in die Arme schließen kann. Sie schaltet den Wecker aus und das Radio ein, reckt und streckt sich noch einmal und geht ins Bad. „Das kann dauern", sagt Constantin immer, wenn er mal zuhause ist. „Na ja", kontert Elisa dann, „ein 55 Jahre altes Haus braucht auch mal ein wenig Putz und Pflege."

Elisa macht sich zuerst einen Kaffee, den sie in eine heiß ausgespülte, alte Hotel-Silberkanne gießt, damit er lange warm bleibt. Sie schüttet Milch in ein dazu passendes Kännchen und bereitet sich ein Müsli aus frischer Banane, einem Apfel, Haferflocken und Joghurt zu. Sie gießt Kaffee in ihre Lieblingstasse vom Flohmarkt und genießt ihn, während sie die Zeitungsmeldungen überfliegt.

In Gedanken geht sie die Einkaufsliste durch, die sie gestern zusammengestellt hat. *Alles perfekt*, denkt sie, als sie die Zutaten für Armins Lieblingsgerichte durchgeht. *Er liebt herzhafte, westfälische Kost, obwohl ihm eine Diät guttun würde. Doch an dem morgigen Wiedersehenstag darf's mal ein bisschen mehr sein. Der Back- und Kochtag kann beginnen, die Rezepte liegen bereit.*

Es ist 8.30 Uhr, das Telefon klingelt. Elisa nimmt noch einen Schluck Kaffee, setzt die Tasse ab und ahnt, dass es der letzte ruhige Kaffeemoment des Tages ist.

„Mama, kannst du bitte heute Robertchen übernehmen? Ich muss eine Klausur beenden, und unser kleiner Pampersrocker grölt die ganze Zeit. Julian kann ihn heute nicht übernehmen, er ist auf unserer Baustelle, möchte unbedingt vor dem Winter die Isolierung unseres Traumhäuschens fertigstellen, kennst ihn ja."

Elisa lächelt. Sie kennt den Arbeitseifer ihres Schwiegersohns. Elisas Jüngste, Viola, studiert Kunstgeschichte in Bonn, während Julian als Sozialpädagoge in einer Einrichtung für Problemkinder arbeitet und an Wochenenden beim Hausbau hilft, weil die kleine Familie noch vor Weihnachten einziehen möchte.

Elisa freut sich über ihr Enkelkind, aber oft, wenn es zu Besuch kommt, ist Constantin nicht da, beruflich eingebunden. Heute erwartet sie ihn erst in den Abendstunden zurück. Dadurch wird ihr Zeitplan ziemlich durcheinandergewirbelt. Aber sie ist Profi genug, um das zu meistern. Die Freude über den Besuch überwiegt.

Wie war das eigentlich, als ich so alt wie Viola war?, fragt sich Elisa.

Jung verheiratet freute sie sich damals wie eine Königin, als sie erfuhr, dass sie für den Kommissar-Lehrgang in Hiltrup vorgemerkt war. Wenige Tage später bemerkte sie, dass sie ein Kind erwartete, sie freute sich ebenso, wusste aber, dass dieser Umstand zunächst das berufliche Aus für sie bedeutete. Sie hatte keine Eltern in der Nähe, die ihre Erstgeborene betreuen würden, so wie sie jetzt ihre Enkel. Constantin verdiente mehr als Elisa, konnte sich in der Kinderbetreuung nur an Wochenenden einsetzen. Da traf Elisa eine Entscheidung: Wochenlang von ihrem Kind getrennt zu sein, es in andere Hände zu geben, das kam für sie nicht in Frage. Also beendete sie, nach der Geburt der kleinen Viola, schweren Herzens ihren Dienst im K1, dem Kommissariat für Sitten- und Tötungsdelikte. Als Beamtin konnte sie sich für drei Jahre vom Dienst beurlauben lassen, dann noch einmal, als ihr Sohn Sebastian geboren wurde. Als er im Kindergarten war, unternahm Elisa einen Versuch, als Kripobeamtin im Bergischen eine Halbtagsstelle anzutreten. Doch der schon betagte und konservative Leiter der Dienststelle blaffte sie an: „Eine Mutter mit zwei Kindern gehört ins Haus, sollte sich um die Familie kümmern."

Zornig und enttäuscht gab Elisa auf, widmete sich jedoch immer, wenn Constantin Urlaub hatte und für die Kinder sorgen konnte, der Fortbildung in der Notfallmedizin, absolvierte Praktika in umliegenden Notfallambulanzen. Bevor Elisa Kriminalbeamtin wurde, war sie als Krankenschwester im Ruhrgebiet und im Ausland tätig gewesen, hatte damals wegen einer Berufserkrankung den medizinischen Beruf aufgeben müssen.

Ihr Haushalt ist durchorganisiert, im Putzschrank hängt eine Liste mit der Überschrift 'Management im Haushalt'. *Was Constantin in seinem Beruf macht, kann ich auch in meinem häuslichen Betrieb einführen. Nur nichts doppelt machen, zum Beispiel jeden Tag die gleiche, öde Wischerei. Einmal wöchentlich reicht.*

Elisas Entscheidung bewährte sich, und es läuft prima.

Nun arbeitet sie an einem Buch, recherchiert über einen berühmten Edelstein, der vor Jahrhunderten aus dem Kronschatz eines Herrscherhauses gestohlen wurde. Noch hat sie den Juwelendieb nicht gefunden. Seitdem die Kinder aus dem Haus sind, trifft man sie oft in der Fernleihe der Büchereien in Köln und Bergisch Gladbach, versunken in alten, verstaubten Schriften und Büchern, die extra für sie bestellt werden.

Eine Staffelei steht immer in ihrer Nähe. Elisa hat in ihren Berufspausen und der Zeit mit den Kindern ihre Liebe zur Kunst entdeckt und arbeitet als freischaffende Künstlerin. Damals konnte es schon mal sein, dass die Mutter, die Staffelei und Farbpalette neben sich am Herd, versehentlich mit dem Malpinsel die Ravioli umrührte, und die Kinder maulten: „Nicht schon wieder blaue Ravioli, Mama." Doch neben all diesen Aktivitäten schlug Elisas Herz schon immer für die Kripoarbeit.

Es klingelt an der Tür. Viola und Elisa fallen sich in die Arme, zwischen ihnen der grölende Robert.

Mutter und Tochter haben einen guten Draht zueinander, bis auf einige schwierige Monate in Violas Pubertät.

Robertchen, zwei Jahre alt, hört schlagartig auf zu schluchzen, hat sofort das alte Schaukelpferd entdeckt, das schon Viola und Sebastian stets großes Vergnügen bereitete.

„Hoppe, Hoppe, Heita", ruft er, zeigt auf das Pferd und Mutter und Tochter schmunzeln über Roberts fehlendes *R*. Ihn stört das wenig. In Windeseile sitzt er fest im Sattel.

Der Tag vergeht wie im Flug. Elisa versucht, all ihre Vorbereitungen vom Einkauf bis zum Kochen und Backen mit ihrem Enkel gemeinsam zu machen und gleichzeitig mit ihm zu spielen. Als der Kleine am Nachmittag vom Schlaf übermannt wird, erledigt sie den Rest und legt ihrer Tochter am frühen Abend ein ausgeschlafenes Kind in die Arme.

„Mama, hat er so lange geschlafen?“, fragt Viola. Sie sieht nicht sehr erfreut aus. „Dann können Julian und ich uns auf eine unruhige Nacht vorbereiten.“

Nun, das ist nicht mehr mein Problem, denkt Elisa und verabschiedet sich herzlich von den beiden, um zum Endspurt überzugehen: Verstauen der fertigen Speisen in Kühlschrank und Keller und das Aufräumen der Küche.

Während der Küchenarbeit gehen ihre Gedanken spazieren. Fast ein Jahr lang haben sie sich nicht gesehen, Elisa und ihr Bruder Armin. Er ist schwer aus seiner Philosophenbude herauszulocken. Wenn er sich einmal in ein interessantes Werk eingelesen hat, einen Schluck Roten zur Seite, vergisst er Zeit, Ort und auch schon mal Termine.

Elisa und ihren Bruder verbindet nicht nur ein Gefühl der Nähe, auch die Liebe zur Kunst und zu alten Dingen, vom Trödel bis zu Antiquitäten. Sie verabreden sich mindestens einmal im Jahr, um das Grab der Eltern im Münsterland zu besuchen. Dieses Mal werden sie danach in Münster nach alten Schätzen forschen, um dann im Kreis von Elisas Familie im Bergischen noch einen gemütlichen Abend zu verbringen. Gespräche bis spät in die Nacht. Am nächsten Tag müssen sie wieder Abschied nehmen. Armin wird in Köln in einen Zug zurück nach Gelsenkirchen steigen. So ist der Plan.

Anfang letzter Woche haben Armin und Elisa telefoniert, das ist schon 13 Tage her. Die meisten Sätze zwischen ihr und ihrem Bruder beginnen mit der Frage: „Weißt du noch?“ Kindheitserinnerungen werden ausgetauscht.

Morgen werden Constantin und sie Armin um 10 Uhr in Gelsenkirchen abholen.

Schnaufend würde er sich auf den Rücksitz schieben und grinsend sein obligatorisches „Moin, moin“ von sich geben, mit dem Nachsatz in Lübke-Englisch „Equal goes it loose“, um noch breiter grinsend anzufügen „How goes it?“ Das ruft auch nach Jahren noch Gelächter hervor. So würde es auch morgen sein. Elisa möchte Armin, der selten vor 1 Uhr nachts schlafen geht, noch einmal an das morgige Treffen erinnern. Was Termine angeht, da ist er schon mal chaotisch.

Als die Vorbereitungen erledigt sind, setzt sich Elisa ins Wohnzimmer und entspannt sich. In ihrem Haus am Kastanienweg duftet es nach Armins Lieblingsspeisen. Rippchen in Rotweinsud und Sauerkraut. Der Zitronenschaum, den die Mutter schon immer zubereitete, steht in langstieligen Gläsern, mit Sahnetupfen und einer Limettenscheibe verziert, im Kühlschrank. Alles ist für den morgigen Tag, die Reise und den Besuch des Bruders, vorbereitet.

Es ist kalt geworden. Elisa zündet das Feuer im Kamin an. Constantin wird sich, wenn er nach Hause kommt, darüber freuen. Behagliche Wärme verbreitet sich, das Knistern im Kamin wirkt einschläfernd. Vor den Fenstern der ländlichen Idylle rüttelt ein eisiger Herbststurm an der alten Kastanie, die nun loslässt, sich am Ende dieser Saison von den letzten welken Blättern trennt und sie auf die Erde rieseln lässt. Ein dicker Ast stößt bei jedem Windstoß mit seinem Ende gegen das obere Giebelfenster des Hauses.

Elisa horcht auf, die Geräusche beunruhigen sie. Ein flaues Gefühl macht sich in ihrem Magen breit. *Es hört sich an, als ob jemand hereinkommen möchte*, denkt sie, reibt sich die müden Augen und schüttelt trübe Nachtgedanken ab. *Da geht mir mal wieder meine Fantasie durch.*

Es ist spät geworden. Mondlos ist die Nacht. Mitternacht ist vorbei. Elisa gähnt herzhaft. Sie wird gleich todmüde ins Bett sinken, nach diesem anstrengenden Tag. Kurz nickt sie ein, und schreckt zusammen, als sich Arme um ihren Hals legen.

„Constantin", ruft sie erfreut. „Hast du dich wieder angeschlichen? Ich habe den Wagen gar nicht gehört." Sie fährt in die Höhe. „Ach du meine Güte! Ich wollte doch noch Armin anrufen, um ihn an unser Treffen zu erinnern, und dass er pünktlich bereitsteht, wenn wir kommen. Danach erzähle ich dir, wer heute hier war."

Sie greift zu ihrem nostalgischen Telefon, das im gleichen Moment schrillt. Vor Schreck fällt ihr der Hörer aus der Hand, saust herunter und pendelt hin und her. Sie schaut auf die Uhr – 0.45 Uhr. Mit einem unguten Gefühl im Magen greift sie nach der tanzenden Hörmuschel und meldet sich mit distanziertem Unterton: „Elisa Fuchs. Mit wem spreche ich?"

„Elisa Fuchs, die Schwester von Armin Johann Wolf?"

„Ja, und wer um Himmels willen sind Sie?"

„Entschuldigen Sie, Frau Fuchs, ich bin Hauptkommissar Max Teufel, Kriminalpolizei Gelsenkirchen."

Eine bedrohliche Pause folgt. Die Zeit scheint still zu stehen. Elisa kommt es vor, als hätte auch die alte Pendeluhr im Flur ihr lautes Ticken eingestellt. Bedrückende Stille.

Elisas Kehle zieht sich zusammen, sie bringt keinen Ton heraus, nur ein Krächzen kommt aus ihrem Mund. Schwere breitet sich aus, liegt wie ein Stein auf ihrer Brust.

„Frau Fuchs, sind sie noch da?"

„Ja, ich höre." Als völlig fremd empfindet sie ihre eigene Stimme.

Kühl und gefasst. Das bin nicht ich. Oh, Gott, könnte ich doch nicht nur den Atem, sondern auch die Zeit anhalten.

„Frau Fuchs, ist jemand in Ihrer Nähe, oder sind Sie allein?", fragt der Kommissar.

„Mein Mann ist hier", flüstert sie.

Constantin schaut sie fragend an.

„Frau Fuchs, ich muss Ihnen leider eine traurige Nachricht übermitteln. Ihr Bruder ist in seiner Wohnung tot aufgefunden worden."

Ein klirrender, unangenehmer Ton in Elisas Ohr, starkes Druckgefühl im Kopf, gefolgt von einem Sirren in beiden Ohren, das bedrohlich anschwillt.

„Armin?", bricht es aus ihr heraus.

„Ja, Ihr Bruder wurde tot in seinem Bad aufgefunden."

Beklemmende Stille.

„Ihr Bruder war nicht ganz gesund, sagte der Hausarzt."

Elisa spürt, wie die Vorfreude, die sie durch den ganzen Tag getragen hat, wie ein bunter Fächer heiterer Gedanken, in sich zusammenfällt, zerreißt.

Auf der einen Seite überfällt sie pures Entsetzen, auf der anderen Seite weiß sie, dass sie jetzt stark sein und handeln muss. „Mein Bruder war übergewichtig und leidet ..." Sie stockt, „*litt* unter hohem Blutdruck." Fassungslos schaut sie zu Constantin.

Er blickt sie fragend an, kommt zu ihr.

„Armin ist tot", sagt sie leise, die Hand vor den Hörer haltend.

Constantin nimmt ihre Hand und drückt sie fest.

„Wann haben Sie Ihren Bruder zuletzt gesehen oder gesprochen?"

„Wir haben vor etwa vierzehn Tagen telefoniert. Es war ein Freitagabend. Wir waren für dieses Wochenende verabredet."

„Frau Fuchs, dann ist Ihr Bruder nach unseren Erkenntnissen kurz nach Ihrem letzten Anruf verstorben."

Elisa ringt einen Moment nach Atem. „Oh mein Gott!“ Sie versucht, sich zu sammeln. „Was muss ich jetzt tun? Muss ich ihn identifizieren?“

„Der Notarzt war auch der Hausarzt Ihres Bruders, er hat ihn eindeutig identifiziert. Bitte tun Sie sich das nicht an. Belasten Sie sich nicht mit den Bildern. Genaueres können wir vor Ort besprechen.“

Wieder ein beklommenes Schweigen. Elisa versucht immer noch, Fassung zu wahren, kann die Tränen aber nicht länger zurückhalten.

Der Boden teilt sich zu ihren Füßen. Sie weiß, von heute an ist da ein tiefer Schnitt in ihrem Leben. Eine wichtige Säule, ein Halt ist weggebrochen. Ein dunkler, tiefer Riss entsteht vor ihren Augen, der sich nie mehr schließen wird. Blitzartig sieht sie ein Bild. Es wird blasser und verschwindet in einem Farbenmeer. Ein Bild für ihren Bruder, ihren Verbündeten, an dem sie ab jetzt arbeiten wird, und in dem sie ihn für immer wiederfindet.

„Frau Fuchs, sind Sie noch am Apparat?“

„Ja. Wie geht es weiter, Herr Teufel?“

„Ich werde noch mit dem diensthabenden Staatsanwalt besprechen, ob der Leichnam obduziert wird. Nach Einschätzung der bisherigen Erkenntnisse liegt kein Verdacht auf Fremdverschulden vor. Die Tür seiner Wohnung im Dachgeschoss war abgeschlossen, die Fenster verriegelt, und der Schlüssel samt Schlüsselbund steckte von innen.“

Teufel räuspert sich: „Ihr Bruder wird von einem speziellen Bestattungsunternehmen abgeholt werden, die Wohnung werde ich zunächst polizeilich versiegeln. Nach Abklärung des bisherigen Sachverhaltes mit der Staatsanwaltschaft benachrichtige ich Sie umgehend. Frau Fuchs, ich würde gerne alles Weitere persönlich besprechen. Darum möchte ich Sie bitten, am Montagmorgen hier ins Polizeipräsidium zu kommen, um die Wohnungsschlüssel abzuholen. Dann habe ich auch die Einschätzung der Staatsanwaltschaft und Sie können die nötigen Formalitäten in die Hand nehmen, die so ein Trauerfall mit sich bringt."

„Ja, selbstverständlich", sagt Elisa. *Wieder diese fremde Stimme, die aus mir spricht. Etwas in mir ist auch gestorben.*

„Ich spreche Ihnen und Ihrer Familie mein Mitgefühl aus. Wenn Sie noch Fragen haben, können Sie mich jederzeit erreichen. Mein Name ist Teufel. Soll ich Ihnen meine Telefonnummer geben?"

„Ja, bitte." Sie notiert die Telefonnummer und sie verabschieden sich.

Widerlich ist ihr nun der Geruch des Essens. Nie mehr würde sie Sauerkraut kochen. Sie besitzt genug Fantasie, sich den Zustand, in dem sich ihr Bruder befindet, vorzustellen. Sie schaudert, und ein tiefes, schmerzliches Mitgefühl für Armin und seine Situation, seine letzten Stunden, setzt ein. Es ergreift und schüttelt sie mit Macht. *Musste er so einsam sterben? Was hätte ich tun können? Ich hätte zwischendurch anrufen können, doch da war er schon tot, und Tote reden nicht und sind auch nicht einsam.*

Sie atmet durch, lehnt sich an Constantin, der sie inzwischen fest im Arm hält, und starrt in die Nacht hinaus.

„Oh Gott, ich muss Franzi, Anna und Hendrik Bescheid geben. Er ist doch so krank."

„Deine Geschwister benachrichtige ich am Vormittag, Elisa. Mit Hendriks Frau telefoniere ich auch. Wir wollen sie jetzt nicht aus dem Schlaf schrecken."

„Danke, Constantin."

Inzwischen hat es geschneit. Zum ersten Mal in diesem Jahr. Zarter Flaum der Schneeflocken bedeckt die Äste der Kastanie. Die Herbstblumen in den Vorgärten der Häuser tragen den Stempel des langsamen Vergehens, bekommen ein weißes Leichentuch.

Armins letzte Reise

100 Kilometer nördlich von Köln schiebt sich ein schwarzer Cadillac mit weißen Gardinen und violetten Wolkenstores durch Gelsenkirchens nachtgraue, leere Gassen. Vorbei geht es an graphitfarbenen Fassaden, Baustellen, Kneipen und Kiosken und an Neubauten der Stadt.

Die Bestatter Andy Kalwitzki und Dieter Kaczmarek steigen vor dem Haus Nummer 7 aus ihrem Leichenwagen. Beide sind groß und schlank und bewegen sich im Gleichschritt vorwärts. In ihrer schwarzen Schutzkleidung sehen sie aus wie zwei Bankräuber, die aus einer Luxus-Limousine steigen. Stumm verrichten sie ihre Arbeit. Zeit verrinnt.

„Ich gebe Ihnen Bescheid, noch an diesem Wochenende, wenn ich mit der Staatsanwaltschaft gesprochen habe, ob der Leichnam in die Gerichtsmedizin überführt werden soll", sagt Teufel zu Kalwitzki.

Bevor die Beamten zum Aufbruch rüsten, erscheint der von Teufel beauftragte Mann des Schlüsseldienstes, mit dem die Polizei in solchen Fällen zusammenarbeitet. Die Türen in der 1. Etage sind noch schließbar. Gelitten haben die Haustür und die Tür der Mansarde, weil dort der Schlüssel von innen steckte. Diese Türen werden notdürftig repariert.

Die Beamten rüsten zum Aufbruch und versiegeln Armin Wolfs Wohnungstüren. Sie verlassen das Haus.

„Hoffentlich ist das der letzte Einsatz in dieser Nacht", stöhnt Piontek. „Jetzt müssen wir noch auf der Wache die ganzen Berichte schreiben, Karl."

Unten versammelt sich das Team staunend vor dem protzigen Leichenwagen.

Teufel kann sich ein Grinsen nicht verkneifen: „Na, Spitz, da hast du dir aber den schrägsten und originellsten Bestatter des Ruhrgebietes herausgefischt."

Spitz reagiert wie ein patziges Kind. „Ich sollte doch schnell sein mit der Suche nach einem Transport für Wolf." Er deutet auf den Leichenwagen. „Mann, Chef, ein 1973er Cadillac Deville! Elvis würde vor Neid noch im Tod erbleichen. Diese Legende hat 375 PS unter der Haube und unsere Dienstwagen nur 136. Außerdem, Chef, kennt sich das Kalwitzki-Team mit dem Präparieren von Leichen aus. Sie richten sie wieder so schön her, dass man die nicht mehr erkennt."

„Bei deiner Frisur hätten sie aber Schwierigkeiten", sagt Piontek und stößt Kantak an, der mit seinem gesamten Oberkörper im Innern des Autos verschwunden ist und den weiß und lila schimmernden Satin bewundert.

Teufel, selbst begeisterter Oldtimer-Fan, betrachtet den extravaganten Wagen und sagt trocken, andächtig über die glänzende Kühlerhaube streichend: „Standesgemäß für einen Ex-Pauker. Seine Schüler fänden das cool."

Die Beamten verabschieden sich. Piontek, Kantak und Spitz gehen auf die Streifenwagen zu, deren Scheiben von einer dünnen Reifschicht überzogen sind. Spitz, wie stets ungeduldig, steigt sofort in den Streifenwagen, mit dem er gekommen ist, schaltet das Gebläse ein und braust los, sobald sich ein kleines Sichtfenster an der Frontscheibe bildet.

Kantak schüttelt den Kopf: „Immer Hummeln im Hintern, der Spitz. Ich sollte ihm ein Knöllchen verpassen wegen ‚Fahren mit eingeschränkter Sicht'." Er nimmt einen Eisschaber aus dem Kofferraum und reinigt die Scheiben von 10/22, während Piontek Absperrband, Klebeband, Stablampen und eine Packung mit Hand- und Schutzschuhen in einer Polizeitasche im Wagen verstaut. Stumm sitzen die Kollegen auf dem Weg zum Präsidium nebeneinander. Es ist alles gesagt und getan. Sie verstehen sich schweigend. Sie sind ein Team.

Die Schlusslichter der Streifenwagen verlieren sich im Dunkel der Nacht. Teufels alter Rover heult kurz auf, stottert, ruckt und setzt dann, zur Erleichterung des Kommissars, seinen Weg in Richtung Präsidium fort.

Inzwischen schieben die Bestatter den Sarg in den Leichenwagen, als sie von einem durchdringenden Schrei aufgeschreckt werden. Sie horchen und sehen sich um.

„Nun, der Mann im Sarg kann toter nicht sein", sagt Kalwitzki.

„Bestimmt nur eine räudige Katze", fügt sein Partner Kaczmarek hinzu. „Aber es gibt doch eine These: Der Mörder kehrt an den Tatort zurück."

„Kann sein, Dieter, aber in diesem Fall wird noch gar nicht nach einem Mörder gesucht, und warum sollte er so kreischen?"

Flüchtende Schritte verhallen auf dem Kopfsteinpflaster der Gasse. Ein männlicher Schatten verschwindet. Verdutzt schauen die Bestatter sich an. „Seltsam. Vielleicht ein abergläubischer Mensch, der fürchtet: Leichenwagen am Morgen bringt Kummer und Sorgen."

„Wär nicht das erste Mal." Damit ist die Sache für die beiden erledigt.

Beinahe lautlos gleitet der schwarze Cadillac durch die Straßen der Stadt. Armin Wolf hätte sich seine letzte Reise sicher anders vorgestellt.

Allmählich erwacht Gelsenkirchen. Nach und nach werden die Fenster von Lampen erleuchtet. Hinter einer der zahllosen Türen, die noch im Dunkeln liegen, verschwindet der Schattenmann. Er kommt nicht von seinem Opfer los. Er musste noch ein letztes Mal nach ihm sehen.

Ein neuer Tag bricht an und die Ereignisse dieser Nacht sind morgen schon Geschichte.

Totenwache

Drei Tage später sitzt Elisa im Polizeipräsidium in Max Teufels Büro. Es riecht nach Kaffee, der zu lange auf der Wärmeplatte stand. Die Spätherbstsonne lässt den Raum hell und freundlich erscheinen. Ein Fenster ist weit geöffnet, Blätter flattern im Luftzug. Teufel scheint das nicht zu stören.

„Sie sollten versuchen, von Ihrem Bruder Abschied zu nehmen, ohne ihn nochmal gesehen zu haben. Erinnern Sie sich an ihn, wie er war, als sie ihn das letzte Mal gesehen haben“, sagt er.

„Als ehemalige Kollegin kann ich mir gut vorstellen, in welch verstörendem Zustand sich mein Bruder nach dreizehntägiger Verwesung befand.“

Teufel blickt erstaunt, räuspert sich und greift an seine Fliege. „Kollegin? Gut zu wissen.“ Er wechselt das Thema. „Im Moment deutet nichts auf ein Verbrechen. Nach Angaben des Hausarztes, Dr. Schulteis, und unseren Ermittlungen ist Ihr Bruder mit an Sicherheit grenzender Wahrscheinlichkeit eines natürlichen Todes gestorben. Eine massive Blutung großer Blutgefäße in der Speiseröhre hatte ein Kreislaufversagen zur Folge. Die Tatsache, dass die Mansardentür von innen abgeschlossen war und dass der Schlüssel von innen steckte, untermauert unser Ermittlungsergebnis. Eine Obduktion ist nicht erforderlich. Die Akte befindet sich in den Händen der Staatsanwaltschaft.“ Max Teufel zwirbelt an seinem gepflegten, rotbraunen Bart, dessen Ansätze bereits ergrauen. Er rückt seine Goldrandbrille zurecht.

Elisa sieht ihn an. „*Mit an Sicherheit grenzender Wahrscheinlichkeit*, Herr Teufel? Da bleiben aber ein paar Prozent Unsicherheit übrig.“

Teufel schaut überrascht, ja fast schon erstaunt, bleibt aber ruhig. „Frau Fuchs, das ist Amtsdeutsch, Sie kennen das ja. Ich hätte Ihnen auch lieber eine klarere Antwort gegeben, aber ich stimme in meiner Einschätzung des Falles mit dem Staatsanwalt überein."

Das bedrückende Thema *Armins Tod* und die Erklärungen Teufels zur Todesursache bilden einen krassen Kontrast zu dem hellen, warmen Raum, an diesem sonnigen Morgen. Trotzdem fröstelt Elisa jetzt.

Max Teufel verschiebt einige Aktenseiten und sagt: „Ich habe hier ein Durcheinander. Freitagabend war der Teufel los." Er ordnet eine Akte. „Frau Fuchs, kann ich sonst noch etwas für Sie tun?"

Nur nicht weich werden, sagt sie sich und erwidert seinen Blick. *Seine Augen sind blaugrün, ungewöhnlich. Um die Iris ist ein zarter blauer Rand sichtbar. Typisch für schlechte Sauerstoffversorgung. Der Mann ist gestresst, geht zu wenig an die frische Luft*, schießt es Elisa durch den Kopf. Es ist schon komisch, welche Gedanken man in solch einer traurigen Situation hat, es lenkt jedoch für einen kurzen Moment ab und ist tröstlich.

Die Bürotür öffnet sich. Ein Polizist steckt den Kopf durch die Tür. „Max, kannst du mal rüberkommen? Wir haben hier mindestens zwanzig Anrufe von Zeugen, die angeblich am Freitagabend den Täter – die Sache in der Bergmannstraße, du weißt schon – gesehen haben wollen. Wahrscheinlich sind auch Anrufer dabei, die sich wichtigmachen. Schau doch mal eben rüber." Die Tür schließt sich wieder.

Teufel steht auf. „Entschuldigung, Frau Fuchs, Dienstgespräch. Bin gleich zurück. Nehmen Sie sich schon mal einen Kaffee." Er deutet auf ein Tablett mit einer Isolierkanne und zwei Bechern mit dem Polizeilogo und einem Milchkännchen. Dann steht er auf, öffnet die Tür zum Flur. Durchzug. Ein Windstoß wirbelt Unterlagen und Fotos durcheinander, einige Blätter fallen zu Boden, da ist Teufel schon draußen.

Elisa will sich bücken, andererseits möchte sie nicht vom Kommissar beim Schnüffeln erwischt werden. Doch vor ihren Füßen liegt das Fahndungsfoto eines Mannes, der recht finster dreinschaut. Sie braucht sich nur zu bücken. 'Boris Koslowski' steht unter dem Foto.

Na, dem möchte ich nicht im Dunkeln begegnen. In gebückter Haltung versucht sie, die Texte auf den anderen Blättern zu entziffern. *Leider keine Hinweise auf Armin, aber auf einen Boris Koslowski. Was dieser Mann wohl verbrochen hat? Teufel war am Freitagabend tatsächlich nicht nur bei meinem Bruder, sondern auch mit anderen Einsätzen beschäftigt.*

Sie nimmt sich eine Tasse Kaffee, und während sie wartet, geht ihr das vorangegangene Gespräch nicht aus dem Kopf. Sie lässt es noch einmal vorüberziehen und überlegt, ob sie etwas Wichtiges vergessen hat.

Teufels Ausspruch, sie solle Armin *in Erinnerung halten, wie zu Lebzeiten*, das klingt so abgedroschen und geschönt. Das Abschiednehmen fehlt Elisa. Könnte sie nur einmal, ein einziges Mal, Armin mit eigenen Augen sehen, spüren, dass er tot ist, eine Hand auf das Leichentuch legen und sagen: Ich bin da. Ich habe dich lieb. Ich denke an dich, tschö. Sie würde tapfer sein, es ertragen. Man könnte ihn ja zudecken. Das Grauen, auf den verfallenen Körper zu sehen, müsste nicht sein. Sie möchte nur noch einmal seine Anwesenheit spüren.

Natürlich ist allein schon der Geruch fürchterlich, das weiß Elisa aus Erfahrung, doch Armin frisch und lebhaft in Erinnerung behalten? Wie soll das denn möglich sein, nach dem, was sie gerade gehört hatte? Und was erwartet sie, Constantin und ihre Schwestern gleich in Armins Wohnung?

Teufel kommt zurück. Sie schrickt zusammen.

„Verzeihen Sie die Unterbrechung. Ah, gut, ich sehe, Sie haben sich schon einen Kaffee genommen.“ Er schaut auf den Boden, dann auf den Schreibtisch und seine durcheinandergewirbelten, vertraulichen Unterlagen. Er sieht Elisa für einen Moment durchdringend an. Sie macht ein Pokerface und nimmt einen Schluck Kaffee.

Teufel hebt das Fahndungsfoto auf, legt es wieder auf den Schreibtisch und öffnet die Schreibtischschublade.

„Das Polizeisiegel an den Türen der Wohnung Ihres Bruders wurde heute Morgen entfernt", sagt er und überreicht Elisa einen Klarsichtbeutel mit dem dicken Schlüsselbund des Bruders. „Weil die Türen von der Feuerwehr geöffnet werden mussten, ist der Rahmen der Haustür beschädigt worden, ebenso die Tür der Mansarde im 2. Stock. Das wurde am Samstag repariert. Der Hausbesitzer weiß Bescheid und kümmert sich. Die Schlösser funktionieren alle noch. Falls Sie deswegen weitere Fragen haben, nehmen Sie Kontakt mit dem Hausbesitzer auf."

Elisa sieht Armin vor sich, wie er, mit diesem Schlüsselbund um den Hals, freundlich grinsend, die Treppen seiner Wohnung hinunterstieg. Nun kann sie die Tränen nur schwer zurückhalten. Sie schnieft, unterdrückt ein Keuchen, schluckt und schnäuzt sich. Doch rasch gewinnt sie die Fassung zurück, setzt sich kerzengerade hin und reckt den Kopf. *Weinen vor dem Kommissar, das wäre das Letzte.*

Sie schaut in Teufels Gesicht und bemerkt erst jetzt, dass der Blick des Mannes mitfühlend ist, ganz gegensätzlich zu seiner Stimme, die schnarrend und routiniert klingt. Sie realisiert auch, dass er gut aussieht und anscheinend Wert auf seine Kleidung legt.

Er rückt seine weinrote Seidenfliege zurecht und legt, als Elisa aufsteht, die rechte Hand auf ihre Schulter: „Sie können sicher sein, dass Ihr Bruder nicht qualvoll gestorben ist. Das ist auch die Ansicht des Hausarztes. Wenn noch Fragen auftauchen, können Sie mich unter diesen Telefonnummern jederzeit erreichen." Er überreicht Elisa seine Visitenkarte.

„Ach ja, Frau Fuchs, Sie sind ja vor meiner Zeit hier auch mal als Kripobeamtin ein- und ausgegangen. Kennen Sie noch Frau Marmor und Herrn Stein?“

Teufels Frage erinnert Elisa an einen Kollegen und eine Kollegin und ihre zunächst unerfüllte Liebe. Solche Geschichten, die es in jeder Behörde gibt, haben sie und ihre Kollegen damals den harten Dienstalltag überstehen lassen. Doch Elisa ist nicht nach Max Teufels ollen Liebeskamellen zumute. Das ist das Letzte, wonach ihr im Moment der Sinn steht. So schnell wie möglich möchte sie mit Armins Schlüssel in seine Wohnung, vor der Constantin und ihre Schwestern Franzi und Anna auf sie warten. Es drängt sie, sich selbst ein Bild vom Fundort des verstorbenen Bruders und vom Zustand seiner Wohnung zu machen. Und so ignoriert Elisa die Frage und verabschiedet sich vom Kommissar.

Teufel reicht ihr den Mantel, hilft ihr hinein – *mein Gott, ich bin doch keine Oma*, denkt sie. Der Kommissar begleitet sie bis zum Aufzug. Dort wartet er, bis dass sich die Aufzugtüren hinter Elisa schließen.

Als Constantin, Elisa und ihre Schwestern das Haus Nummer 7 betreten, stockt ihnen der Atem. Der Geruch ist kaum zu ertragen. Auf dem Weg zum Dachgeschoss reißen sie alle Fenster auf. Teufel hatte erklärt, dass die Polizisten die Fenster beim Verlassen des Hauses wieder schließen mussten, wegen der Einbruchsgefahr.

Mit purem Entsetzen in ihren Mienen steigen die Vier langsam die Stiege hinauf. Das Weinen lauert schon in ihren Kehlen. Was wird sie erwarten?

Auf der obersten Stufe rutschen sie beinahe aus. Klebriges Leichensekret hat sich den Weg treppab gesucht. Sie entdecken in einer Ecke eine angebrochene Tüte mit Schutzschuhen, die wohl liegen geblieben ist. Jeder nimmt sich ein Paar. Als Constantin die Tür zur

Mansarde aufschließt, wird der süßliche Gestank unerträglich. Mit der Hand vor dem Mund betreten sie den Vorraum.

Einerseits ist es gut, dass ich all die Spuren sehe, die Armins Tod hinterlassen hat, mir ein Bild machen kann. Andererseits ist es schwer zu ertragen.

Für Elisa ist es ein Tatort, vor allem nachdem sie das Bad gesehen hat. Eingetrocknetes Blut über den Badewannenfliesen, ebenso in der Badewanne. Schrubber und ein Putzeimer mit einem undefinierbaren Wischlappen und sehr trübem Wasser stehen in einer Ecke auf verschmiertem Boden. Vor der Toilette ist ein Umriss aus Kreide mit menschlichen Formen zu sehen. Da bricht Elisa zusammen. Constantin ist es, der mit aschfahlem Gesicht Fassung bewahrt. Er ist es auch, der sich aus der Putzkammer einen sauberen Eimer holt und dort flüssiges Desinfektionsmittel findet. Er will die Tür zum blutbesudelten Badezimmer von innen abschließen und den heulenden Schwestern verbieten, hineinzukommen.

„Ihr könnt nachher noch in den anderen Räumen saugen und Ordnung schaffen, ehe sich hier oben noch jemand durch die Glasscherben verletzt." Er deutet ins Arbeitszimmer.

„Schaut mal, da, unter dem Schreibtischstuhl!", ruft Elisa. „Da liegen Armins Filzpantoffeln." Sie treten näher. Anrührend wirkt auf die Schwestern der Anblick dieser dunkelblauen Pantoffeln, die von feinen Glassplittern übersät sind. Schon wieder kommen ihnen die Tränen.

Vielleicht sind sie Armin von den Füßen gefallen, weil er sich gegen jemanden wehren musste, denkt Elisa.

„Moment", sagt sie, ehe Constantin das Bad abschließt. Sie holt aus ihrer Tasche eine kleine Kamera und versucht, von allen Räumen des Dachgeschosses Fotos zu machen. Ihre Hände zittern. „Sind wahrscheinlich alle verwackelt und unscharf." Sie wischt die Tränen vom Objektiv.

Constantin beginnt mit der Arbeit.

„Dein Mann ist ein Held“, flüstert Anna ihrer Schwester Elisa zu: „Er muss dich sehr lieben.“

Und vernichtet gerade wertvolle Spuren, denkt Elisa. Ihr fällt ein, dass es Spezialreinigungsunternehmen gibt, die sich solcher Orte annehmen. Warum hat sie niemand im KI darauf aufmerksam gemacht?

Doch dann wären sie in eine blitzsaubere Wohnung gekommen, alle Spuren durch Spezialgeräte vernichtet. Obwohl sie das alles schon oft erlebt hat. Sie ringt immer noch um Fassung. Wenn es an einem Tatort um einen Angehörigen geht, ist es schwer zu ertragen.

Ihre Schwestern halten sich zurück, als Elisa den Verdacht auf Fremdverschulden äußert. Sie möchten den Angaben der Ermittlungsbehörden glauben. Was sie jetzt erleben müssen, ist schon schmerzhaft genug. Warum noch Staub aufwirbeln?

Constantin ist bereit, Elisa zu unterstützen. Na ja, zumindest bremst er sie nicht. Das ist schon was wert.

„Kommt“, sagt Elisa zu ihren Schwestern und versucht ihrer Stimme einen festen und zuversichtlichen Klang zu geben, „lasst uns gemeinsam Blumen holen und eine Kerze für Armin aufstellen. Und ein Bild von ihm stellen wir auch im Wohnzimmer auf. Wir werden schon eins finden.“

Draußen umfängt sie blauer Himmel, strahlender Sonnenschein und eisige Kälte. Die Schwestern gehen wortlos nebeneinander, jede in sich versunken. Sie kaufen rote, weiße und rosa Rosen in einem nahe gelegenen Blumengeschäft.

„Mir ist nach einem Milchkaffee“, schlägt Elisa vor, als sie an einer Bäckerei vorbeikommen. Die Wohlgerüche von frischem Hefegebäck und Kaffee locken sie an. *Krass, das pulsierende Leben der Großstadt an einem strahlenden Montagmorgen, und da oben erin-*

nert alles an Dunkelheit, Vergänglichkeit und Tod, denkt Elisa.

Wortkarg, das Erlebte verarbeitend, sitzen die Schwestern vor ihren dampfenden Kaffeebechern. Sie sehen sich höchstens einmal im Jahr, fühlen sich beklommen. Doch nach einiger Zeit tauen Franzi und Anna auf und tauschen mit belegten Stimmen Erinnerungen an Armin aus. Elisa denkt an das Gespräch im Polizeipräsidium mit Kommissar Teufel.

„Elisa? Wo bist du mit deinen Gedanken?“, fragt Anna.

Elisa schrickt, sichtlich betroffen, auf. Das passiert ihr oft, dieses In-Gedanken-Versinken.

„Entschuldigung, ich habe nur noch einmal an das Gespräch mit dem Kommissar gedacht. Ein sympathischer Mann. Ich berichte euch gleich davon, wenn wir in der Wohnung zurück sind und Constantin mit einem heißen Kaffee und Croissants für seine Arbeit belohnen.“ *Obwohl ihm vielleicht der Appetit vergangen ist*, denkt Elisa. *Doch mit einer Zigarette, in der gemütlichen Küche der 1. Etage, wird er das kleine Frühstück bestimmt zu schätzen wissen. Ich weiß, dass er taff ist.*

Constantin hat ein kleines Wunder im Bad bewirkt. Doch der Hauch des Todes ist sehr anhänglich. Alle gehen in die 1. Etage hinunter. Die Schwestern finden ein Foto, das Armins Klasse ihrem Lehrer zum Abschied geschenkt hat. Armin, am letzten Schultag, lachend steht er vor der Tafel, die von den Schülern mit Herzen und einer amüsanten Karikatur des Lehrers bemalt ist. Es geht nicht anders, bei dem Anblick müssen sie lachen. Wenige Minuten später prangt im Wohnzimmer ein bunter Strauß vor dem Bild. Der Bann ist gebrochen, nun sind sie ein Team. Die Schwestern fassen sich an den Händen und denken einige Minuten an den verstorbenen Bruder.

Wieder oben angekommen, legen sie eine rote Rose im Bad nieder.

Die Umrisse der Blutfontänen an der gegenüberliegenden Wand im Blick, halten sie für einige Minuten Totenwache und denken an den Bruder und seine letzten Lebensstunden.

Gemeinsam arbeiten sie tagelang bis in die Nacht und organisieren und planen die Bestattung. Der Bestatter ist verwundert, als Elisa ihm von dem Zustand der Wohnung und der Reinigungsaktion berichtet.

„Frau Fuchs, wir hätten Ihnen gern ein Spezialunternehmen empfohlen. Bis gestern Abend wussten wir noch nicht, ob die Leiche freigegeben ist."

„Jetzt ist es zu spät, Herr Kalwitzki. Wir haben es bereits erledigt."

Weitere Spurensuche ist zunächst tabu. Bis zur Bestattung ist die Zeit angefüllt mit dem Ausfüllen von Formularen, Ämterbesuchen, Verhandlungen mit Versicherungen und der vergeblichen Suche nach den letzten Wünschen des Toten, einem Testament, das aber unauffindbar ist. Elisa ist sich dennoch sicher, dass ihr korrekter Bruder einen letzten Willen schriftlich fixiert hat.

Ein Anruf liegt Elisa auf der Seele. Sie möchte mit dem Hausarzt reden, herausbekommen, ob er sich der Todesursache wirklich sicher ist, ob sie an seinem Verhalten eine Unsicherheit bemerkt. Ihr kriminalistisches Bauchgefühl würde ihr dabei helfen. Sie findet ein Rezept von Armin, das er nie eingelöst hat, und ruft den Arzt an.

„Herr Dr. Schulteis, ich bin die Schwester von Armin Wolf. Sie waren der Notarzt vor Ort. Könnten Sie mir sagen, woran mein Bruder gestorben ist?"

„Zunächst einmal herzliches Beileid zum Tod Ihres Bruders. Ihr Bruder war ein feiner Mensch."

„Ein feiner Mensch? Das klingt, als kannten Sie ihn gut. Er kam doch selten in die Praxis."

„Ihr Bruder war als junger Studienrat zwei Jahre lang mein Klassenlehrer."

„Oh, das wusste ich nicht."

„Zurück zum Tod Ihres Bruders. Er ist letztendlich an Herz-Kreislaufversagen gestorben, wegen einer starken Blutung im Bereich der Venen der Speiseröhre. Das habe ich auch auf dem Totenschein bestätigt."

„Hat mein Bruder lange gelitten?"

„Nein, in solch einer Situation tritt der Tod meistens schnell ein. Der Verstorbene wird bewusstlos, spürt nichts mehr. Er ist dann ruhig eingeschlafen. Behalten Sie ihn in Erinnerung."

„Nein, Herr Doktor, nein! Entschuldigung, aber nach einem friedlichen Einschlafen sieht sein Sterbeort wirklich nicht aus. Könnte es nicht sein, dass doch ein Fremdverschulden vorliegt?"

„Das fragen wir uns natürlich immer in solchen Fällen. Der Kommissar und ich sind nach eingehender Prüfung zu der Überzeugung gekommen, dass Herr Wolf an seinen Vorerkrankungen gestorben ist." Die Stimme des Arztes klingt ein wenig ungeduldig: „Ich habe das Wartezimmer voll mit Patienten, die auf meine Hilfe warten. Wenn Sie noch weitere Fragen haben, machen Sie bitte einen Termin mit meinen Damen an der Anmeldung. Auf Wiederhören, Frau Fuchs."

Auf den Spuren des Wolfes

Regentropfen an den Fenstern des ICE formieren sich zu kleinen Bächen und werden vom Fahrtwind weggeweht.

Wenn es Tränen wären, könnte man sie auffangen und den Schmerz darin ertränken. Elisa seufzt, lehnt den Kopf an das kühle Fenster des voll besetzten Intercitys, der dem Ruhrpott entgegenbraust. Sie ist, wie so oft in den letzten Tagen, auf dem Weg nach Gelsenkirchen, zu Armins Wohnung.

Es ist der 13. November. Über vier Wochen sind seit Armins Tod vergangen. Am 25. Oktober erreichte sie nachts Teufels Anruf mit der Todesnachricht. Viel ist passiert in diesen letzten Wochen, die vollgepfropft waren mit Aufgaben und Pflichten, die ein plötzlicher Todesfall mit sich bringt. Immer noch finden sich Papiere, Verträge und Briefe, die beantwortet oder bearbeitet werden müssen. Armin Wolf bekommt, auch als Verstorbener, viel Post.

Hinzu gesellt sich Elisas Verdacht, dass ihr Bruder nicht eines natürlichen Todes gestorben ist. Dieses ungute Gefühl setzte nach dem ersten Gespräch mit Teufel ein und verstärkte sich, als sie gemeinsam, drei Tage nach Armins Tod, im Büro des Kommissars die Todesumstände Armins diskutierten. Dieser Montag, mit der Schlüsselübergabe von Armins Wohnung, ist fest in ihre Erinnerung eingebrannt.

Nach dem quälenden Unbehagen, schwer wiegend wie ein Stein, der nur noch ins Rollen gebracht werden muss, wägt sie ab.

Sie fragt sich: Wer könnte an Armins Tod beteiligt oder mitschuldig sein? Warum könnte jemand Armin Böses gewünscht und zugefügt haben? Hatte Armin Feinde? Wer hat ihn zuletzt gesehen, mit ihm gesprochen? Und des Pudels Kern – wie hätte ein Täter oder eine Täterin die Wohnung verlassen können?

All diese Fragen wird sie nacheinander klären. *Spurensuche!* Ihr erster Recherche-Tag beginnt. Sie macht sich Notizen, doch bei dem Geräuschpegel im Zug kann sie sich schlecht konzentrieren. Der Zustand des Leichenfundortes und die fontänenartigen Blutspritzer gehen ihr nicht aus dem Kopf. Dieses Bauchgefühl, das sie während ihres früheren Berufslebens als Kripobeamtin selten im Stich gelassen hat, meldet sich. *Alles in Armins Wohnung sah nach einer Auseinandersetzung aus, entweder mit einem Angreifer oder mit dem Tod.* Elisa schaut sich noch einmal die Fotos an, die sie vor der Reinigung der Etage gemacht hat, betrachtet eingehend das Chaos im Bad, die Scherben, die Pantoffeln, das eingetrocknete Blut an der Wand. *Es fehlen nur noch die Beweise. Nur noch? Das ist der schwierigste Teil, den ich zu bewältigen habe*, denkt sie.

Sie nutzt die Zugfahrt, um zur Ruhe zu kommen, ihre Recherche präzise zu planen.

Immer noch in Gedanken schaut sie zum Fenster hinaus. Sie erinnert sich an die Züge, mit denen Armin und sie nach Münster fuhren. Er zur Universität und sie zur Fachschule. Das Rattern, Keuchen und der pfeifende Signalton der damaligen Loks, ist nicht zu vergleichen mit dem gleichmäßigen Rauschen der modernen ICEs. Der Lärm im Innenraum des Zuges, der sich steigert, je voller das Abteil wird, stört. Schrille und laute Klingeltöne, ständig piepsende, vibrierende Handys und klickende Tastaturgeräusche von Laptops. Jetzt gerade werden sie gemischt mit Gesprächsfetzen einer Francesca, die am Handy irgendjemandem mit spanischem Akzent erklärt, wie man eine Fisch-Tortilla zubereitet. Doch am anderen Ende der Leitung scheint nur Ratlosigkeit zu herrschen, so dass Francesca plötzlich schreit: „Du musst besorgen Peces muertos, totes Fisch, du Idiot." Dann gibt sie entnervt auf. Mit einem Mal ist es mucksmäuschenstill im Abteil, bis verhaltenes Murmeln einsetzt und auf dem ein- oder anderen Gesicht ein Lächeln erscheint über dieses heitere Intermezzo.

Elisa schwitzt. Stickige Luft. Die Heizung läuft auf Hochtouren. Ein Gemisch verschiedenster Ausdünstungen, durchdrungen von exotischen Parfüm- und Deo-Nuancen, Schweißgerüchen und feuchter Kleidung hüllt die Fahrgäste ein. Das erinnert Elisa seltsamerweise an einen Stall voller nasser Schafe auf dem Hof ihrer Kindheit im Münsterland. Jetzt muss sie grinsen. Dann döst sie ein.

Ein Zugbegleiter tänzelt mit Grazie und Kaffee durch die Gänge.

Elisa schreckt aus ihrem Halbschlaf auf. Der Kaffeetänzer ist ein echter Lichtblick.

Sie nimmt einen Becher, gibt ihm unverschämt teure 3,20 Euro und versucht, endlich handfeste Pläne für den Tag zu machen. In Gedanken heftet sie sich an die Spuren ihres Bruders, die er hinterlassen hat. Sie lässt noch einmal die letzten Wochen Revue passieren, hört Teufels Stimme mit der Todesnachricht, schüttelt sich, und will den Gedanken verdrängen. Gar nicht so leicht.

In ihrer Vorstellung hat sie das Bild des toten Bruders vor Augen, der 13 Tage tot im Badezimmer gelegen hat, und die Stimme des Kommissars im Ohr: „Behalten Sie ihren Bruder so in Erinnerung, wie sie ihn zuletzt erlebt haben." Sie hat Armin nicht gesehen, kann sich seinen Zustand jedoch gut vorstellen. Sein Tod hat sie nicht umgeworfen, aber tief getroffen und sie angespornt, das Geheimnis um sein Ende zu lösen.

„Die Fahrkarten, bitte!"

Elisa schreckt auf und hätte fast ihren Kaffee verschüttet. Doch das Grübeln lässt nicht nach. *Zuviel, zuviel stürmt auf mich ein. Ich muss mich konzentrieren. Im Moment sehe ich ein wirres Knäuel, das ich nach und nach ordnen und zu einem roten Faden knüpfen muss.*

Während der Zug dem Ziel entgegenrauscht, denkt Elisa an den Tag der Beerdigung und an die ungewöhnliche Begegnung am Grab ihres Bruders. Dieser Tag ist für sie ein Meilenstein im Ablauf der letzten Wochen, es ist ein schwarzer, jedoch auch ein sehr eindrucksvoller Stein. Ein schwerer Brocken sozusagen.

Sie hört die Klänge der Kirchglocken, die zur Messe riefen. Typisch für einen Novembertag: Beerdigungswetter, kalt und diesig. Die Wolken trugen Trauer und von den Bäumen vor der Kirche tropfte es, schwarze Schirme bildeten kleine Dächer. Vor der Kathedrale standen frierend schwarz gekleidete Menschen, eine uniformierte dunkle Trauermasse, die froh war, als sich die Kirchentüren öffneten und ein wenig wärmende Luft herausströmte. Die Worte des Priesters? Tröstlich, ganz bestimmt, doch Elisa erinnert sich, dass sie immer dachte, *er kann ruhig aufhören, sonst muss ich gleich losheulen.* Sie hatte sich vorsichtshalber ein weißes Spitzentaschentuch eingesteckt, das ihre Mutter ihr geschenkt hatte. Den schwarzen Samthut mit der breiten Krempe zog sie sich tiefer ins Gesicht. Schülerinnen und Schüler fanden sich ein, mundtot oder flüsternd. Solch brave Zuhörer hätte sich Armin sicher in seinem Unterricht gewünscht. Sie hatten Elisa berührende Briefkarten und Briefe geschickt. Ein Brief war besonders einfühlsam und dennoch sehr humorvoll. Die Schülerin hatte sich die Mühe gemacht, die kernigsten Sprüche ihres Paukers niederzuschreiben. Beim Lesen kamen Elisa nicht nur Tränen der Trauer, sondern auch des Trostes. Sie musste herzhaft lachen. Das war Armin, wie er leibte und lebte. Wahrscheinlich würde er, wenn er das ganze Schauspiel sehen könnte, kopfschüttelnd sagen: „Was soll das ganze *Brimbamborium*?"

Auch der Abschied am Grab ist Elisa noch gut in Erinnerung.

Sie standen mit Familie, Verwandten und Freunden am Grab. Deutlich hat sie die betroffenen Gesichter der Schüler und Lehrer vor Augen. Nachdenklich oder in trübe Gedanken versunken: Bekannte und Fremde, Neugierige, Junge und Alte. Letztere wohl auch mit den Gedanken, dass die Einschüsse näher kommen.

Elisa überlegt, lässt die Szene noch einmal an sich vorbeiziehen. War auch jemand dabei gewesen, der abseits stand, vielleicht ein schlechtes Gewissen hatte?

Beim gemeinsamen Kaffeetrinken schaute sie sich um, merkte sich die Gesichter, prägte sich einige Gespräche ein. Doch ja, einer fehlte beim Leichenschmaus.

Der Mann, der am Grab hinter sie trat und ihr auf die Schulter tippte. „Karl-Heinz Nowak“, stellte er sich vor. Sie hatte den Namen nicht gut verstanden, weil der Mann sehr leise sprach, so, als solle niemand etwas hören, als wolle er nicht auffallen. Er war dunkel gekleidet, von gedrungener, aber nicht dicker, eher kräftiger Statur. Er trug einen etwas spack sitzenden, anthrazitfarbenen Trenchcoat und hatte dunkles, dichtes, an den Wirbeln abstehendes Haar. Als er ihr seine Hand entgegen streckte, hinterließ er einen weichen Händedruck.

Ist er ein Verdächtiger oder will ich einfach einen Schuldigen finden, denkt Elisa. *Pass auf*, sagt sie sich, *lass Dich nicht von Gefühlen leiten, bleib objektiv.*

„Ich bin ein früherer Schüler Ihres lieben Herrn Bruders. Er hat mich stets gefördert. Ich bin ihm Dank schuldig und habe ihn sehr bewundert“, sagte er gestelzt und rückte Elisa etwas zu nah auf die Pelle. Sie mag das nicht, doch ehe sie reagieren, ihn näher befragen konnte, verschwand der Mann schon im Novembernebel. Elisa sah noch, wie er sich etwas in die Manteltasche steckte.

Na ja, ein Taschentuch, denkt sie. *Vielleicht hat er auch Tränen vergossen.* Dann durchfährt es Elisa schlagartig: Sein Umriss, die gedrungene Gestalt, noch schwach im grauen Dunst erkennbar, ähnelt dem Schattenbild, das ihr manchmal, wenn sie aus Armins Wohnung kommt und wenn es schon dunkel ist, zu folgen scheint.

Sie erinnert sich an einen Vorfall, an dem Tag, an dem sie zum ersten Mal mit ihren Schwestern in Armins Wohnung war. Im unbeleuchteten Durchgang zwischen Haus Nummer 7 und Haus Nummer 8 beobachtete sie ein Mann, als sie zum Müllcontainer ging. Dann verschwand er. Sie sah nur noch seinen Schatten.

Der Schatten eines Verfolgers bedrückt Elisa. *Alles Einbildung.* Doch das unangenehme Gefühl, das die Begegnung auf dem Friedhof ausgelöst hat, bleibt. War dieser Nowak wirklich mit ihrem Bruder vertraut oder sogar befreundet? Hat Nowak ihrem Bruder in der Nacht des Geschehens einen Besuch abgestattet? Wie kommt sie jetzt darauf? Armin hat nie von oder über einen Freund, der Nowak hieß, geredet. Eine erneute Ansage unterbricht Elisas Überlegungen.

„Düsseldorf, Hauptbahnhof“, hallt es aus dem Lautsprecher.

Elisas Sitznachbar, ein energisch wirkender, drahtiger junger Mann, Anzug- und Krawattenträger vom Typ ehrgeiziger leitender Angestellter, gerade noch vertieft in die Börsenseite der Tageszeitung, hastet aus dem Zug. Die Zeitung lässt er achtlos fallen. Elisa bückt sich danach, bleibt an der fett gedruckten Überschrift hängen:

RAUBMORD. VERDÄCHTIGER BORIS K. UNTERGETAUCHT.

Elisa beginnt aufmerksam zu lesen.

13 Tage nach der Ermordung der Prostituierten Sunny M. und der Suche nach dem Verdächtigen, Boris K., tappt die Polizei noch im Dunkeln. Laut Angaben einer Zeugin ist die Prostituierte von ihrem Zuhälter, Boris K., am Abend des 24. Oktober 2003 in ihrer Dachgeschosswohnung, Bergmannstraße, Gelsenkirchen, mit einem Halstuch erdrosselt worden. Wir berichteten am 26.10.. Die Ersparnisse der 16-jährigen Sunny M. wurden entwendet. Der Gesuchte ist 39 Jahre alt, von kräftiger Statur. Er ist der Polizei einschlägig bekannt wegen mehrerer Gewalt- und Drogendelikte. K. ist gewaltbereit, bewaffnet und auf der Flucht mit einem roten Porsche Cayenne, Kennzeichen: GE BK 180. Sachdienliche Hinweise nimmt jede Polizeidienststelle entgegen.

Der Mann auf dem Zeitungsbild starrt Elisa finster entgegen. Das Gesicht kommt ihr bekannt vor. Elisa kombiniert: *Der 24. Oktober, das war doch der Abend, an dem Armin tot aufgefunden wurde. Als ich drei Tage später in Teufels Büro saß, wurde er von einem Polizeibeamten hinausgerufen, sollte einige Hinweise zu einem Verbrechen klären. Dann fiel mir genau dieses Bild mit dem Namen Boris*

Koslowski vor die Füße. Ich erinnere mich genau, dass Teufel, nachdem er sich wieder an seinem Schreibtisch gesetzt hatte, zu mir sagte: ‚Ich habe hier ein Durcheinander. Freitagabend war der Teufel los.' Demnach kam Teufel am 24. Oktober, bevor er zu Armins Wohnung gerufen wurde, von einem anderen Tatort und der Täter ist, laut Zeitungsmeldung, noch immer auf der Flucht. Das muss nichts mit Armin zu tun haben, warum auch, ist aber sehr interessant. Es bedeutet, dass Teufel ganz schön kaputt war, als er zum nächsten Einsatzort gerufen wurde. Vielleicht haben Teufel und sein Team in der Nacht etwas übersehen?

Nein, denkt Elisa, *nicht Teufel.* Sie sieht ihn vor sich. *Er wirkt so korrekt, kompetent. Aber jeder macht mal Fehler, übersieht etwas.*

„Gelsenkirchen, Hauptbahnhof", schallt es aus dem Lautsprecher. Nachdenklich steckt Elisa die Zeitungsseite mit dem Artikel ein und macht sich zum Aussteigen bereit.

Sie schiebt sich durch die dem Bahnhofsausgang zustrebenden Menschen, die wattegraue Atemwölkchen in die kalte Winterluft blasen.

Wie eine Prozession von Rauchern, denkt Elisa und erinnert sich an den Geruch von Armins Zigarren, damals, als sie in Gelsenkirchen gemeinsame Kneipenbesuche machten und Armin noch rauchte wie ein Schlot.

Reminiszenzen

Elisa eilt mit weit ausholenden Schritten und wehenden Haaren, im sogenannten Schwesternschritt, durch das Menschengewühl der Innenstadt. Vorbei an dudelnden Kaufhauspassagen, Marktständen, Bratwurstgrills und qualmenden Maronenbuden. An einem Stand mit Ökoprodukten und Strickmützen bleibt sie stehen, möchte ihre kupferfarbenen Haare bändigen, die sich in feuchter Luft stets kräuseln. Elisa hasst das.

Der alte Spottspruch der Brüder taucht in ihrer Erinnerung auf: „Rote Haare, krauser Sinn, da steckt der Teufel mittendrin."

Witzig, und Elisa muss tatsächlich wieder an Teufel denken.

Die grellbunten Muster der Strickmützen widerstreben ihrem Farbsinn. Sie würden nicht zur grünen Samthose und dem von Wind und Wetter gegerbten, sandfarbenen Regencoat mit dem Pellerinenkragen passen, den Elisa so liebt. Elisa, die Künstlerin, mag Farbharmonien, auch wenn es um ihre Kleidung geht.

Sie nimmt eine Abkürzung, schlängelt sich durch schmale Gassen und erreicht Haus Nummer 7. Elisa greift nach Armins rasselnder Schlüsselsammlung, die auf einen Metallring aufgereiht ist, denkt daran, wie oft ihr Bruder mit diesem Schlüsselbund an der gleichen Stelle gestanden und aufgeschlossen hat. Sie öffnet und tritt ein. Im Hausflur ist unverwechselbar und scheinbar unauslöschlich der Hauch des Todes in der Luft, der sie nun erneut umhüllt. Sie öffnet, wie immer, zunächst alle Fenster und Türen. Der Aufenthalt in der unteren Wohnung wird allmählich erträglicher. Frische Novemberluft flutet in jeden Raum.

Sie ist froh, dass sie mit ihren Geschwistern vereinbart hat, den Haushalt des Bruders, die zwei mit hunderten von Büchern vollgepfropften Wohnungen, nach und nach durchzusehen und erst zum Jahresende den Mietvertrag zu kündigen.

Vor fast einem Monat ist Armin hier gestorben. Jedes Mal beim Betreten des Hauses holt sie dieser bittere Beigeschmack des ersten Erschreckens und Entsetzens ein. Andererseits ist das Gefühl tröstlich, dem Bruder noch einmal nahe zu sein, in seine Welt einzutreten, in die er sich eingesponnen hat und die ihm so wichtig war.

Da Armin in jeder Etage eine gut eingerichtete Küche hat, entscheidet sie sich für die untere. Die ist heller und freundlicher. Die Wände sind mit humorvollen Zeichnungen und Sprüchen gespickt. Das tut ihr gut. Sie entspannt sich. Draußen lichtet sich der Nebel und blauer Himmel verspricht einen kalten, aber sonnigen Tag. Elisa kocht Kaffee, füllt diesen, nach Armins Sitte, in ein vorgewärmtes, antikes Hotelsilberkännchen vom Flohmarkt. Im Kühlschrank entdeckt sie noch ungeöffnete Kondensmilch. Sie greift nach dem Kaffeebecher, den Armin gerne benutzte. Er ist von einer feinen Staubschicht überzogen. Elisa zögert, ihr Magen zieht sich zusammen. *Armin hat ihn zuletzt angefasst, noch sind seine Fingerabdrücke drauf*, denkt sie. Sie schüttelt die Gedanken ab, sie will nach vorne schauen. Mit heißem Wasser spült sie den Becher und trocknet ihn ab. Sie stellt alles auf ein kleines Tablett, geht ins Wohnzimmer und setzt sich in einen der vier Ledersessel, die um einen großen Kieferntisch gruppiert sind. Sie wählt Armins Sessel aus, der schon durchgesessen, aber sehr gemütlich ist.

Kaffee schlürfend betrachtet sie die Aktenstapel, Schulhefte und Karteikästen, die ihr Bruder mit seiner gut leserlichen Handschrift beschriftet und gefüllt hat.

Nun gut, denkt Elisa, *vom Sitzen werden die Berge nicht kleiner.*

Ihre Suche beginnt. Wonach? Das weiß sie noch nicht.

Sie stößt auf Bilder und Briefe ihrer gemeinsamen Zeit in Gelsenkirchen. Vier Jahre lang hatte sie im Knappschaftskrankenhaus gearbeitet, bevor sie zur Kripo wechselte. Vor ihren Augen erscheinen Bilder von jungen Krankenschwestern in einer schlichten Tracht mit weißen, gefalteten Häubchen. *Wie Novizinnen sahen wir aus und manche Bergleute nannten uns ‚Engel von Ückendorf'. Meine Güte, jetzt konzentriere dich, Elisa, und schieb alte Erinnerungen zur Seite.* Sie schaut auf die Uhr, 11.30 Uhr. Wird sie heute auf eine Spur stoßen, ein Geheimnis über Armins Leben entdecken?

Ihr Blick fällt auf ein Regal unter der Heizung. Sie springt auf und kniet sich hin, um einen alten Holzkarteikasten und einen knallroten Hefter, der darunter versteckt ist, hervorzuziehen.

Alte Klassenlisten und Karteikarten mit minutiös eingetragenen Themen für den Unterricht. Sie ist enttäuscht. *Was habe ich denn erwartet? Ein Schatzkästchen, das mir, Simsalabim, die Lösung präsentiert? Polizeiarbeit ist Knochenarbeit, also weiter, Elisa!*

Armin hatte sich auf jede Schulstunde akribisch vorbereitet. Negative Erlebnisse, im Hinblick auf seine Person als Pädagoge, kommentiert er kritisch. *Kein Wunder, dass er keine Zeit zum Heiraten hatte*, denkt sie.

Ein Wust von Informationen wird sichtbar. Sie ordnet die Unterlagen – Schule, Privatleben, Familie – und legt sie auf den Tisch. Elisa brummt der Kopf.

Da fällt ihr der Name Boris Koslowski ins Auge, auf einer Liste aus dem Jahr 1974. Das ist er, der Name aus der Zeitungsmeldung! Sie ist wie elektrisiert, wird hellwach.

Armin hat sich Notizen gemacht über den damals Zehnjährigen, der einen guten Start machte, und dann, schon nach einem Schuljahr, mit den Noten völlig abrutschte.

Armins Notizen sind kaum noch zu entziffern. Doch sie lassen den Schluss zu, dass er sich viele Gedanken über den Jungen gemacht hat. Die Mutter lebte mit einem Trinker in einer Onkelehe. Sie kam nur einmal, und zwar mit einem blauen Auge, zum Elternabend. Dann reagierte sie nicht mehr auf Armins Anrufe. Der Gewalt des Onkels ausgesetzt, wurde Boris zunehmend aggressiv, ließ seine Wut an Mitschülern aus und wurde bei Ladendiebstählen erwischt. Boris' Leistungen rutschten weiter ab. Armin schien darüber genau Bescheid zu wissen. Seine Notizen lesen sich wie ein Roman. Elisa weiß, dass Armin sich oft um Problemkinder kümmerte, besonders in den ersten Jahren seiner Lehrerschaft. Sein Bemühen setzte er in der Freizeit fort. Mit Kindern, die Probleme machten und aus sozial schwachen Familien stammten, arbeitete er gerne, unterstützte sie.

Boris Koslowski war wohl eine *harte Nuss* für Armin Wolf. Wegen der Ladendiebstähle und den unhaltbaren häuslichen Verhältnissen schaltete sich der Jugendschutz ein. Boris' Leistungen landeten auf dem Nullpunkt, er musste das Gymnasium verlassen. Daraufhin stürmte der angetrunkene Onkel des Jungen in eine Lehrerkonferenz und drohte, dass er sich zu rächen wisse.

Schade, hatte Armin angemerkt, *eigentlich ein intelligenter, kleiner Kerl, der Boris. Wächst im absoluten Mist auf. Haben wir alle versagt?*

Noch ein Vermerk: Boris wurde in ein Heim gebracht, der Onkel kam unter mysteriösen Umständen ums Leben. Er wurde nach einer Sauftour tot in einem Schrebergarten gefunden. Ein Zeitungsbericht liegt bei den Unterlagen.

Was Armin wohl zu der aktuellen Entwicklung von Boris gesagt hätte? Wer kennt schon einen Mörder? Warum hat Armin das alles aufgehoben? Hatte dieser Koslowski nach dem Abgang von der Schule noch Verbindungen zu Armin? Oder war es einfach so, dass Armin nichts wegwerfen konnte, alles in seinen Kisten, Kästen aufbewahrte? Ein typischer Sammler oder Messi?, denkt Elisa.

Über diesen Boris Koslowski muss ich mehr herausfinden, sagt ihr Bauchgefühl. Weil die Wände in Armins Wohnung voller Bilder und Regale sind, zweckentfremdet sie die Tür und befestigt Boris' Foto mit dem Zeitungsausschnitt daran.

Die Suche im Telefonbuch nach Boris Koslowski ist nicht erfolgreich, eher verwirrend. Ein sehr geläufiger Name in dieser Großstadt. Sie beschließt erst einmal, sich durch weitere Aktenberge und Zettelkästen durchzuwühlen, und siehe da, *Armins Ordnung sei gelobt!* Unter ‚Quittungen, Belege 2000' findet Elisa beim Buchstaben K eine Quittung, auf der eine Minta Koslowski bestätigt, 100 D-Mark für eine gebrauchte Küchenzeile in der Dachwohnung Nummer 7 von A. Wolf erhalten zu haben. Datiert vom 11. April 2000. Die Quittung heftet Elisa ebenfalls an die Tür. Eine weitere halbe Stunde Recherche ist vergangen, als sie in Armins Mietunterlagen die Kündigung eines Mietvertrages von Minta Koslowski findet. Seltsamerweise ist sie in Armins Schrift verfasst. Aus diesem Schreiben an den Hausbesitzer wird ersichtlich, dass Minta Koslowski vom April 1990 bis zum April 2000 über Armin wohnte, und zwar im Dachgeschoss in der Mansarde. Warum aber war Armins Schrift auf dem Dokument?

Elisa erinnert sich, dass Armin vor Jahren mehrmals eine ältere Dame erwähnte, die über ihm wohne und der er gelegentlich die Einkaufstüten die steile Treppe hochtrüge und bei Formalitäten und beim Umzug helfe. Ihr Sohn sei ein stadtbekannter Krimineller, der nur ab und zu seine Mutter besuche.

Fazit: Armin hat Frau Koslowski auch bei diesem Schreiben geholfen, es für sie geschrieben, denn nur die Unterschrift *Minta Koslowski* lässt auf die zitterige Hand einer älteren Person schließen.

Elisa forscht im Telefonbuch nach Pflegeeinrichtungen, ruft in mehreren Heimen an und fragt nach einer Minta Koslowski, die sie sehr gerne besuchen möchte.

Im Maria-Hilf-Haus hat sie Erfolg. Laut Angaben einer Schwester Huberta ist Minta Koslowski im Jahr 2000 dort im Heim verstorben.

Elisa wundert sich immer wieder, wie sie es schafft, vertrauliche Infos zu entlocken. Diesmal scheint es besonders leicht. Schwester Huberta ist nicht mehr zu bremsen.

„Frau Koslowski hatte nur einen Sohn", erklärt Schwester Huberta. „Er heißt Boris und kam sehr selten, hatte aber immer eine

Schachtel Branntwein-Pralinen unter dem Arm. Er sah aus wie ein Rocker. Wegen seines Äußeren und seines Benehmens war er hier nicht gern gesehen."

„War er ein Rowdy?", fragt Elisa.

„Ja, so ein Rocker-Typ. Er hielt sich nicht an die Besuchszeiten, tauchte bei Nacht und Nebel auf, war sehr laut und weckte die Mitbewohner auf." Schweigen am anderen Ende der Leitung und ein kurzes Räuspern. „In welcher Beziehung stehen Sie eigentlich zu der verstorbenen Frau Koslowski?"

Na, das hat aber gedauert, denkt Elisa.

„Entschuldigung, mein Name ist Fuchs, Elisa Fuchs. Frau Koslowski war eine Nachbarin meines Bruders, Armin Wolf. Sie wohnte über ihm. Mein Bruder hat oft von ihr erzählt und hat ihr geholfen. Er ist vor einem Monat gestorben und ich wollte Frau Koslowski im Heim besuchen, ihr von meinem Bruder erzählen."

„Mein Gott, Frau Fuchs, mein herzliches Beileid. Als Frau Koslowski vor 3 Jahren starb, konnten wir ihren Sohn nicht erreichen. Weil wir ihn nicht ausfindig machen konnten, wurde Frau Koslowski in einem Armengrab anonym beigesetzt."

„Ach, wie traurig!"

„Ja, erst später habe ich erfahren, dass ihr Sohn zu der Zeit im Gefängnis saß. Irgendwie tat mir das leid. Er muss doch an seiner Mutter gehangen haben und umgekehrt auch. Am Sterbetag hat Frau Koslowski immer wieder nach ihrem Sohn gerufen."

„Oh, das ist eine tragische Geschichte. Vielen Dank, Schwester Huberta, für Ihre Zeit und Ihre Informationen. Auf Wiederhören."

Elisa beendet das Gespräch. Frau Koslowskis Schicksal geht ihr nahe. Andererseits ist sie auch angespornt weiterzuforschen. Sie hat eine Verbindung zwischen Boris Koslowski und ihrem Bruder entdeckt. Boris war nicht nur ein ehemaliger Schüler, sondern auch

Besucher des Hauses Nummer 7, weil seine Mutter dort im Dachgeschoss wohnte. Koslowski ist Armin mit *an Sicherheit grenzender Wahrscheinlichkeit,* wie Teufel es ausdrücken würde, manchmal im Hausflur oder auf der Treppe begegnet. Doch das ist drei Jahre her. *Gab es damals Streit?* Hatte ihr Bruder nach dem Auszug von Koslowskis Mutter noch Kontakt zu Boris Koslowski?

Klinkenputzen in der Nachbarschaft, recherchieren ist angesagt, sagt sich Elisa. Da sind der Copy-Shop, das Sonnenstudio 'Helios' und die Kneipe 'Zum Anton'.

Sie schaut auf die Uhr. Schon 15.00 Uhr. Das reicht gerade, um den Copy-Shop zu besuchen, einen Stadtplan und etwas für das Abendessen einzukaufen. Morgen werde ich das Sonnenstudio und die Kneipe nebenan in Augenschein nehmen.

In den nächsten Tagen werde ich Koslowskis Adresse herausfinden und überprüfen, ob Sunnys Freundin dort noch wohnt. Sie ist wichtig, als Zeugin des Mordes. Vielleicht hat sie einen Hinweis auf Koslowskis Aufenthaltsort?

Laut Zeitungsbericht ist sie die einzige Zeugin des Streites zwischen den beiden. Nach der Tat soll Koslowski untergetaucht sein. Das heißt auch: Recherche im Rotlichtmilieu. *Verbindung mit Teufel aufnehmen? Nein, der will und darf mir ja gar nichts sagen, oder …?*

Elisa seufzt. *Zeit, um aufzubrechen.*

Sie geht in die Küche, ist auf der Suche nach einer Einkaufstüte. Dabei entdeckt sie über der Anrichte einen Klemmblock. Sie nimmt ihn in die Hand und liest Armins Notizen. Notiert sind eine Einkaufsliste, ein Rezept für eine Maronensuppe, zwei Buchneuerscheinungen und dahinter ein Name, der sie frösteln lässt: „Nowak?“ Hinter dem Namen prangt ein dickes Fragezeichen. *Ist das der Nowak, der sich mir am 4. November auf der Beerdigung näherte?*, fragt sie sich. *Dieser unscheinbare Typ, der an einen Buchhalter erinnerte und mir auf dem Friedhof auf die Schulter getippt hatte, mir viel zu nahe kam? Wie war noch einmal der Vorname? Karl-Heinz? Und warum das Fragezeichen hinter dem Namen? Armin notierte sich aber auch alles.*

Sie blättert im Telefonbuch, findet zahlreiche Nowaks, aber keinen Karl-Heinz. Vielleicht wohnt er bei Verwandten, Mutter, Vater?

Elisa forscht weiter, sie kann nicht anders, sucht nach einem weiteren Hinweis auf Nowak. Sie sortiert Armins Listen und Aufzeichnungen, stößt auf einen Stehsammler mit zensierten Arbeiten. *Hat Armin die nicht zurückgegeben oder hat er es vergessen? Nun, sie sind so schlecht, dass die Schüler sie vielleicht nachschreiben durften.*

Dazwischen steckt ein mit kindlicher Handschrift beschriebenes Blatt voller Rechtschreibfehler.

Lieber Herr Wolf,

ich denke auch das ich kein guter Schüler bin, da haben Sie rächt. Ich vergese nur immer alles so schnell, kann mich schlecht konzentriren und dann sind die Buchstaben weg. Mathe ist besser! Ich will mich bessern so das sie mich wieder mögen und ich gute Noten kriege. Gans bestimmt!

Karl-Heinz

Darunter Armins Notiz mit roter Lehrertinte, die er für Ermahnungen oder Fehlermeldungen benutzte: *20.2.1976: Nowak Nachhilfe geben, ein Versuch.*

Hatte der ehemalige Schüler auch nach seiner Schulzeit weiterhin Kontakt zu seinem Lehrer? Wenn das der Nowak war, dem sie nach der Beerdigung auf dem Friedhof begegnete, muss sie unbedingt auch seinen Spuren folgen.

Als Elisa den Sammler ins Regal zurückstellt, fallen ihr mehrere Bücher und Abhandlungen zur Stadtgeschichte ins Auge, besonders aus der Zeit der französischen Besatzung. *Französische Besatzung?*

Elisa überlegt. *Zu der Zeit wurde die Häuserzeile erbaut, zu der auch Nummer 7 und das Sonnenstudio gehören. Das hatte Armin mal erzählt. Geschichte, die Französische Revolution, sein Lieblingsthema! Leider habe ich damals nicht genau zugehört.*

Elisa schaut auf die Uhr: schon 16.15 Uhr. Sie muss los. Am Abend wird sie sich bei einem Gläschen Wein in diese Abhandlungen über Stadt- und Baugeschichte vertiefen. Sie wird die Ausführungen, in denen auch die Häuser Nummer 7 und 8 erwähnt werden, unter die Lupe nehmen.

Auf in den Copy-Shop und danach das Nötigste für den Aufenthalt einkaufen.

Elisa zieht ihren Mantel an und schlingt sich einen dicken, gemusterten Wollschal um den Hals. Draußen wird es dämmerig, die Straßenlaternen verbreiten müdes Licht in den Gassen. Der Copy-Shop hingegen ist hell erleuchtet.

Dort war Armin ein guter Kunde, weil er sich mit seinem PC und dem Drucker nicht gut auskannte. Elisa hat dutzende Quittungen mit dem Stempel des Copy-Shops auf seinem Schreibtisch gefunden. Sie öffnet die Tür des 'Copy me'.

Ungewöhnlich gemütlich für ein Kopiergeschäft. Auf einem Tischchen steht eine Teekanne mit kleinen Teeschalen zur Selbstbedienung.

Ein junges Mädchen kommt auf sie zu. „Was kann ich für Sie tun?"

„Ich habe eine Frage an Sie: Kennen Sie Armin Wolf, einen in der Nachbarschaft wohnenden Lehrer? Er war mein Bruder." *Wie auswendig gelernt, aber effizient*, denkt Elisa über ihre eigenen Worte.

Anja, das steht auf einem kleinen Namensschild, blickt sie bestürzt an. „Es tut mir so leid, dass Ihr Bruder gestorben ist, und dann noch so plötzlich. Das ist für mich völlig unvorstellbar."

„Wann haben Sie ihn zuletzt gesehen?"

Anja überlegt, zieht dabei die Stirn kraus und streicht sich lange

Ponyfransen aus dem Gesicht. „Herr Wolf ist Anfang Oktober nachmittags hier gewesen. Er wollte einige, wie er sagte, ‚Kitsch-Heiligenbilder' kopieren und vergrößern. Er fand sie so kitschig, dass sie schon fast wieder schön wären." Sie lächelt in Erinnerung daran.

Elisa kann sich die Szene gut vorstellen. Anja unterbricht Elisas Gedankengang. „Möchten Sie eine Tasse Tee trinken?"

„Ja, gerne."

„Herr Wolf war oft hier, hat immer kopiert. Er war sozusagen ein guter Stammkunde. Ich erinnere mich so genau an seinen Besuch, weil an dem Tag so viel los war und er sehr lange den Kopierer blockierte." Sie seufzt und gießt dampfenden Tee in Elisas Teeschale.

„Wir haben gemeinsam Kopien vom Boden aufgelesen, die ihm heruntergefallen waren. ‚Flohmarktschätze' hat er dazu gesagt. Es war ihm peinlich, denn es war wirklich viel los."

Elisa denkt an den Berg von Kopien, die sie in Armins Wohnung entdeckt hat und die sie am Abend noch sichten muss. *Vielleicht hat Armin auch diese Blätter genutzt, um auf den Rückseiten etwas zu notieren. Bei seiner Schreibwut weiß man ja nie.*

Sie muss die Neuigkeiten und die Eindrücke, die Armin bei den Menschen in seiner Umgebung hinterlassen hat, erstmal verarbeiten. Schmerzliche Erinnerungen kommen hoch, ihr ist ein wenig flau. Sie atmet durch, nimmt ein Schlückchen vom Ingwertee und verlässt den Copy-Shop. Sie braucht dringend frische Luft.

Schon 17 Uhr, ihre Liste für die kommenden Tage ist lang. Zunächst strebt sie auf den Supermarkt zu. Sie kauft Milch, Brot, ein Stück Ziegenkäse, Butter, Marmelade, Salat, Tomaten und ein mit Knoblauchbutter gefülltes Baguette. Schokoriegel, als Nervennahrung, wandern auch in den Korb. *Wein finde ich bestimmt noch in Armins Vorräten*, denkt sie. *Armin war Weinkenner.* In einem Schreibwarenladen findet sie einen Stadtplan. Als sie die Bahnhofsstraße passiert und an einem Stehcafé vorbeikommt, zögert sie, überlegt, ob sie noch um diese Zeit einen Kaffee trinken und die Müdigkeit vertreiben soll? In dem Moment öffnet sich die Glastür.

„Frau Fuchs, was machen Sie denn hier?"

Max Teufel steht vor ihr, macht eine einladende Geste. „Ich habe Sie eben vorbeigehen sehen. Möchten Sie einen Kaffee trinken?"

„Hallo, Herr Teufel. Ja, ich habe gerade überlegt, ob ich das wirklich machen soll, fürchte aber Herzklopfen und eine unruhige Nacht."

„Dann trinken Sie doch einen milden Kaffee mit einer Portion Milch. Das wird schon gut gehen."

Da bestellt Teufel auch schon zwei Tassen Milchkaffee. Gemeinsam begeben sie sich an einen der Stehtische.

„Ja, mit dem Schlafen ist das so eine Sache. Ich bin zurzeit nicht an dem idealen Ort für süße Träume", sagt Elisa.

„Verstehe. Schlaf ist bei mir auch so ne Sache. Mich zieht es gerade auch nicht nach Hause. Ich werde gleich noch einige Fälle aufarbeiten und in der Kühltruhe recherchieren, nach essbaren Spuren suchen."

„Aha, das klingt nicht sehr nach einem gemütlichen Feierabend, eher nach einer nächtlichen Schnitzeljagd."

Teufel lacht. „Das ist eine gute Idee."

Elisa blickt auf Teufels schmalen Goldring am rechten Finger. *Vielleicht hat er Eheprobleme? Nun, Elisa, das geht dich wirklich nichts an.*

Teufel schaut auf ihre Einkaufstüte: „Sie haben ja schon vorgesorgt, wie ich sehe. Ach, einen Stadtplan haben Sie sich auch gekauft. Wenn ich über Ihren ehemaligen Beruf nachdenke, lautet meine Frage, wollen Sie etwa auf Spurensuche gehen?"

Elisa ist im Moment so überrascht, dass sie nicht antworten kann.

„Habe ich da ins Schwarze getroffen?"

„Nein", lügt Elisa. „Ich wollte nur alte Erinnerungen aus meiner Zeit im Knappschaftskrankenhaus auffrischen. Mal schauen, ob ich mich in der Gegend noch auskenne. Wahrscheinlich hat sich viel verändert."

„Hmm, das Krankenhaus ist inzwischen geschlossen. Aber wenn ich mal mehr Zeit habe, kann ich Sie gerne zu den alten, Ihnen bekannten Gaunerecken führen. Natürlich hat sich hier die Szene total geändert. Begeben Sie sich nicht allein in ein Milieu, das ganz anders ist als zu Ihrer Dienstzeit. Gewalt, Erpressung, Drogen, Prostitution und Glücksspiel, um nur einiges zu nennen, haben immens zugenommen." Teufel rückt seine Brille zurecht. „Damals war Gelsenkirchen noch ein Dorf. Geben Sie Bescheid, wenn Sie wieder in der Stadt sind."

Die Kaffeetassen sind leer.

„Ich muss nach Hause", sagt Elisa, und sie merkt, wie befremdend diese Wortwahl im Hinblick auf Haus Nummer 7 ist.

„Nun, wenn Sie sich da schon zuhause fühlen."

Auch dem Kommissar ist es also aufgefallen.

„Nein", sagt sie. „Das Zuhause bezieht sich ja nur auf die Wohnung meines Bruders. Dort ist mir einiges vertraut, erinnert mich an ihn."

„Verstehe." Teufel schaut sie an. „Ich kann das nachvollziehen. Doch ich sage Ihnen noch einmal ganz deutlich: Ihr Bruder ist eines natürlichen Todes gestorben. Bitte ermitteln Sie nicht auf eigene Faust."

„Ihr Angebot, in das nächtliche Gelsenkirchen einzutauchen, nehme ich bei Gelegenheit gerne an." Elisa lächelt.

Sie verabschieden sich.

„Nichts für ungut, und passen Sie gut auf sich auf, Frau Fuchs", ruft Teufel ihr im Fortgehen noch hinterher.

Eigentlich wollte sie Teufel nach Koslowski fragen. Doch nach diesen mahnenden Worten verkneift Elisa es sich lieber. Fürs Erste.

Widergänger

Aus dem schief hängenden Briefkasten im Eingangsbereich von Nummer 7 zieht sie einen Brief heraus, der an sie adressiert ist.

Merkwürdig, denkt Elisa, *aber langsam wundert mich gar nichts mehr.* Der Brief ist von einer Schülerin, die sie bei Armins Begräbnis kennenlernte.

Mit Erstaunen liest Elisa folgende Zeilen:

Liebe Frau Fuchs,

vor etwa vierzehn Tagen habe ich von Ihrem Bruder geträumt.

Er begegnete mir in dem Traum sehr lebendig und erklärte mit Nachdruck, dass sein Todesfall ein Missverständnis gewesen sei, er selbst wäre gar nicht gestorben.

Er fragte auch nach den Büchern, die er mir geliehen hat, denn die brauche er noch, möchte sie zurückbekommen. Ich bekam sofort ein schlechtes Gewissen und erwachte schweißüberströmt. Jetzt eine Frage an Sie: Darf ich die Bücher behalten? Sie haben mir beim Studium geholfen.

Liebe Grüße,

Manuela Prinz

PS: Mir fällt noch ein, dass ich Ihren Bruder im Herbst 2003 oft im 'Copy me' angetroffen habe, das letzte Mal an einem Nachmittag, ich glaube, es war der 11. Oktober. Er war munter und lustig auf seine ironische Lehrerart.

Elisa bekommt eine Gänsehaut. Ihrem Bruder ging es also am Nachmittag vor seinem Tod so gut, dass er Scherze mit einer ehemaligen Schülerin machte?

Ein wenig bedauert Elisa auch, dass es eine Schülerin ist, der

Armin im Traum erscheint und nicht ihr. Ihr wundersamer Bruder.

Armin hatte sich in den letzten Jahren sehr mit dem Tod und dem Leben nach dem Tod befasst.

Er war vorbereitet. Noch in seinem letzten Brief, zwei Wochen vor seinem Tod, hatte er berichtet, dass sich zwei Häuser weiter ein Mann erhängt hätte. Das erwähnte er in sehr gelassenem Ton mit dem Nachsatz: „Wer weiß schon, was kommt? Ich versuche, dem Sterben gelassen entgegenzusehen."

Doch ein plötzlicher, gewaltsamer Tod, darauf konnte auch Armin sich nicht vorbereiten. Konnte er in einem Traum dagegen protestieren?

Elisa steigt zur 1. Etage hoch. Den Brief der Schülerin pinnt sie an die Tür des Wohnzimmers, ihre Einsatzzentrale. Den Stadtplan hängt sie daneben auf. Noch weiß sie nicht, wo Koslowski und Nowak wohnen, auch nicht, wo die Zeugin des Mordes an Sunny aufzufinden ist.

Zunächst will aber der Hunger gestillt werden. Elisa holt eine Flasche Sancerre aus dem Kühlschrank, öffnet sie, heizt den Backofen vor und mischt in der Zwischenzeit den Salat mit Käsestücken, Tomaten und einem Dressing an. Als das Brot im Ofen ist, deckt sie den Tisch, ordnet die Papiere, die darauf liegen. Danach holt sie das fertige Brot aus dem Ofen. Endlich duftet es wieder nach Leben in diesem Haus. *Herrlich.* Elisa legt das Brot auf ein Holzbrett, schneidet es auf. Sie setzt sich zu Tisch und schenkt sich ein Glas Wein ein. Während des Essens nimmt sie die geschichtlichen Werke und Abhandlungen zur Hand und blättert darin herum. Dann stutzt sie. Armin hat sich seitenlange Notizen zu Haus Nummer 7 und zum Nachbarhaus gemacht, sogar eine Zeichnung, die tunnelartige Keller und Wände mit seltsamen Konstruktionen zeigt. Artikel über geheimnisvolle

Kammern, in denen angeblich früher Widergänger hausten und nachts den Menschen Grauen einflößten. Er ist aber wohl zu keinem befriedigenden Ergebnis gekommen. Elisa fallen da sofort Ausführungen über sogenannte Widergänger ein, von denen Armin im letzten Jahr auf dem Weg zu einem Antikmarkt berichtete. Legenden über Untote, sehr ungemütliche Hausbewohner, die mit dem Leben nicht abgeschlossen hatten und keine Ruhe fanden. Sie waren gefürchtet wie die Pest. Lebendig begraben zu sein, eine Horrorvorstellung für die Menschen zu allen Zeiten.

Elisa hatte einer kompletten Geschichtsstunde gelauscht, über die sie lange nachdenken musste. Sie schüttelt sich.

Hat Armin damals schon über die alten Häuser in der Nachbarschaft geforscht und mir diesen Vortrag gehalten, weil ihn da irgendetwas bewegte und interessierte, weil er etwas herausgefunden hatte? Es wimmelt vor Fragezeichen.

Es ist kein Wunder, dass sich ein Geschichtslehrer für Stadt- und Baugeschichte interessiert oder für alte Stadtlegenden. Ihr Bruder war schon als Junge eine Art Schatzsucher, aber in dieser Intensität? Was soll das? Was steckt dahinter?

Elisa hat das Gefühl, dieser Spur ebenfalls nachgehen zu müssen. Am besten immer sofort nachhaken, ist ihre Devise. Morgen wird sie das Nachbarhaus mit dem Sonnenstudio besuchen.

Fazit: Was hat sie heute herausgefunden?

Zwei Schüler, die mehrmals in Armins Archiv auftauchen und auch nach der Schulzeit Verbindung zu Armin hatten. Da ist zunächst einmal dieser Koslowski. Er scheint kein wahrer Musterknabe zu sein. Und was ist mit Nowak? Handelt es sich hier wirklich um den unangenehmen Typen vom Friedhof?

Man wird sehen, ihr Musterschüler, was ihr so treibt, denkt Elisa und kann sich ein Lächeln nicht verkneifen.

Nächste Frage. Warum hatte Armin solch ein Interesse an alten Wänden und Kellern in der Nachbarschaft zur Zeit der französischen Kriege? An den Bauplänen vom Haus Nummer 7? Wollte er umbauen? Das hätte er mit dem Hausbesitzer absprechen müssen.

Interessant würde der Besuch des Sonnenstudios mit den geheimnisvollen, jahrhundertealten Kellerräumen allemal sein.

Nicht zu vergessen das Nachbarhaus zur Rechten, die Kneipe 'Zum Anton'.

Alle Bauten sind aneinandergereiht, wie auf einer Perlenkette. Alle stehen irgendwie mit Armins Alltag in Verbindung.

Es ist 23.00 Uhr. Elisa gähnt. *Das geplante Pensum habe ich heute so gerade noch geschafft*, denkt sie.

Sie geht zum Dachgeschoss hoch, lässt die Fenster offen und schließt die Räume ab. Sie mag diese Etage bei Dunkelheit nicht mehr.

Im Wohnzimmer macht sie sich auf dem Sofa ein Bett, geht ins Bad. Sie duscht und cremt sich das Gesicht und flechtet die langen Haare zu einem Zopf. Dann zieht sie sich einen Trainingsanzug über. So gekleidet fühlt sie sich sicherer, falls sie gestört wird in diesem Haus. Man weiß ja nie.

Kurz horcht sie in den Hausflur hinein und legt sich auf das Sofa, nachdem auch das Wohnzimmer abgeriegelt ist.

Im Halbschlaf meint sie, Geräusche zu hören. Sie greift in ihre Reisetasche, die neben dem Sofa steht, nimmt eine Schlaftablette und spült diese mit einem Glas Wasser hinunter. *Morgen muss ich frisch und munter sein*, denkt sie.

Unten geht eine Tür. Noch ein Geräusch, bevor die Tablette wirkt. Das ist bestimmt der „Hasch-Hase“, der nach Hause kommt. Kurz darauf hört sie trübe Gitarren-Klänge und schläft ein.

Als sie am nächsten Morgen die Tür zum benachbarten Sonnenstudio 'Helios' öffnet, taucht Elisa in eine andere Welt ein. Alles glänzt und blitzt. Im Hintergrund läuft schmeichelnde Entspannungsmusik. Auf einem Tisch stehen verlockende Früchtecocktails bereit. *Scheint sich in der Gegend herumgesprochen zu haben, dass sich Gratisgetränke gut machen.* Am Empfang quatschen zwei lecker gebräunte, junge Damen. Elisa grüßt freundlich, zeigt sich neugierig und lässt sich erläutern, wie ein Bleichgesicht zu einer milchkaffeebraunen Haut gelangt. *Erstmal Vertrauen schaffen*, denkt sie.

„Das kann schon 10–12 Minuten dauern, außerdem wären bei Ihnen mehrere Sitzungen mit niedriger, dann ansteigender Dosis nötig. Sie haben rote Haare, Ihre Haut ist empfindlich." Die zwei Damen blicken Elisa prüfend an.

Natalie, so stellt sich die Geschäftsführerin vor, zeigt Elisa die Kabinen, bestückt mit fliederfarbenen, hochglänzenden Sonnenbänken.

„War mein Bruder, der nebenan wohnte, auch hier Kunde?"

„Wer ist denn Ihr Bruder?"

„Ach natürlich, Armin Wolf meine ich."

Natalie fällt aus allen Wolken. „Herr Wolf war Ihr Bruder? Herzliche Anteilnahme! Chrissi! Armin Wolf war ihr Bruder", ruft sie in Richtung Tresen. Beide Damen fallen in bedrücktes Schweigen.

Elisa räuspert sich. „Vielen Dank, ich habe mich nicht vorgestellt. Mein Name ist Elisa Fuchs. Aber zurück zur Frage. War Armin hier Kunde?"

„Nein. Er hat immer freundlich gegrüßt." Sie denkt nach. „Aber an unserem Keller war er interessiert."

Wow, Volltreffer, denkt Elisa. Sie sagt: „Tatsächlich?"

„Dieses Haus gehört der Familie meiner Mutter. Früher war es lange eine Schlachterei und Metzgerei", sagt Natalie.

„Ach so, es ging Ihnen also schon immer ums Fleisch“, sagt Elisa, was Natalie irgendwie nicht lustig findet.

„Wie auch immer, meine Mutter ist damals mit ihm in das Gewölbe hinuntergegangen und hat ihm alles gezeigt. Ich find's gruselig, da unten.“

„Wann war das?“

„Keine Ahnung. So vor drei Jahren“, sagt Natalie. „Herr Wolf hat gesagt, dass es früher vielleicht mal eine Verbindung zwischen beiden Häusern gab.“

Wieder horcht Elisa auf. Ihr Herz klopft. Kripomäßiges Bauchgefühl lässt Blaulicht aufblinken. *Ist da eine Spur, eine Verbindung zwischen beiden Häusern? Hätte diese einem Übeltäter Zutritt zum Keller des Nachbarhauses verschaffen können? Wenn ja, dann aber immer noch nicht bis zum Dachgeschoss.*

„Kann ich Ihren Gruselkeller auch besichtigen?“, fragt sie.

„Natürlich. Gehen Sie einfach runter.“

Elisa läuft die abgetretenen Stufen hinunter. Die Decke bildet ein Tonnengewölbe. Sie muss augenblicklich an eine düstere Krypta denken, eine Gruft, die Geheimnisse birgt.

Sie stutzt, zieht die Nase kraus. Ein kaum wahrnehmbarer Geruch von Fleisch, Rauch und Verwesung liegt in der Luft. Nach all den Jahren. Das bestätigt Natalies Bemerkung von dem Fleischhandel in diesen Räumen. Elisa will alles gründlich absuchen. Die Mauern und Decken bestehen aus dicken Natursteinen. Sie schaut in alle Ecken, berührt die Wände mit ihren Händen. *Da ist kein Durchkommen, es sei denn, die Spuren von baulichen Veränderungen wurden vom Zahn der Zeit unkenntlich gemacht. Gegen die Wände klopfen, da müsste ich schon einen Hammer haben, sonst ist die Wirkung gleich einem Mückenstich bei einem Elefanten. Ich will auch kein Aufsehen erregen.*

Elisa schaut in den letzten Winkel. Sie entdeckt eine kleine Tür aus wuchtigen Holzlatten, kaum mannshoch. Ein Eisenband, das die Bretter zusammenhält und ein uraltes Schnappschloss. Elisa begutachtet das wuchtige Eisenschloss, das beim Schließen in einen Eisenbolzen schießt.

Sie blickt nach oben. Die gewölbte, steinerne Decke ist baugleich mit der Kellerkonstruktion im Nachbarhaus. Sie hat genug gesehen und steigt die Treppe wieder hinauf. Oben steht Natalie. Kein Kunde ist zu sehen. Elisa ergreift nochmal die Gelegenheit.

„Natalie, kann ich Ihre Mutter oder Großmutter einmal sprechen, nachhören, was mein Bruder mit ihnen genau besprochen hat, als er hier in den Kellerräumen war, und was ihn interessierte?“

Natalie stockt. „Nein, meine Mutter ist leider vor einem Jahr plötzlich gestorben und die Großmutter lebt nun auch schon seit zwei Jahren nicht mehr.“ Sie überlegt. „Also meine Mama erzählte uns Kindern, dass nach einer großen Schlacht ...“

„Völkerschlacht in Leipzig?“, fragt Elisa.

„Kann sein. Also damals, im Herbst, sollen einige Franzosen auf dem Rückweg desertiert sein und sich hier rumgetrieben haben. Es war wohl ein sehr kalter Herbst, sie hatten Hunger und einer der Soldaten ist in unseren Keller eingebrochen. Von außen war ja zu erkennen, dass hier eine Metzgerei war. Der Soldat hat sich richtig vollgefressen. In der Rumpelkammer hat er noch mehr Würste vermutet und ist hineingekrochen. Am Ende des hinteren Ganges ist das Kämmerchen.“

Elisa erinnert sich, es gesehen zu haben.

„Das Schloss ist hinter dem Dieb eingerastet. Nachdem es im Keller einige Wochen später fürchterlich gestunken hat, hegte mein Ur-Uropa erst den Verdacht, dass er vom Schlachter mit verseuchtem Fleisch betrogen worden sei. Erst später kam jemand auf die Idee, die Rumpelkammer, in der jahrzehntelang Krempel aufbewahrt wurde, zu öffnen. Es hat wohl echt teuflisch gerochen."

Teuflisch! Elisa erinnert sich blitzartig an Max Teufel, den Kommissar. *Ups, ein Herzschlag zu viel.* Warum muss sie gerade jetzt an ihn denken? So teuflisch fand Elisa ihn gar nicht. Zunächst hielt sie ihn für einen etwas steifen, introvertierten Beamten, doch schon in seinem Büro, im KI, und gestern bei einer Tasse Kaffee, überzeugte er sie vom Gegenteil. Noch hat sie seine Worte im Ohr: „Wenn ich mal mehr Zeit habe, kann ich Sie gerne …"

Natalie fragt: „Alles in Ordnung? Die Sache mit ihrem Bruder geht Ihnen bestimmt nah und ich plappere Ihnen die Ohren voll."

„Nein, nein, ich war nur in Gedanken, habe mich an etwas erinnert."

Natalie will die Geschichte unbedingt weiter erzählen. Das sieht Elisa trotz Schummerlicht in ihren blitzenden Augen.

„Also, der beste Teil kommt jetzt. Als die Tür der Rumpelkammer geöffnet wurde, fiel den Metzgerleuten ein halb verwester, toter französischer Soldat vor die Füße."

Elisa wartet auf einen Kracher.

Natalie stutzt. „Da sind Sie aber geplättet, nicht wahr? Nix als Aufruhr und Schrecken in der Metzgerfamilie. Wohin mit der Leiche? Wäre die Gendarmerie gerufen worden, hätte das ganze gelagerte Fleisch, das den Verwesungsgeruch angenommen hatte, vernichtet werden müssen. Also hat man ihn bei Nacht und Nebel in ein altes Grab hier auf den Friedhof verfrachtet, verscharrt und dann wurde zwei Tage lang das ganze Fleisch aus dem Keller gekocht und gepökelt, damit es unter der Ladentheke doch noch schwarz verkauft werden konnte." Natalie schöpft Luft, macht eine Atempause. Eigentlich wartet sie auf Applaus. Dann flüstert sie in Elisas linkes Ohr: „Und seitdem soll es in diesem Haus spuken. Ein

Widerläufer, der in manchen Nächten hier herumpoltern soll."

„Widergänger", korrigiert Elisa.

„Hä?"

„Es heißt Widergänger."

„Egal, ich hab noch nix bemerkt. Hab mir aber gedacht, dass so ein Sonnenstudio gut ist gegen Geister. In dunklen Nächten soll das Skelett des Soldaten auf dem Friedhof herumgeistern und Frauen erschrecken."

Elisa lächelt pflichtbewusst, doch ist in Gedanken wieder bei der Deckenkonstruktion des Kellers. Mächtiges, tonnenartiges Gewölbe. Es wirkt einfach nur bedrückend auf sie. Sie bekommt das Gefühl, als senke sich die ganze Last der Steine mit einem Geheimnis auf ihre Schultern nieder.

Interessant und rätselhaft, diese alten Kellergeschichten, doch die erhoffte Spur, eine Verbindung der beiden Häuser zu entdecken, habe ich nicht gefunden. Ich werde vielleicht beim nächsten Zusammentreffen mit Teufel darüber reden, obwohl er von meinen Recherchen nicht begeistert sein wird. Das hat er gestern betont. Der Fall Armin Wolf ist für ihn schon längst erledigt. Leider.

Eisiger Wind bläst Elisa ins Gesicht, als sie vom Sonnenstudio auf die Straße tritt. Der Nieselregen vom Vormittag ist in leichtes Schneetreiben übergegangen. Schneeflocken streifen ihr Gesicht. Sie geht in Armins Wohnung. Die Kneipe 'Zum Anton' muss warten. Oben angekommen, schaut sie sich den Stadtplan an. Die daneben hängende Stichpunktliste mit Fragen und neuen Erkenntnissen ergänzt sie mit ihren heutigen Eindrücken aus Natalies Gruselkeller. *Das war zwar alles interessant*, fasst sie zusammen, *doch objektiv gesehen ist die heutige Ausbeute an Erkenntnissen mager, nicht so erfolgreich wie gestern. Die Baugeschichten, ausgelöst durch Armins*

Interesse an den Häusern, gehen mir dennoch nicht aus dem Kopf. Sie malt ein dickes Fragezeichen auf ihre Liste.

Als sie auf die Uhr blickt, ist sie überrascht. Schon 15.30 Uhr. Sie hat vergessen, zu Mittag zu essen. Ihr Bauchgefühl meldet sich, dieses Mal nicht mit kriminalistischen Ahnungen, sondern mit einem knurrenden Magen. Sie nascht einen Schokoriegel und trinkt ein Glas Wasser. Doch das beruhigt den Magen nicht. *Wenn ich in die Kneipe 'Zum Anton' gehe, um den Wirt zu befragen, kann ich auch dort meinen Hunger stillen. Hoffentlich bekomme ich etwas anderes als die üblichen Frikadellen mit Senf, die es zwischen den Mahlzeiten gibt. Die sind hier in der Region zwar sehr lecker, aber heute möchte ich etwas Warmes.*

Sie zieht ihren Mantel an und hängt ihren langen, bunten Wollschal lose über die Schultern. Weil sie nach dem Kneipenbesuch Armins Grab besuchen möchte, steckt sie sich noch ein Grablicht in die Jackentasche.

Zum Anton

Der nächste Hauseingang macht durch Lichtreklame auf sich aufmerksam: „Zum Anton, Inhaber Sokrates Papadakis"

Elisa öffnet die Tür. *Na, dem Namen nach zu urteilen, eine richtige Philosophenkneipe.*

Wirtshauslärm und dichter Qualm schlagen ihr entgegen. Etwa acht Männer halten sich am Tresen und am Bierglas fest, diskutieren, mehr oder weniger stehend, die großen und kleinen Fragen der Weltpolitik.

Auf einmal herrscht Stille. Alle starren sie an.

„Wo kommse wech?", fragt einer der Männer im ölverschmierten Blaumann und torkelt auf Elisa zu.

„Lass die Dame in Ruhe", ruft der Mann hinter dem Tresen. Das muss Sokrates sein. Sie sieht auf einer schwarzen Tafel das Tagesangebot: griechischer Toast.

Auf der Zunge schmelzender Feta und saftige Ananasscheiben schweben Elisa vor. Sokrates eilt herbei. Elisa bestellt einen Kaffee, ein Wasser ohne Kohlensäure und das Tagesangebot, den Toast.

„Kaffee? Kein leckeret Pilsken oder'n Schnäpsken?", grölt der Blaumann vom Tresen herüber.

Elisa ignoriert ihn.

Schon wenige Minuten später kommt eine junge Frau aus der Küche und stellt den Teller mit dem Toast vor sie hin.

„Guten Appetit!"

Elisa fände ein „Viel Glück" angebrachter. Mit großen Augen schaut sie auf das Essen. *Der Toast ähnelt mehr den Trümmern von Pompeji als einer griechischen Leckerei.* Das Brot ist trocken und der Feta-Käse über der Ananasscheibe hat eine dunkle Patina, nicht von der griechischen Sonne, sondern von einer zu langen Verweildauer im Backofen. *Wer weiß schon, welche Göttin in Sokrates heiligen Hallen den Kochlöffel schwingt*, denkt Elisa und beginnt zu essen.

Als sie fertig ist, kommt Sokrates aus der Küche. „Entschuldigung. Ihr Toast war nicht so, wie es sein sollte. Meine Mama ist heute krank. Die Aushilfe, na ja. Soll ich Ihnen was Anderes bringen?"

„Nein danke, mir hat es geschmeckt. Machen Sie sich keine Umstände. Ich hatte großen Hunger", sagt Elisa, lächelt und deutet auf ihren leeren Teller.

„Darf ich Ihnen einen Ouzo bringen? Geht aufs Haus."

Zu diesem Mann würde der Name Apollon statt Sokrates besser passen. Sie strahlt ihn an und sagt: „Ich würde sehr gerne einen Ouzo trinken, Herr Papadakis, muss aber leider noch fahren."

„Sokrates, für meine Gäste", erwidert der Wirt.

„Sokrates, darf ich Sie noch etwas fragen?"

Er nickt.

Elisa möchte mit Sokrates ins Gespräch kommen, Vertrauen schaffen, ehe sie sich nach Armin erkundigt. „Da habe ich gleich eine Frage zum Namen der Kneipe. Sie heißt 'Zum Anton', aber Inhaber sind doch Sie …"

„Ach so, ich weiß, was Sie meinen. Mein Vater hat nach seinem Ruhestand als Bergmann diese Kneipe von einem Freund gepachtet. Bedingung, der Kneipenname 'Zum Anton' musste erhalten bleiben."

„Mein Name ist übrigens Elisa Fuchs. Ich bin die Schwester von Armin Wolf."

„Oh. Ich habe von dem Unglück Ihres Bruders gehört. Beileid. Muss schlimm gewesen sein. Da waren an dem Abend mindestens drei Polizeifahrzeuge und die Feuerwehr."

„Sie kannten meinen Bruder?"

„Na ja, kennen …? Gelsenkirchen ist ein Dorf."

Das höre ich in den letzten Tagen schon zum zweiten Mal, denkt sie.

„Ihr Bruder war nicht oft hier. Aber wenn, dann richtig." Sokrates grinst. „Hat über Gott und die Welt geredet und den ein oder anderen Ouzo getrunken. Ein kluger Kopf. Der Einzige hier."

Sokrates macht sich daran abzuräumen und den Teller in die Küche zu bringen.

„Eine Frage habe ich noch."

„Ja, bitte."

„Ist Ihnen in den letzten Wochen etwas Ungewöhnliches aufgefallen? War mein Bruder manchmal in Begleitung?"

„Hmm, er war eigentlich immer allein." Sokrates überlegt und fährt sich mit den Händen durch seine dunkel gelockten Haare.

„Einmal, da war jemand bei ihm, ein Mann. Sie haben eine Flasche Wein getrunken, geredet."

„Konnten Sie hören, worüber sie geredet haben?"

„Nein." Sokrates deutet auf die lärmenden Blaumänner am Tresen und Elisa nickt. „Schade."

Sokrates geht in die Küche, dann zum Tresen. Als Elisa zahlen möchte, kommt er zurück an ihren Tisch.

„Ach, an dem Abend, im September war es, glaube ich, war Ihr Bruder richtig schnieke, so im Theaterdress, hatte einen großen schwarzen Filzhut auf dem Kopf. Sah aus wie ein Künstler. Sonst war er ja eher sehr altmodisch gekleidet. Hatte auch immer einen schwarzen Stockschirm dabei, auch wenn das Wetter gut war." Sokrates lächelt.

„Ja, der Schirm war sein Markenzeichen. Was war mit dem anderen Mann, wie sah er aus?"

Sokrates überlegt wieder, legt die schöne Stirn in Falten. „Also, wie ich schon sagte, ich habe keine genaue Erinnerung an ihn. Er könnte so zehn – fünfzehn Jahre jünger gewesen sein. War nicht so dick wie ihr Bruder. Entschuldigen Sie, ich kann diesen Mann einfach nicht gut beschreiben." Nach einer kurzen Denkpause sagt er: „Der Fremde hatte dunkle Haare wie ihr Bruder, hat ihn total angehimmelt. War vielleicht ein Fan?"

Das wär ja mal was, ein Fan! Das mochte Armin gar nicht. Speichelleckerei konnte er nicht ab, denkt Elisa.

„Ihr Bruder hat den Mann gefragt, ob er ihm ein Geheimnis verraten soll. Danach hat er fürchterlich gelacht. Ich dachte noch, der hat aber einen im Tee. Er sagte: April, April, das verrate ich Ihnen doch nicht, Herr …" Sokrates fasst sich an die Nase und überlegt.

Elisa sieht ihn von der Seite an. Sokrates hat ein absolut klassisches Profil.

Er denkt immer noch nach. „Nein, ich habe den Namen nicht behalten. Beide Männer sind gegangen."

„Vielen Dank, Sokrates."

Elisa schaut auf die Uhr, 17 Uhr. *Ich muss unbedingt noch zu Armins Grab, ein Licht aufstellen. Um 18 Uhr schließt der Friedhof.*

Sie verabschiedet sich.

„Das nächste Mal gibt's eine Currywurst!", ruft Sokrates ihr im Hinausgehen zu. „Die habe ich nämlich auch im Angebot."

„Ja, gerne. Ich komme bestimmt darauf zurück."

Der Blaumann am Tresen winkt ihr zu, kommt aus dem Gleichgewicht und wäre gestürzt, wenn Sokrates ihn nicht an den Hosenträgern festgehalten hätte.

Ein Gedanke lässt Elisa nicht mehr los: Wer war der Mann, der mit ihrem Bruder in der Kneipe 'Zum Anton' war?

Schattenreich

Nur eine einzige Straßenlaterne beleuchtet das große, schmiedeeiserne Haupttor des Friedhofs.

Elisa ist zu dieser Zeit der einzige Mensch auf dem Gräberfeld, mal abgesehen von den Toten. Es ist dunkel und bitter kalt. Sie schlingt den Schal um Hals und Schultern und bereut, dass sie keine Handschuhe mitgenommen hat. Sie geht schnell durch die Friedhofswege, der weiße Kies knirscht unter jedem Tritt.

Zügig passiert Elisa Gräberreihen, die nicht enden wollen. Vorbei an betenden Engeln aus Marmor, die helle Schleier bekommen und sich bewegen. *Bewegen? Das kann doch gar nicht sein*, denkt sie. Verwünscht die Dunkelheit. Sie mag diesen Friedhof bei Tageslicht, bestaunt bei jedem Besuch die Jahrzehnte alten Gräber und Gruften. Doch jetzt, in dieser Finsternis, ist er zum Fürchten. *Schemenhafte*

Bewegungen, Schattenspiele? Ein Strauch im Wind? Was sonst, hier ist doch niemand. Ist hier niemand? Sie geht an einer Hecke von Zierhölzern vorbei. Zweige knacken. Sie schrickt zusammen, sie fühlt sich verfolgt.

Ihre Fantasie entwickelt ein Eigenleben. Sie denkt an den Traum der Schülerin, in dem Armin behauptet, nicht tot zu sein. Auch Natalies irre Geschichten vom Widergänger spuken ihr im Kopf herum. Sie hört den Laut ihrer eigenen Tritte, dem stets ein anderer folgt, und dreht sich um, immer wieder. *In dieser Lichtlosigkeit werde ich sowieso niemanden erkennen.*

Nun läuft sie, so schnell, bis dass sie atemlos vor Armins Grab steht. Als sie stoppt, ist da noch der Nachhall anderer Schritte. *Weglaufen wird den Verfolger wahrscheinlich noch anstacheln. Cool bleiben.*

Mehrmals erlischt ihr Feuerzug, als sie mit kalten Händen versucht, das Grablicht zu entzünden. Als es endlich brennt, stellt sie die Kerze in die Grablampe, die sie für ihren Bruder gekauft hat. Kurz versinkt sie in Gedanken an Armin, atmet langsam und tief durch. Alles um sie herum ist in dem Moment in Stille gehüllt. Lange hält sie es nicht aus. Sie wendet sich um und geht zurück. Sie verläuft sich, bleibt stehen. Wieder knirschen Schritte hinter ihr. Sie bekommt Gänsehaut, die über ihren Rücken kriecht. Ihr Nacken verspannt sich. *Nur noch wenige Meter und ich erreiche den Hauptweg mit der großen Engelsstatue, an der ich auf dem Hinweg vorbeigekommen bin. Oder?*

Das Gefühl, dass jemand in ihrer Nähe ist, bleibt. Nun rennt sie beinahe.

Heißt es nicht, dass Widergänger sich auf den Nacken Lebender hocken, sich festkrallen, so dass man sie nicht abschütteln kann? Dass sie ihren kalten Atem dem Opfer in den Nacken hauchen und es zwingen, dort stehen zu bleiben, wo sie einmal verscharrt wurden? Da, ein Schemen! Der französische Soldat, oder ist es der Schatten-

mann, der mir nach Armins Tod in der Dunkelheit an den Fersen klebt? Elisas Gedanken überschlagen sich.

Keep cool, Elisa, Trugbilder. Es gibt keine Gespenster. Also kann es nur ein Mensch sein. Der Friedhofswärter?

18 Uhr, mahnt die Glocke der Petrikirche mit sechs Schlägen. Zu spät, zu spät! Das Friedhofstor ist geschlossen. Auch das noch. Hinter der Friedhofsmauer, an der rechten Seite, liegt eine alte, verfallene Industrieanlage. Ein hohes Tor. *Verflixt. Auch verschlossen.* Elisa überlegt nicht lange. Sie muss darüberklettern. Sie zieht sich an den Eisenstäben hoch, die von dicken Zacken gekrönt sind. Schon meint sie im Nacken, dort wo ihr wärmender Schal heruntergerutscht ist, keuchenden Atem zu spüren. Sie ergreift mit einer Hand eine Zacke des Gitters, mit der anderen zieht sie sich hoch. Das Geräusch von reißendem Stoff. Sie bleibt mit der Jacke am Tor hängen, schreit auf und stürzt in die Tiefe.

Die fremden Schritte entfernen sich. Sie spürt einen scharfen Schmerz im Bein, Schwindel im Kopf. Ein Brausen in ihren Ohren setzt ein. Dann schwinden ihr die Sinne.

Hängen im Schacht

„Constantin", flüstert Elisa benommen, „was machst du denn hier?" Ihr Kopf schmerzt fürchterlich und irgendetwas fließt in ihre Augen. *Blut?* Das rechte Bein tut weh.

„Ich bin nicht Constantin", sagt eine raue, angenehme Stimme.

Elisa öffnet die Augen, schaut direkt in ein Gesicht, das ihr bekannt vorkommt und immer verschwommener wird, wie eine trübe Milchglasscheibe der Erinnerung. Dann spürt sie nichts mehr.

Sirenen, Stimmen, grelles Licht, das rollende Geräusch einer Trage. Sie wird hochgehoben.

Nein, möchte sie rufen, nicht ins Krankenhaus, doch aus ihrer Kehle kommt nur ein kaum vernehmbares Krächzen.

Die Türen des Rettungswagens schließen sich krachend.

„Ich will hier raus", murmelt sie, als sie ihre Stimme endlich wiederfindet. Ein Erlebnis aus ihrer Dienstzeit schwirrt durch ihren Kopf. Sie erinnert sich an eine Demonstration im Jahr 1971, an Mauern, die sie beengen, nichts als Mauern, auch hier! Ein karger Polizeigewahrsam und eine lärmende Demonstrantin, mit der sie versehentlich von einem Beamten in eine Zelle gesperrt wurde. Warum? Sie sah zu jung aus für eine Kriminalbeamtin in ihrem Minirock und mit der Lockenmähne. Hämisch lachte die Demonstrantin.

„Ich will hier raus!", rief Elisa und donnerte mit der Faust an die Zellentür.

„Raus wollen hier alle", sagte der uniformierte Polizeibeamte, der hier schon jahrelang Störenfriede bewachte. Elisa ist benommen, versucht die Augen zu öffnen. Der Rettungswagen stoppt am Ambulanzeingang. Sie wird wach. Über ihr das freundliche Gesicht eines Rettungssanitäters.

„Jetzt kommen Sie erst einmal *rein* ins Krankenhaus", sagt er und schiebt ihre Trage in die Ambulanz.

„Entschuldigung, ich habe schlecht geträumt. Außer einem Brummschädel, einer Kopfwunde und Schmerzen im Knöchel fehlt mir nichts."

„Eigendiagnose?"

Eine Frauenstimme.

„Warten Sie mal ab, was Dr. Schmitz sagt." Die Krankenschwester am Ambulanzeingang kommt ihr vertraut vor.

„Schwester Berta?", ruft Elisa. Ihre alte Stationsschwester.

Schwester Berta, ein Urgestein, inzwischen ganz ergraut, schaut Elisa fragend an. Der Groschen scheint bei ihr noch nicht zu fallen.

Die Sirene des nächsten Krankenwagens und dann das rollende Geräusch einer Trage unterbrechen sie. Rettungssanitäter schieben einen Patienten in die Ambulanz.

„Na, Herr Nowak, wieder Probleme mit der Luft bei dem Wetter", hört Elisa durch die dünnen, nur halb verschlossenen Vorhänge. *Das wird wohl Dr. Schmitz sein*, denkt sie.

„Sauerstoff, sofort EKG, Röntgen und dann auf die Innere, auf Station 4, zu Ihnen, Schwester Berta", sagt Dr. Schmitz.

Nowak, Station 4? Da muss ich auch hin.

In Elisas Brummschädel sirrt es, die Gedanken überschlagen sich. *In Gelsenkirchen gibt es Nowaks wie Sand am Meer, aber vielleicht habe ich die Nadel im Heuhaufen gefunden.* Doch dem Ächzen des Asthmatikers nach zu urteilen, scheint es sich um einen älteren Mann zu handeln.

Der Arzt nähert sich Elisa. Sie versucht mit aller Kraft sich aufzurichten, um diesen Nowak in Augenschein zu nehmen, aber es misslingt. Ihr wird schwindelig.

„Sie sind ja ein unruhiger Geist, Frau Fuchs", sagt der Arzt.

Elisa muss eine gründliche Untersuchung über sich ergehen lassen.

„Sie haben eine Gehirnerschütterung und eine Platzwunde am Kopf, die wir nähen müssen. Den linken Fußknöchel werden wir röntgen."

Als der Arzt die Platzwunde genäht, Schwester Berta einen Stützverband angebracht und eine Infusion angeschlossen hat, schiebt sie Elisa im Rollstuhl zur Röntgenabteilung.

„Kann ich bitte auf Ihre Station, in Erinnerung an alte Lernschwesternzeiten, Schwester Berta?"

„Jetzt erinnere ich mich, Sie sind Schwester Elisa, waren mal Schwesternschülerin auf meiner Station im Knappschaftskrankenhaus."

Zurück im Behandlungsraum warten sie auf die Rückkehr von Dr. Schmitz.

„Frau Fuchs, Sie müssen vierundzwanzig Stunden zur Beobachtung hier aushalten. Sie waren schließlich bewusstlos."

„Ich nehme Frau Fuchs gleich mit auf meine Station. Jetzt sind auch die letzten beiden Notfallzimmer belegt", sagt Schwester Berta.

Elisa jubelt innerlich.

„Die gute Schwester Berta hat immer noch ein Zimmerchen frei. Gut so. In der Chirurgie ist alles belegt." Der Arzt wendet sich wieder Elisa zu: „Ein Polizeibeamter wird Sie zum Unfallhergang befragen. Soll ich einen Angehörigen benachrichtigen?"

„Das ist bereits geschehen", sagt Teufel, der urplötzlich im Rahmen der Ambulanztür steht.

„Ich habe Ihre Nummer, aber bei Ihnen zuhause niemanden erreicht. Habe eine Nachricht auf dem AB hinterlassen."

„Mein Mann ist mal wieder auf Dienstreise." Elisa seufzt und richtet sich auf, starrt Teufel an. „Wie kommen Sie denn hierher?", fragt sie erstaunt, obwohl sie sich insgeheim freut, ihn zu sehen.

„Als ich nach dem Dienst über die Friedhofstraße fuhr, lag da am Wegesrand so ein Häufchen Elend. Was haben Sie denn um diese Zeit am oder auf dem Friedhof gemacht, Miss Marple? Ich hoffe, nur Ihren Bruder besucht? Verbrecher gibt es dort nicht zu finden, wenn ja, dann sind sie alle mausetot." Er schmunzelt.

Elisa wird rot. *Teufel ist wohl allwissend? Verfolgt oder überwacht er mich? Ein Schattenmann reicht mir allemal*, denkt sie und fällt in die Kissen zurück. Soll sie dem ausgefuchsten Kommissar berichten, dass sie sich vor einem Schatten gefürchtet hat? Das wäre blamabel. Vielleicht erzählt sie ihm irgendwann einmal, bei einem Milchkaffee, was ihr auf dem Friedhof zugestoßen ist.

„Ich habe, wie Sie schon vermutet haben, das Grab meines Bruders besucht, nicht an die abendliche Schließung gedacht und bin über das Tor geklettert", erklärt sie.

„Und sind Sie einem Auferstandenem begegnet?", kombiniert Teufel. „Wollen Sie Anzeige erstatten gegen Unbekannt, Frau Fuchs?"

Aha, Teufel glaubt mir nicht, denkt, dass ich recherchiere. Sie wendet irritiert den Kopf ab: „Haben Sie eigentlich kein Zuhause?" Sofort bereut sie ihren harschen Ton. Wenn Teufel sie nicht gefunden hätte, läge sie vielleicht immer noch in dieser gottverlassenen Gegend auf dem dreckigen Bürgersteig.

„Zu Ihrer Frage: Ja, ich hab ein Zuhause, eine Frau und eine 15-jährige Tochter, die gerade Hausarrest hat und wahrscheinlich gleich versucht, doch noch auszubüxen, um in eine Disco zu gehen."

„Hält Ihre Frau Arrestwache, während Sie hier Ihre Zeit verplempern?"

„Nein, die ist in England und bleibt dort noch sechs Monate."

Elisa bemerkt, wie sich Teufels Miene verhärtet, und weiß, sie sollte nicht weiterbohren.

„Es tut mir leid, wollte nicht indiskret sein." *Wie blöd bin ich eigentlich, vergraule hier den einzigen Menschen, der mir aus einer Notlage hilft.*

„Schon gut, ist nicht immer leicht. Ich finde Ihre Frage gar nicht indiskret."

„Wie meinen Sie das, Herr Teufel?"

Er wirkt fast verlegen, wird rot, staunt Elisa. War es doch kein Zufall, dass er sie gefunden hat?

„Na, ja", sagt er, fasst wie üblich an seine Brille, bricht wieder ab. „Also ich meine, Sie sind anscheinend auch oft von Ihrem Mann getrennt und … ja genau … was machen *Sie* denn eigentlich hier in Gelsenkirchen? Ich habe Sie doch erst gestern mit einem Stadtplan vor dem Stehcafé erwischt." Teufel hat da natürlich so eine Ahnung und Elisas Blick bestätigt seinen Verdacht.

„Miss Marple! Sie können es wohl nicht lassen, obwohl ich Sie gestern gewarnt habe, oder?"

„Tut mir leid, aber ein Besuch am Grab meines Bruders ist ja wohl gestattet. Trotzdem, darf ich Sie noch um etwas bitten?"

„Ja, immer, wenn es sich nicht wieder um die Folgen von Detektivspielen handelt." Er lacht.

Sie mag seinen Humor. Es tut gut.

„Nein, meine Bitte ist ganz privat. Würden Sie meinen Mann Constantin noch einmal anrufen, und zwar unter der Handynummer? Er ist auf einer Tagung in Frankfurt und schwer zu erreichen. Mein Handy mit den Kontaktnummern ist in meiner Handtasche."

Teufel wühlt routiniert in ihrer Handtasche.

Wenn er nach Drogen sucht, ist er auf dem Holzweg. Außer Nasentropfen wird er nichts finden.

„Herr Teufel, das Handy ist in der vorderen Reißverschlusstasche."

Teufel schaut hoch, wird rot, findet das Handy und wählt. Er flüstert ihr zu: „Möchten Sie eine Nachricht auf Band sprechen? Das Handy Ihres Mannes ist nicht eingeschaltet. Na ja, es ist ja auch mitten in der Nacht."

Sie nimmt das Handy. „Nicht erschrecken, Constantin, ich bin für eine Nacht zur Beobachtung im Marienhospital. Bin morgen wahrscheinlich schon in Armins Wohnung. Kannst du mich dort abholen? Zugfahren klappt nicht, ich habe einen Knöchel verstaucht. Tschö, Schatz! Mach dir keine Sorgen."

„Morgen früh werden Sie bestimmt noch nicht entlassen", sagt Teufel mit strengem Ton.

„Dann entlasse ich mich selbst." Elisa duldet keinen Widerspruch.

„Nun gut, wie Sie meinen. Ich werde Sie jetzt verlassen und nach meiner Tochter fahnden. Morgen, auf dem Weg zum Dienst, schau ich noch mal vorbei. Gute Nacht und gute Besserung, Frau Fuchs."

„Danke, übrigens, ich heiße Elisa."
„Ja, ich weiß. Ich bin Max."
Sie lächeln sich zu. Max geht und Elisa fallen die Augen zu.

Mitten in der Nacht lässt ein metallisches Scheppern Elisa aus dem Schlaf schrecken. Sie muss sich kurz erinnern. Wo ist sie? Das grüne Kontrolllicht neben der Tür und der typische Krankenhausgeruch aus Desinfektionsmitteln und menschlichen Ausdünstungen helfen ihr bei der Erinnerung. Es ist ein kleines Zimmer. Sie ahnt, dass die letzten beiden kleinen Zimmer auf Stationen früher *Sterbezimmer* genannt wurden. Schwester Berta öffnet die Tür. „Alles in Ordnung, Schwester Elisa? Oder soll ich Sie jetzt Frau Fuchs nennen?"
„Danke, aber einfach Elisa klingt gut."
Die Schwester misst Puls und Blutdruck, erneuert die Infusionsflasche und geht auf Zehenspitzen wieder hinaus.
„Was war da draußen los?", flüstert Elisa, ehe Schwester Berta die Tür schließt.
„Tut mir leid, dass Sie geweckt wurden. Der Deckel einer Bettpfanne ist hingefallen. Schlafen Sie weiter. Brauchen Sie etwas zum Einschlafen oder gegen die Schmerzen?"
„Nein, danke, Schwester Berta, es geht schon."
Nachtwache, denkt Elsa, *ein anstrengender Job.* Sie erinnert sich an frühere Zeiten, ihre Dienstnächte als Krankenschwester. Da hatte sie auch Bettpfannen-Erlebnisse. Einmal hat jemand einen Deckel nach ihr geworfen. Zum Glück nur den Deckel. *Ich muss wach bleiben, spionieren.* Es gelingt Elisa nicht, sie döst ein. Doch schon kurze Zeit später wird sie, diesmal durch einen Aufschrei, geweckt. Es ist kein Traum, der sie verfolgt, sondern raue Wirklichkeit, das ist Elisa sofort klar. Der Krach kommt aus dem Nebenzimmer.
Elisa lauscht, was nicht schwer ist. Die Wände sind dünn.

„Wenn hier nicht bald der Defi kommt, ist Hängen im Schacht!“, ruft eine männliche Stimme. „Zurücktreten! Intubieren! Adrenalin!“

Dann, nach einigen Minuten, herrscht Totenstille im Nachbarzimmer.

„Herzstillstand“, sagt eine andere Stimme.

Elisa bekommt eine Gänsehaut. *Der Tod so nahe, im Nebenraum. Gruselig. Schon wieder! Auf dem Flur ist so viel los, dass ich nicht mehr nach Nowak forschen kann*, denkt sie enttäuscht.

„Die Angehörigen von Herrn Nowak anrufen“, sagt die erste Stimme. „Nowak hat eine Frau und einen Sohn.“

Elisa erschrickt. *Der Nowak aus der Ambulanz liegt direkt im Nebenzimmer?* Sie ist wie elektrisiert. *Glück im Unglück?*

Stille im Nebenraum. Eine halbe Stunde später hört sie das laute Aufschluchzen einer Frau und das raue Weinen eines Mannes. Es tut ihr leid.

Das müssen Frau Nowak und ihr Sohn sein.

Elisas Patientenzimmer und das Nebenzimmer sind durch einen Außenbalkon verbunden. Durch das geöffnete Fenster dringt Zigarettenrauch. Mutter und Sohn flüstern miteinander, rauchen und lassen ab und zu dem Schmerz freien Lauf. Elisa weiß aus Erfahrung, dass Schwester Berta gerade mit einem Pfleger den Toten würdig herrichtet, seine Hände faltet und dann die Angehörigen wieder hineinruft, damit sie Abschied nehmen können.

Elisas Fenster ist gekippt, davor flattert ein weißer Voilevorhang. Elisa schaut zum Fenster und erstarrt.

Nein, nicht schon wieder. Diesen Schattenumriss kennt sie. Für sie steht jetzt fest, der Mann, der sich nach der Beerdigung vorstellte und ihr scheinbar wie ein Schatten folgt, heißt Karl-Heinz Nowak und er hat gerade seinen Vater verloren.

Elisa meint, Nowaks Augen zu sehen, die mit durchdringendem Blick in ihr Zimmer stieren. Doch sie mahnt sich selbst: Wie soll

Nowak sie erkennen, wissen, dass sie hier ist? In ihrem Zimmer ist es stockdunkel, nur das Kontrolllämpchen schimmert. Sie kommt erst zur Ruhe, als nebenan Schritte zu hören sind, die danach auf dem grauen PVC-Boden der Krankenhausgänge verhallen.

Elisa steckt den Kopf durch die Tür. Es ist vier Uhr morgens, im gewachsten Flurbelag spiegeln sich die kalten Lichter der Neonröhren wider.

Totenstille. So leise wie möglich rollt sie mit dem Infusionsständer, der das Auftreten mit ihrem schmerzenden Fuß erträglich macht, zur Nachbartür, öffnet diese behutsam und erschrickt, als sie im fahlen Schein der Nachtbeleuchtung das bleiche, kantige Antlitz des Toten sieht. Es ist würdig und ähnelt einer in Stein gemeißelten Maske. Eine unantastbare, kühle Aura umgibt das Gesicht des Leichnams.

Intuitiv macht Elisa ein Kreuzzeichen und entdeckt am Ende des Bettes, wonach sie sucht. Die Daten und Anschrift des Verstorbenen auf einem Zettel mit Aufklebern, hinterlassen für den Bestatter: Nowak, Gustav, geb. 11.10.1939, Gelsenkirchen, Sterntalerweg 77.

Sie schleicht aus dem Zimmer des Toten.

Schachmatt sinkt sie aufs Bett. Der Kopf brummt, an Schlaf ist nicht zu denken und die Zeit vergeht viel zu langsam. Um fünf Uhr wird es im Zimmer nebenan wieder laut. Der Leichnam wird abgeholt. Das Rollen der Bahre auf dem harten Krankenhausflur entfernt sich. Sie hört das Geräusch der Aufzugtür im Treppenhaus, die beim Öffnen leise klickt, dann ein Surren. Ihre Sinne sind durch den Schlafmangel überreizt. Es geht abwärts, ins Reich der Toten.

Elisa versucht, ihre Siebensachen auf dem kleinen Tisch zusammenzulegen. Gott sei Dank steht ihr Bett mit dem Infusionsständer direkt neben dem Schrank. Sobald die Tagschicht beginnt, noch vor dem Erneuern der nächsten Infusion, möchte sie das Krankenhaus unbedingt verlassen, auf eigene Verantwortung. Zur Not klemmt sie die Infusion selber ab. Gelernt ist gelernt. Andererseits möchte sie auf keinen Fall, dass Schwester Berta Ärger bekommt. Sie wird auf den Arzt warten müssen.

Schwester Berta steckt den Kopf herein: „Elisa, meine Nachtschicht ist zu Ende. Ich hab Ihre Adresse. Vielleicht sehen wir uns mal."

„Ja, das wäre schön."

Sie verabschieden sich. Elisa geht ins Bad. Auf dem Abstellglas unter dem Spiegel stehen Seife, ein Zahnputzbecher, Zahnpasta und eine Dose Pflegecreme gegen Wundliegen. *Wundcreme, na, so weit wird es nicht kommen*, denkt Elisa, *wird aber meinem Gesicht nicht schaden.* Es ist nicht leicht, sich mit der Infusion am Arm einigermaßen frisch zu machen. Sie sucht in ihrer Tasche nach einem Kamm, der in einer silbernen Hülle steckt. Er ist weg. Wahrscheinlich hat sie ihn auf dem Friedhof verloren oder er ist ihr bei dem Sturz aus der Tasche gefallen. *Ärgerlich, immer verliere ich Sachen auf dem Friedhof.*

Bei der Beerdigung war es ein altes Spitzentaschentuch mit dem Monogramm ihrer Mutter und das Kamm-Etui war ein Geschenk von Constantin.

Wie soll es am Morgen nun weitergehen?

Wenn sie Max bittet, wird er sie bestimmt zu Armins Wohnung fahren und ihr vielleicht unterwegs einen großen Milchkaffee und ein Croissant besorgen. Dann möchte sie auf Constantin warten, um mit ihm nach Hause ins Bergische Land zu reisen.

Nachtgesänge

27. November 2003, das Dorf im Bergischen.

Ein Novembersturm fegt ums Haus. Wieder einmal schlagen die knorrigen Äste der alten Kastanie in unregelmäßigem Takt gegen die Schieferverkleidung des Obergeschosses. Der Wind bläst unter die Gesteinsplatten. Es klappert. Eine Sturmbö fährt in den Kamin und hinterlässt auf den Bodenfliesen einen grauen Ascheschleier.

Unruhig wälzt sich Elisa in ihrem Bett hin und her. Neben ihr schläft Constantin tief und fest.

Sie erinnert sich an den Morgen. Ihren Wunsch entlassen zu werden, hat der Arzt *unverantwortlich* genannt. Doch sie blieb standhaft.

Max, wie immer sehr fürsorglich, brachte sie zu Armins Wohnung – mit einer kleinen Unterbrechung in 'Brunos Kaffee- und beste Currywurst-Bude im Pott'.

Eine halbe Stunde später blickte sie in Constantins besorgtes Gesicht, der die halbe Nacht durchgefahren war und zusammengesunken vor Armins Wohnungstür auf sie wartete. Sein dunkler, sonst glatt gekämmter Haarschopf war ganz strubbelig. Ihm standen buchstäblich die Haare zu Berge.

Elisa schüttelt die Erinnerungen ab, ihr Atem wird ruhiger. Sie schläft wieder ein und träumt.

In ihrer Traumwelt öffnet sich eine Tür: „Armin", flüstert Elisa. Sie sieht ihren Bruder in seiner Wohnung.

An der Wand hinter ihm leuchtet ein Muster aus frischen, fließenden Blutfontänen. Einige Tropfen spritzen auf Armins Schulter, er wischt sie ganz beiläufig mit einer lässigen Bewegung ab, immer den durchdringenden Blick auf Elisa gerichtet. Armin kommt auf sie zu, trägt den alten, dunkelblauen und zu engen Trench und in der rechten Hand den unerlässlichen Regenschirm. So sieht sie ihn immer in ihrer Erinnerung. Er umarmt Elisa. Als sie ihn festhalten will, verschwindet er in der Wand, die sich, wie von Geisterhand gesteuert, öffnet und schließt.

„Armin!", ruft Elisa, dann gibt es ein fürchterliches Poltern. Kater Erlkönig miaut und Elisa sieht, wie er davonrennt. Ihre Krücke ist umgefallen. Sie ist wieder hellwach. Constantin schläft. Sie will aus dem Bett springen, schreit auf und erinnert sich, dass ihr Fuß verstaucht ist. Constantin schläft trotzdem weiter.

Armin. Endlich hat sie von ihm geträumt. Ernst hat er sie angesehen. Sie glaubt an die Kraft von Träumen. Hinzu kommt ihre eigene, rege Fantasie. Wieso trat Armin aus einer Tür, die sie gar nicht kannte? Träume sind manchmal wirklich schwer zu deuten. Sie ist aber sehr froh, Armin endlich selbst begegnet zu sein. Vielleicht hat er ihre Eifersucht gespürt, weil er zuerst einer Schülerin und nicht ihr im Traum erschienen ist. Doch das Blut, das viele Blut. Elisa schaudert.

Außerdem brummt ihr Kopf. Sie hat vom Arzt Tabletten bekommen. Constantin hat ihr abends ein Glas Wasser dazugestellt. Sie löst zwei Tabletten auf, trinkt das Wasser. Dann zieht sie ein frisches Eispack aus der Kühltasche, die neben dem Bett steht, legt es auf die Stirn und ist froh, als sie endlich im Morgengrauen die Kaffeemaschine blubbern hört.

Constantin ist schon aufgestanden. Sie hat es nicht bemerkt. Er muss zur Arbeit, zurück nach Frankfurt, doch vorher stapft er noch die Treppe hoch, eine Portion Kaffee in ihrer großen Lieblingstasse vom Flohmarkt in der Hand. In seinem Schlepptau Kater Erlkönig. Er stromert nachts draußen herum, flitzt durch die Katzentür, die sich im Erdgeschoss befindet, rein und raus und meldet sich pünktlich morgens maunzend, um an sein Futter zu erinnern. Wenn Constantin und Elisa nicht da sind, wird er von einer Nachbarin versorgt.

„Versprich mir, dass du heute liegen bleibst. Ich werde zeitig zurück sein und Essen mitbringen. Lauf nicht so viel herum und leg das Bein hoch. Tschö, Schatz."

Er küsst sie auf die Stirn und eilt aus dem Haus.

Als das Motorengeräusch seines Wagens verklingt, steht Elisa auf, vorsichtiger als in der Nacht, und überfliegt beim Frühstück die Zeitung. Doch sie ist unkonzentriert. Unaufhörlich muss sie an den nächtlichen Traum denken.

Noch heute wird sie mit einer Arbeit beginnen. Ein Konzept für ein Objekt entwerfen, das sie Armin widmet. Ein Werk, in dem sie ihn wiederfindet und ihre Erinnerungen an ihn festhalten kann.

Elisa humpelt die Treppen hinunter ins Souterrain. Dort hat sie ihr Atelier, seitdem die Kinder aus dem Haus sind. Dort malt und schreibt sie und hält manchmal sogar Lesungen.

Der Kater folgt Elisa, behaglich schnurrend, nachdem er Futter bekommen hat.

Mit Brettern einer bergischen Eiche, Glasscherben und Draht macht sie sich an die Arbeit.

Neben ihren eigenen Farbtuben liegen Armins Malutensilien. Ihre Schwestern haben ihr nach Armins Beerdigung diese Sachen anvertraut.

„Du bist die einzige in der Familie, die malt. Nimm du sie."

Elisa betrachtet Armins Sachen. Urplötzlich übermannt sie ein Weinkrampf. Sie weiß, dass Armin diese Farben, diese Pinsel und die exotischen Fläschchen mit den schillernden Tinten noch vor vier Wochen in der Hand gehalten, sie für seine Malereien benutzt hat. Das Krapplackrot, die schillernden Tinten. Noch sind sie versehen mit seinen Fingerabdrücken.

Aus einigen Büchern, die sie schon mitgenommen hat und die sich jetzt auf dem Fußboden stapeln, meint sie, leichten Verwesungsgeruch wahrzunehmen. Immer noch. Unendliche Trauer übermannt sie und drückt auf Elisas Schultern. Laut und verzweifelt ruft sie Armins Namen, wohl wissend, dass sie allein ist.

Man stirbt nicht an diesen Höllenqualen, denkt sie und versucht, tapfer zu sein. Aber dann muss es raus. Alles. Die Erlebnisse der letzten Wochen, der letzten Tage und der vorletzten Nacht mit dem Todeskampf Gustav Nowaks. Sie möchte alles herausschreien, aber sie tut's nicht. Sie humpelt die Treppe wieder hoch ins Badezimmer und schließt die Tür. Jetzt öffnet sich ein Ventil. Sie ruft Armins Namen, so laut sie kann. Ihre verzweifelten Schreie hallen durchs Treppenhaus. Dann sinkt sie zusammen. *Mein Gott*, denkt sie, *hoffentlich hat das niemand gehört.*

Nun geht es ihr ein wenig besser.

Erlkönig hat sich vor Schreck bis in die unterste Etage verzogen, liegt unter einem Schrank versteckt. Er versteht die Welt nicht mehr.

Elisa arbeitet den ganzen Tag weltvergessen im Atelier, bis dass der Kater maunzt. Sie setzt sich zu ihm. „Weißt du, was der Arzt gestern im Krankenhaus meinte?"

Der Kater schaut sie an.

„Ich soll mindestens drei Wochen diesen Verband am Bein tragen und darf nicht Auto fahren. Erlkönig, lass die Akten heil, die muss ich noch durcharbeiten!"

Der Kater verzieht sich unter das Sofa und Elisa beginnt, Seite für Seite, alte Notizen, Armins Tagebuch und Schulunterlagen zu durchforsten. In der Hoffnung, auf Indizien und Hinweise zu stoßen, die ihren Verdacht auf ein Tötungsdelikt untermauern.

Petersilienmeile

Seit dem frühen Morgen ist Elisa unterwegs. Sie ist voller Power, ihr Knöchel ist fast verheilt. Sie hat diesen Tag präzise geplant. Sie wird den Aufenthaltsort der Zeugin Sonja ermitteln, das Mädchen über Koslowski aushorchen und Nowak beschatten, beobachten, was er so treibt. Es ist Donnerstag, der 4. Dezember 2003.

Elisa ist auf der A40. Regenwasser spritzt an den Seitenfenstern hoch, die Scheibenwischer des Minis quietschen und schnurren auf höchster Stufe. Autos zischen vorbei, als sie den Ruhrschnellweg verlässt und die Abfahrt Gelsenkirchen nimmt.

Aus der Zeitungsanzeige, die sie damals im Zug fand, weiß Elisa, dass Sunny in einem Haus in der Bergmannstraße ermordet wurde. Dort biegt sie nun ein. Die gesuchte Hausnummer erfährt sie in einer Bäckerei. Hier im Stadtteil Ückendorf ist der Mord noch immer heißer Gesprächsstoff. Jeder kennt jeden und jeder weiß über alles Bescheid oder fügt noch etwas hinzu. Es ist so aufregend, sich bei Kaffee und süßem Kuchen zu gruseln, wenn man nicht selbst betroffen ist.

Schon um 8 Uhr steht Elisa vor dem Haus, in dem Sunny ermordet wurde.

Sie parkt vor einer Eckkneipe, die sie noch aus ihrer Dienstzeit kennt und die sie nach der Arbeit gerne mit Kollegen besucht hat. An leckere Frickos, also Frikadellen, Fritten und Glückauf-Bier kann sie sich gut erinnern. Doch die Kneipe 'Glückauf' ist in 'Adelheids Bistro' umbenannt und schon seit 7 Uhr geöffnet.

In diesem abgelegenen Stadtteil trifft sich hier morgens alles, was von der Nacht übrig geblieben ist, sich stärken möchte, vor dem Regen flüchtet, keine Bleibe oder keine Arbeit hat. Ein Auffangbecken für lichtscheues Gesindel, Nachtschwärmer und Malocher, die von der Schicht kommen. Natürlich gibt es bei Adelheid auch stärkere Sachen als Kaffee und Brötchen, denn die anderen Kneipen in der Umgebung haben um diese Zeit geschlossen.

Als Elisa eintritt, verstummt das Stimmengemurmel. Sie wird einer eingehenden Prüfung unterzogen. Sie gehört nicht hier hin, scheint das einstimmige Urteil zu lauten. Das kennt Elisa schon. Es macht ihr nichts aus.

Die Wirtin, eine stämmige, Respekt einflößende Frau mit dick aufgetragenem Make-up, begutachtet sie.

„Die Dame wünscht?“, fragt sie. Es hört sich steif an.

„Einen großen Milchkaffee, bitte.“

„Frischet Brötchen dazu, mit Fleischwurst oder Käse?“

„Gerne, mit Käse.“ Elisa zögert. „Ich habe da noch eine Frage, vielleicht können Sie mir helfen?“

„Sind Sie von der Polizei oder vom Jugendamt?“ Die Frau schürzt die Lippen und stemmt ihre Arme in die breiten Hüften.

Elisa weiß aus Erfahrung: Alles was nach Behörde riecht, ist hier nicht gern gesehen, gefürchtet wie die Pest.

Elisa setzt ihre Unschuldsmiene auf. „Ach nein, nein, was denken Sie? Ich suche eine ehemalige Freundin, die früher mal mit mir im Knappschaftskrankenhaus gearbeitet hat und deren Eltern hier in der Straße wohnten.“

Elisa zeigt auf das Haus, in dem vor sechs Wochen Sunny ermordet wurde.

„Ach so, Sie sind Krankenschwester.“ Die Miene der Wirtin hellt sich auf.

Krankenschwester zieht immer, denkt Elisa.

„Da müssense schon entschuldigen, abba hier tauchen in letzter Zeit zu viele Schnüffler auf. Also, im Knappschaftskrankenhaus, da hat mein Erwin auch mal gelegen, war 40 Jahre im Bergbau und seine Lunge sah danach aus wie ne Kohlenschütte. Is abba gut gepflegt worden, der Erwin.“ Sie wischt sich Tränen weg, wo keine flossen, und schnäuzt in ein altes Taschentuch, das sie aus ihrem Hemdärmel zieht.

Elisa nickt, gönnt ihr eine Pause, Adelheid holt Luft.

„Gezz liegt mein Erwin schon zehn Jahre unter Tage“, seufzt sie. Ihr Busen hebt und senkt sich schwerfällig. „Allein zuhause sitzen,

Fernseh gucken? Nee. Da hat der Otto, ein früherer Kollege von mein Erwin, diese Kneipe geerbt und gesacht, Adelheid, du bis ne tofte Frau, willse nich in mein Bistro helfen? Gesacht, getan."

Elisa unterbricht den Redestrom. „Und was ist mit dem Haus, in dem meine Freundin wohnte?"

Wirtin Adelheid räuspert sich, „Ach so, dat Haus da, wer da früher wohnte, weiß ich nich." Sie winkt mit der Hand Elisa näher zu sich und flüstert: „Kein gutes Haus. Da is vorn paar Wochen ein junget Mädchen erwürgt worden, von ihren Zuhälter."

„Was Sie nicht sagen! Schrecklich. Nein, sowas." Elisa hält sich am Tresen fest und presst die Hand vor den Mund. Das Schauspielern fällt Elisa erstaunlich leicht.

„Gezz sind se abba platt, wa?"

Elisa nickt, schaut scheinbar fassungslos auf die Frau, in deren Augen sich schiere Sensationslust spiegelt.

„Ganz schön was los hier."

„Ja, die Sunny kam hier morgens nache Schicht manchmal mit ihre Freundin Sonja rein, hat sich aufgewärmt, nen Piccolo getrunken. Nettes Mädchen, die Sunny, is ja auch schon untere Ärde. Abba der Koslowski, der Hund. Wenn der sich hier nochma sehen lassen würde, der kann wat erleben."

„Koslowski? Wer ist das?" Elisa ist ganz eingenebelt von der Fahne der Wirtin.

„Na, wer wohl?" Die Wirtin macht eine Pause, holt tief Luft: „Dat ist doch der Mörder vonne Sunny!" Sie seufzt erneut, deutet nach hinten auf die Männer, die in der alten Gaststube hocken und vom Kaffee bereits zu Bier und Schnäpsken übergegangen sind.

„Dat hier sind allet harte Burschen. Wat die aber nich abhaben können is, dat sich so ein Mistbolzen an so ein junget Mädchen vergreift."

Elisa schaut sich um. „Wohnt denn Sunnys Freundin jetzt alleine da in dem Mörderhaus?"

Wieder spürt sie den Atem der Frau dicht an ihrem Ohr.

„Um Gottes willen! Nein, die Sonja is mit ner anderen Kollegin weggezogen. Da isset auch nich besser, abba gut … Straßenstrich, wenn Se wissen, wat ich meine. Hier bei uns ging es den Mädels abba besser."

„Wirklich schlimm, wo sind die Mädchen denn untergekommen?", fragt sie.

Adelheid zieht die Luft ein und blickt Elisa wieder misstrauisch an.

„Da wo se sich sicher fühlen. Abba Sonja hat immer noch Angst vor den Koslowski."

„Vor dem Mörder", haucht Elisa.

Kaffeedurstige kommen ins Bistro, Adelheid schüttet Kaffee ein, verkauft Brötchen.

Elisa nutzt die Pause, um in ihr Brötchen zu beißen. *Ich muss Adelheid noch dazu bringen, dass sie mir die Adresse verrät.*

Adelheid wendet sich ihr erneut zu. „Ja, den Koslowski hamse immer noch nich gefasst, die Bullen." Leise: „Hat auch noch die Wohnung verwüstet, der olle Hurenbock, dat Polizeisiegel kaputt gemacht und mit rote Faabe anne Wand geschmiert: „Tot oder lebendig, ihr kriegt mich nicht. Ich mach euch alle!"

Beifall heischend schaut sie Elisa an.

„Mein Gott", stößt Elisa jetzt wirklich erschrocken hervor. Sie hätte sich fast verschluckt.

„Son großer schlanker Kommissar wa da und hat hier rumgehört, Teufel."

„Wieso Teufel? War er so schlimm?"

„Nein, ein Kommissar Teufel! Der heißt nur so. War furchtbar neugierig. Sonst halten wir hier immer alle zusammen, sehn die

Polizei lieber von hinten. Aber wenn der Koslowski sich hier inne Gegend blicken lässt, wird er sofort verpfiffen, auch annen Teufel!"

„Gut so! Aber was ist mit Sonja? Ist die wirklich sicher, da wo sie jetzt ist? Wenn ich so höre, was der Koslowski für ein schlimmer Finger ist."

„Warum wolln Se dat eigentlich so genau wissen? Sind Se doch vonne Behörde?"

"Ach nein. Mein Krankenschwesterherz. Ich mach mir immer Sorgen."

„Na gut, wenn Se meinen. Dat Jugendamt wa nämlich auch schon hier, hat sich nach Sonja erkundigt."

„Ach, warum denn?"

Adelheid zögert, blickt sich um und fügt leise hinzu: „Die steht anne Straße und is noch nich ma 18 Jahre alt."

„Verstehe."

„Der Wohnwagen, den Sunny und ihre Freundin haben, is auch nich sicher. Der steht aufm Parkplatz, zwischen Gelsenkirchen und Hessler, da inne Pampa."

„In der Pampa? Warum so weit weg?"

„Na, wegen den Koslowski. Und da inne Nähe gehn die Mädels frühmorgens, nache Schicht, innen Beautysalon Rosenrot. Wärmen sich auf, lassen sich verwöhnen. Maniküre, Pediküre, Frisör. Da lässt sich der Koslowski bestimmt nich blicken!" Sie lacht laut.

„Beautysalon? Das klingt gut. Das könnte ich gebrauchen. Haben Sie vielleicht die Adresse?", fragt Elisa und zuppelt an ihrer verregneten Frisur.

Adelheid rollt die Augen und schreibt die Adresse auf einen Bierdeckel.

„Bitteschön, die Dame."

„Danke sehr, ich möchte auch zahlen, muss mich auf den Weg machen.“

„Macht dreifünfzig.“

Elisa zahlt und sagt im Weggehen: „Vielen Dank nochmal und auf Wiedersehen.“ Die Bistrotür schließt sich hinter ihr und Elisa atmet auf.

Sie setzt sich ins Auto, denkt nach. Koslowski war also nach dem Mord nochmal hier. Sollte er sich wieder hier blicken lassen, wird er es mit Wirtin Adelheid und ihrer Gang im Hinterstübchen zu tun bekommen und dann an die Polizei verpfiffen. Gut so. Elisa freut das.

Vielleicht beobachtet er heimlich das Haus, in dem er mit Sunny gewohnt hat, lauert Sonja auf, falls sie zurückkommt und ihre Habseligkeiten, die sich noch in der Wohnung befinden, abholt. Ihr Resümee: *Nicht nur Sonja ist in Gefahr, sondern alle, die in dem Fall ermitteln, also auch ich. Darum hat Teufel mich so eingehend davor gewarnt, auf eigene Faust loszuziehen. Er weiß alles, was ich heute von der Wirtin erfahren habe, und bestimmt noch mehr. Ich sollte mich in Acht nehmen. Aber müssen wir das nicht immer? No risk, no fun*, denkt sie und startet ihren Mini.

Vorbei geht es an einer alten Zeche. Ein Bergmannschor hat sich trotz Dauerregen versammelt und Elisa vernimmt im Vorbeifahren die bekannten Klänge eines Bergmannsliedes. Darin wird die Heilige Barbara, die Schutzpatronin der Bergleute, besungen. *Schönes Lied.*

Nun folgt ein ödes Niemandsland, das zwei Stadtteile verbindet. Ab und zu wird die Tristesse aufgehellt durch schrille Weihnachtsbeleuchtung. *Kitsch as Kitsch can, würde Armin sagen.*

Es geht weiter an verwilderten Grünflächen und Wohnwagen vorbei, die auf zwei von Wasserpfützen umgebenen Parkplätzen abgestellt sind. Das ist der Straßenstrich. Wenig einladend und jetzt, an diesem grauen Morgen, total verwaist. Um 6 Uhr morgens müssen die Freier verschwinden. Das hat Elisa beim Ordnungsamt erfahren. Das war schon in ihrer Zeit als Kripobeamtin so. Es gab unzählige Anrufe des Ordnungsamtes und besorgter Anwohner, die Verstöße meldeten und nach Verstärkung riefen.

Straßenstrich, Elisa erinnert sich an eine Führung durch ihren westfälischen Heimatort. 'Petersiliengasse' stand auf einem Straßenschild, und die Stadtführerin machte darauf aufmerksam, dass es selbst in diesem katholischen Ort schon im Mittelalter eine Petersiliengasse gab, wo im Schutz der Dunkelheit Prostitution betrieben wurde. Die grüne Petersilie. Schon in alten Zeiten als Aphrodisiakum bekannt.

Davon wusste Mutter bestimmt nichts, wenn sie sonntags die gehackte Petersilie üppig auf die Bouillon streute. *Und dies hier*, denkt Elisa, *ist eine Petersiliengasse der heutigen Zeit: in trüben Pfützen stehende Wohnwagen.*

Eine halbe Stunde später trifft sie vor dem Beauty- und Frisörsalon ein. Ein altes Zechenhaus, verkleidet mit verwitterten, beigefarbenen Kunststofffliesen und Kohlenpott-Patina. Die Wolkendecke öffnet sich. Ein paar Sonnenstrahlen fallen auf die Fassade und das Haus erscheint plötzlich in einem ganz anderen Licht. Im Hinterhof springt eine rotweiße Katze von einer Mülltonne und verschwindet maunzend hinter einem Stoß nasser Pappkartons.

Zur Straßenseite schimmert auf weißem Hintergrund in pinkfarbener Leuchtschrift: 'Beauty und Style Rosenrot', darunter in grün: 'Open'.

Elisa, deren Haare vom Regen und Wind zerzaust sind, freut sich auf diesen ungeplanten Frisörbesuch, den sie als Vorwand für neue Recherchen nutzen kann.

Sie tritt ein und wird von einschmeichelnder Schlagermusik empfangen. Eigentlich möchte sie sofort wieder gehen, doch da ist das Lied schon zu Ende. Sie atmet auf, wird aber erneut von einer Schnulze eingelullt. *Das halte ich im Kopf nicht aus*, denkt sie. *Da muss ich jetzt einfach durch.*

Bianca, ein herzförmiges Namensschild prangt auf der Brust der großen Frau mit einer kirschrot gefärbten Haarmähne, kommt auf Elisa zu. Elisa ist von Biancas Auftritt beeindruckt. Über schwarzen Leggins trägt sie ein wallend rotes Samt-Oberteil mit Strassbesatz. Die Füße stecken in silberfarbenen Turnschuhen. Im Hintergrund wird ein kitschig glitzerndes Kunststoff-Weihnachtsbäumchen sichtbar.

„Einmal waschen, legen, föhnen, Liebchen?“, flötet Bianca.

„Ja, gerne“, sagt Elisa, von so viel Freundlichkeit überrascht. *Liebchen? Die Dame denkt doch nicht etwa, dass ich …*

Doch da es sich bei ihrem Frisörbesuch um einen Lauschangriff handelt, ist Elisa Biancas Einstufung recht. Den Blick auf die Klatsch- und Hochglanzmagazine gerichtet, die Bianca bereitgelegt hat, nimmt Elisa den Salon ins Visier.

Hinter einer Perückenparade in Rot, Schwarz und Blond kommt Mario hervor. Er summt den aktuellen Schlagertext mit. Dabei wiegt er seinen akkurat glatt rasierten Kopf hin und her. Mit grünen Ohrringen aus Glastropfen, hautengen Jeans und mit Pailletten besetzter, hellblauer Jeansjacke ähnelt Mario einem Paradiesvogel.

Elisa kann heute nichts mehr umwerfen. Sie nimmt es, wie es kommt.

„Käffchen?“, fragt er und schaut Elisa an. Elisa nickt.

„Mit Milch und sehr sweet oder lieber Lady in Black?“, fragt er und taxiert Elisas schwarzes Outfit mit dem moosgrünen Samtschal.

„Mit Milch, sehr gerne“, antwortet Elisa.

Aus dem Bereich ‘Beauty’, der durch einen klimpernden Perlenvorhang vom Salon getrennt ist, kommt ein junges Mädchen mit blonder Mähne, knapper Hose und schwarzem Maxi-Shirt.

„Nicole“, stellt sie sich vor. „Bianca meint, ich soll Ihnen schon mal die Haare waschen, danach kümmert sie sich persönlich um Sie.“

Nicole zeigt auf einen Frisörstuhl vor einer großen Spiegelwand. Sie schiebt ein Waschbecken hinter Elisas Stuhl und bittet sie, den Kopf zurückzulehnen.

Das ist ja super, denkt Elisa. *So habe ich den gesamten Frisörsalon im Blick.*

Sie entspannt sich, lässt diese Atmosphäre wirken, die nun von einem Schlager der 80er-Jahre untermalt wird. Nicole massiert kräftig ihre Kopfhaut und erzählt: „Bin die Azubine. Meine Mama jammert jeden Tag. *Mädchen, ich will nicht, dass du in einem Puff arbeitest.* Aber das ist hier doch kein Puff, sondern ein Frisörladen.“

„Stimmt.“ Ein junges Mädchen, das neben Elisa Platz genommen hat, kichert.

Elisa, inzwischen mit einem Handtuchturban um den Kopf, schaut zur Seite. Nicole bringt ihr ein paar neue Blättchen mit Storys über Stars und Sternchen. Darin scheinbar vertieft, und mit Hilfe des Spiegels, kann sie alles sehen und hören, was rundherum passiert. Sie fixiert ihre Sitznachbarin. Das Mädchen fährt mit den Händen durch ihren Bubikopf und kaut an den Nägeln.

„Hallo, Sonja!“ Bianca eilt herbei. „Alles gut gegangen heute Nacht? Keine bösen Überraschungen?“

Sonja nickt. „Jedes Mal, wenn ich das Knirschen von Autoreifen auf dem Schotter höre, zucke ich zusammen, vor allem, wenn ein roter Wagen kommt.“

„Ist Boris noch nicht festgenommen worden?“

„Nein."

Bianca beugt sich zu Elisa. „Soll ich Ihnen die Haare auf Wickler drehen oder lieber föhnen?"

„Ja, wie ich schon sagte, bitte föhnen."

„Dann bin ich in fünf Minuten bei Ihnen."

Sonja dreht sich zu Elisa.

„Sie sind aber nicht aus Gelsenkirchen?"

„Nein." *Aha, vielleicht hat Sonja vor dem Salon den Wagen mit dem fremden Nummernschild gesehen? Als gebranntes Kind ist sie auf der Hut.* Elisa überlegt sich sorgsam, was sie sagen wird, wenn Sonja weiter fragt, damit sie den Kontakt aufrecht halten kann.

„Nein, ich komme aus einem Ort in der Nähe von Köln. Das hier, mit meinem Frisörbesuch, ist quasi ein Notfall. Der Regen hat meine Frisur ruiniert. Ich muss in diesen Tagen viel regeln, wegen eines Trauerfalls in der Familie."

„Tut mir sehr leid", sagt Sonja. „Beerdigungen sind traurig."

„Ja. Ich habe meinen Bruder verloren."

„Oh nein", sagt Sonja. Sie schluckt, schaut Elisa an. „Ich muss immer an meine Freundin Sunny denken."

„Warum, ist sie krank?"

„Nein, sie ist tot."

„Oh, das kann ich Ihnen nachfühlen." Elisa, überrascht durch das Vertrauen des Mädchens, ist betroffen. „Das tut mir sehr leid."

Sonja kaut wieder an den Fingernägeln. Dann sagt sie: „Meine Freundin ist erwürgt worden. Ihr Zuhälter hat sie ermordet. Und ich habe fast alles mitbekommen." Sie weint. „Ich bin auch noch direkt in ihn hineingerannt, als er aus der Wohnung geflüchtet ist."

„Das ist hart", sagt Elisa. „Wie kann ich Sie trösten?"

„Es tut schon gut, wenn jemand zuhört."

„Ja, das erleichtert."

„Mit jemand meine ich jemand anderes als die Polizei oder das Jugendamt. Und die blöde Zeitung schreibt, dass eine Zeugin den Koslowski erkannt hat. Wie dumm ist das denn? Der weiß doch sofort, dass ich gemeint bin."

„Wo können Sie denn bleiben, um sicher zu sein?"

„Also an die Straße … oh, wie heißen Sie eigentlich?"

„Elisa."

„Also, Elisa, an die Straße stelle ich mich überhaupt nicht mehr, geh auch nicht mehr in die Wohnung."

„Ist auch bestimmt besser so", wirft Elisa ein.

„Ja, jetzt hab ich den Wohnwagen und meine Freundin Claudia ist ja auch noch da."

„Und hier im Salon bei Bianca fühlen Sie sich sicher?"

„Ja. Der Koslowski kommt hier bestimmt nicht vorbei."

„Wo steckt der denn eigentlich? Hat er denn Freunde, bei denen er unterschlüpfen kann?"

„Ne, der hat niemanden, wo er untertauchen könnte. Alle hassen ihn. Der ist unten durch."

„Der traut sich nicht mehr in diese Gegend, bei den vielen Polizeistreifen hier", sagt Bianca, die das Gespräch verfolgt hat. „Die haben ja sowieso ein Auge auf den Straßenstrich."

Sonja schaut nachdenklich, zupft erneut an ihren Haarsträhnen.

„Den Koslowski würden sie sofort erkennen, wenn er nicht seine Frisur gewechselt hat. Der hat am Hinterkopf die Haare abrasiert. Da hat er sich ein Tattoo machen lassen, eine schwarze Spinne im Netz. Grässlich. Voll abgedreht, der Spinner. Immer schnieke Klamotten, enge schwarze Lederjeans, schwarze Lederjacke und Cowboystiefel. Angeber. Hat'n Heidengeld für seine Klamotten und seinen SUV ausgegeben." Ihre Stimme zittert, ist voller Verachtung. „Der Boris hat Sunnys sauer verdientes Geld verprasst."

„Hat dieser Boris deine Freundin vorher schon mal bedroht oder verletzt?"

Sonja überlegt. „Nein, nicht der Koslowski. Knapp zwei Wochen vor dem Mord hat so ein blöder Typ die Sunny vor der Kneipe brutal über den Haufen gerannt, so dass sie kurz bewusstlos war. Sunny hat vermutet, dass Koslowski jemanden geschickt hat, um ihr einen Schrecken einzujagen. Das kann aber alles Zufall sein."

„Ja, das kann es. Nach so einem schrecklichen Vorfall ist einfach alles verdächtig."

„Seitdem hatte Sunny Angst, an der Straße zu stehen, da vor der Kneipe 'Zum alten Schacht'. Da hab ich sie manchmal besucht. Und jetzt ist Sunny tot, ermordet", bricht es aus Sonja heraus. Sie heult. Elisa reicht ihr ein Taschentuch. Sie hätte das Mädchen, wäre es ihr irgendwo auf der Straße begegnet, nicht für eine Prostituierte gehalten. Blass, ungeschminkt, trägt sie die dunkelblonden Haare kurz. Bekleidet mit einer verwaschenen Jeans, schwarzem T-Shirt mit Schmetterlingsprint und Turnschuhen wirkt sie eher wie eine normale 17-jährige Schülerin.

„Küsschen, Küsschen." Mario schwirrt heran, umarmt Sonja und tänzelt dann mit dem *Käffchen* in Richtung Elisa. Er stellt die Tasse ab und betrachtet Elisa mit schräg gelegtem Kopf. „Ein bisschen mehr Farbe ins Haar? Eine grüne Strähne, passend zum Samtschal, fände ich très chic für Sie."

Elisa lacht. „Nein, lieber nicht. Heute nur föhnen."

Als sie um 13.30 Uhr den Salon untermalt von Glockenklingeln verlässt, machen sich Marios und Biancas Einfluss doch noch bemerkbar.

An Elisas Ohrläppchen klimpern zwei Glöckchen in Form kleiner Tannenbäumchen, umrahmt von einer betonharten Föhnfrisur. Nach den heutigen Erkenntnissen zu Boris Koslowski ist es an der Zeit, Karl-Heinz Nowak zu beschatten, aber erst nach Anbruch der Dunkelheit. In Armins Wohnung notiert sie die Ermittlungsergebnisse aus der Bergmannstraße auf der Pinnwand. Neben Koslowskis Foto ergänzt sie: *schwarzes Spinnentattoo auf ausrasiertem Hinterkopf* und *keine Hinweise von Sonja zum Aufenthaltsort Koslowskis.*

Bohrender Hunger meldet sich. Die Schokoladenvorräte sind aufgebraucht. *Eine Currywurst bei Sokrates wäre auch nicht schlecht.*

Zwielicht

Lichtlos ist der Himmel an diesem Dezemberabend. Es wird immer kälter, Nebelschwaden steigen aus den Pfützen. Diffuses Licht hinter Wohnzimmerfenstern. Die wenigen Straßenlaternen in dieser Gegend verbreiten schwachen, gelblichen Schein.

Langsam nähert sich Elisas dunkler Mini. Sie meidet die Laterne, parkt unter Bäumen am Straßenrand in glitschiger Laubmasse, die vom Herbst übrig geblieben ist und schon verrottet. Die Scheinwerfer verlöschen.

Elisa beobachtet das Haus Sterntalerweg Nummer 77 vom Auto aus. Im Dachgeschoss brennt Licht. Durch ein Fenster erkennt sie, dass sich dort jemand bewegt. Das Licht geht aus und im Parterre des Nachkriegs-Siedlungshauses flammt eine Lampe auf. Indirektes Licht erhellt ein großes, vorgebautes Blumenfenster. *Das war in den fünfziger Jahren mal modern*, erinnert sich Elisa. *Meine Oma hatte sowas.*

Es ist vollgepfropft mit Zimmerpalmen und fleischblättrigen Pflanzen, die dicht an der Glasscheibe zu kleben scheinen. *Wie im Urwald. Die dicken Blätter sehen aus wie Saugnäpfe. Unheimlich*, denkt Elisa.

Dazwischen Nippes. Als Krönung schwebt über dem Stillleben ein großer, verstümmelter Porzellanschwan. Er hat nur noch einen Flügel. Es wirkt, als versuche er eine Notlandung. Die obere Hälfte des Fensters schließt mit einem grau-weißen Wolkenstore ab. Die Person, die Elisa eben am oberen Fenster gesehen hat, nähert sich dem Fenster, wird deutlich.

„Der Schattenmann", flüstert Elisa. „Karl-Heinz Nowak, gleich folge ich dir."

Das Licht geht aus. Die bizarre Fensterkulisse liegt im Dunkeln. Die Haustür öffnet sich.

Nowak kommt heraus und schließt ab. Er trägt eine dunkle Kapuzenjacke und tritt mit einem Einkaufsbeutel in der Hand zügig in die Tristesse dieses düsteren Winterabends.

Der Motor des Minis schnurrt auf. Elisa folgt dem Mann in gebührendem Abstand. Verwundert realisiert sie nach einigen Minuten, dass Nowak dem Friedhof zustrebt.

Sie schaut auf die Uhr, 17.40 Uhr. Er sollte sich beeilen, bevor das Tor verschlossen wird, das weiß sie aus Erfahrung. Nowak scheint die Ruhe weg zu haben. Als er durch das Friedhofstor tritt, greift er in seinen Einkaufsbeutel und nimmt eine rot verglaste Grableuchte mit einem Messingdeckel heraus. Er zündet sie an.

Elisa sieht vom Auto aus, dass er das Licht wie eine Trophäe hält und in seinem tapsigen Gang über den Hauptweg auf die Rückseite des Friedhofs zugeht. Eine rote Aura umgibt ihn.

Nun, er lässt sich nicht lumpen, ist ihr erster Gedanke, *aber für wen ist diese teure Grablampe?* Durch die aufsteigenden Nebelschwaden erkennt Elisa die Gestalt Nowaks nur undeutlich. Doch der Schein seiner Grablampe tanzt wie ein Irrlicht durch die Gräberreihen. Nach und nach lösen Dunstschwaden die Konturen auf, bis dass der Nebel Nowak ganz verschluckt. Elisa traut sich nicht, ihm nachzuschleichen, möchte nicht wieder im Friedhof eingeschlossen werden.

Mittlerweile ist es 18.05 Uhr. Nowak müsste längst wieder zurück sein. Ihr wird allmählich kalt in ihrem Auto.

Ein älterer Mann, mit Schirmmütze und Parka bekleidet, geht auf das Friedhofstor zu.

Der Friedhofswärter! Elisa verlässt ihr Auto, sie muss jetzt schnell handeln. Sie ruft: „Hallo, entschuldigen Sie, dürfte ich noch kurz das Grab meines Bruders besuchen? Ich bin weit gefahren."

„So, so. Weit gefahren, um Ihren Bruder zu besuchen? Na, ausnahmsweise."

Elisa nimmt ein Grablicht aus dem Kofferraum. Das hat sie in diesen Tagen immer dabei. Genau wie ein Feuerzeug, um es anzuzünden. Mit dem Licht läuft sie an dem Friedhofswärter vorbei. Er grummelt etwas, was sie nicht versteht.

„Ich beeil mich", sagt Elisa.

Sie fragt sich, ob sie ihm sagen soll, dass sich noch jemand anderes auf dem Friedhof herumdrückt. Sie verkneift es sich.

Elisa kennt den Weg zum Grab, die Dunkelheit stört sie heute nicht. An Armins Grab steht tatsächlich die rote Grablampe mit der brennenden Kerze darin. Das einzige Licht weit und breit. Elisa schluckt. Sie stellt ihr Grablicht daneben, zündet es an und läuft zurück. Sie muss sich beeilen, der Friedhofswärter wartet.

„Danke, das war nett von Ihnen."

„Ja, passt schon." Der Mann schließt das eiserne Tor ab und verschwindet im Schatten einer Häuserzeile.

Der Friedhof liegt verlassen da. Kein lebendes Wesen zu sehen und zu hören. Nowak bleibt wie vom Erdboden verschluckt. Sie fährt einmal um den Friedhof herum und kommt auf eine Durchgangsstraße. Da entdeckt sie Nowak doch, als er gerade eine Fußgängerampel überquert.

In gebührendem Abstand folgt sie ihm durch zwei Nebenstraßen. Sie parkt ihr Auto und geht das letzte Stück zu Fuß.

Überrascht stellt sie fest, dass Nowak im Gebäude der Pathologie verschwindet. Sie kennt es aus ihrer Dienstzeit. Sie läuft zum hell erleuchteten Pförtnerhaus.

„Der Mann, der eben hier hereingegangen ist, gehört der hierher?"

Der Pförtner, ein etwa 60-jähriger untersetzter Mann mit grauem Knittergesicht, Tränensäcken und weißem Stoppelhaar, schaut verwundert von seinem Bildschirm hoch.

„Wenn Sie den Nowak meinen, der arbeitet hier, junge Frau. Soll ich ihm was ausrichten?"

„Nein, junger Mann, das hat sich erledigt." Elisa ärgert sich über die Bezeichnung *junge Frau.*

Überrumpelt von der Aussage des Pförtners wendet sie sich ab und denkt: *Nowak arbeitet in der Pathologie. Geht tagtäglich mit Leichen um. Hm, gruselig und interessant. Was er da wohl so treibt? Durch seine Arbeit kennt er sicher auch einen Hinterausgang des Friedhofes. Ich sollte unbedingt Max anrufen und mit ihm sprechen, aber vorher werde ich die Tabelle ergänzen.*

Elisa hält vor dem Haus Nummer 7, zum zweiten Mal an diesem Tag. Sie schließt auf und läuft die Treppe zur ersten Etage hinauf. Auf dem Stadtplan im Wohnzimmer ergänzt sie mit einem Filzstift die Linien zur Petersilienmeile und zum Frisörsalon Rosenrot. Dann zeichnet sie die Wege vom Sterntalerweg zu Armins Wohnung und zur Pathologie ein. Damit beendet sie den Tag. Sie verlässt Armins Wohnung und schließt ab, die Haustür unten zweimal. Sie ist zufrieden mit dem heutigen Tag. Auch wenn er sehr anstrengend war.

Elisa steigt wieder in ihren Mini, der sie noch etwa 100 Kilometer bis ins Bergische fahren muss, wo Constantin sie erwartet.

Irgendetwas beschäftigt ihn. In den letzten Tagen schaut er sie manchmal nachdenklich, ja geradezu prüfend an.

„Was machst du denn schon wieder in Gelsenkirchen? Warte doch bis zum Wochenende, dann erledigen wir alles gemeinsam. Oder ist es dein Max, zu dem es dich zieht?"

Eifersucht?, fragt sie sich.

Elisa ahnt, dass Constantin, wenn er beruflich unterwegs ist, auch schon mal flirtet, besonders wenn er einen im Tee hat. Komplimente macht er anderen Frauen sowieso, auch schon mal in ihrem Beisein. Voraussetzung: Die Frau muss hübsch sein.

Elisa, treu bis aufs Blut, findet Constantins Verhalten dann peinlich. Es kränkt sie auch. Nun, nach dreißig Jahren Ehe ist alles nicht mehr so aufregend wie ein Silvesterfeuerwerk. Constantin ist eher der pragmatische Typ, redet nicht gerne über Gott und die Welt und über sich selbst schon mal gar nicht. Sie selbst begräbt sich in ihrer Kunst, ist ihm gegenüber aber aufmerksam.

Er hingegen scheint Elisas Ungeduld, ihre Sehnsüchte und Unzufriedenheit nicht wahrzunehmen.

Als junges Mädchen setzte sie alles daran, etwas von der Welt kennenzulernen. Sie wollte sich nicht früh binden. Sie ahnte, dass sie als Frau mit Kindern wenig Chancen haben würde. Darum bewarb sie sich als Krankenschwester für Auslandseinsätze. Es klappte. Sie bekam eine erfolgreiche Lazarettausbildung für den Einsatz in Kriegsgebieten. Dann kam das berufliche Aus durch die Berufskrankheit.

Nun ist sie fünfundfünfzig Jahre alt, ihr Fernweh bleibt und auch die Hoffnung, dass Constantin eventuell einmal ins Ausland versetzt wird. Sie würde ohne zu überlegen mitkommen.

Constantins Motto: „Es ist doch alles gut so, wie es ist", teilt sie nicht.

Dennoch, wenn sie ganz ehrlich ist: Constantin und sie sind ein gutes Team, das hat sich in den letzten dreißig Jahren, während vieler familiärer Notfälle und Katastrophen, gezeigt. Und das hat sie zusammengeschweißt. Er ist standhaft und zuverlässig, wenn Not am Mann ist. Aber nicht offen. Vielleicht liegt es auch an ihr, wenn sie, wie im Beruf, allen Dingen hartnäckig auf den Grund gehen möchte.

Was Max Teufel angeht, hat Constantin Recht. Ja, er hat sie beeindruckt. Sie denkt oft an ihn. Aber darum kann sie sich nicht auch noch kümmern.

Flucht des Überraschungsgastes

12. Dezember 2003, Hauptbahnhof Köln.

Elisas Blick fällt auf eine Überschrift im Panoramateil der Tageszeitung:

London: Mick Jagger wurde von Prinz Charles für seine Verdienste um die populäre Musik zum Ritter geschlagen.

Constantin kommt mit einem großen Milchkaffee, Cappuccino und zwei Croissants zu Elisa an den Tisch des Bahnhofsbistros.

Im Bergischen und im Ruhrgebiet hatte es in der Nacht geschneit, am Morgen waren die Straßen noch glatt. Darum entschloss sich Elisa, mit dem Zug nach Gelsenkirchen zu fahren. Constantin hat sie zum Bahnhof gebracht. Er fährt bei jeder Witterung mit dem Auto.

Offiziell möchte sie nur nach Armins Wohnung sehen, die noch am Jahresende an den Vermieter übergeben werden soll. Aber Constantin ahnt, dass sie sich erneut auf Nowaks und Koslowskis Spuren begeben will, und dass sie Teufel treffen wird, denn er weiß um ihre Entschlossenheit, den Fall aufzuklären. Die Sache ist ihm unheimlich.

Trotz ihrer Entschlossenheit hat Elisa das Telefongespräch mit Max immer wieder hinausgeschoben. Sie muss ihn endlich über ihre Recherchen informieren. Zunächst hat sie ihm eine E-Mail geschickt und mitgeteilt, dass sie den ganzen Tag in Armins Wohnung sein wird.

Noch dreißig Minuten bis zur Abfahrt des Zuges. Elisa und Constantin sind in die Tageszeitung vertieft.

Ein Mann betritt das Bistro, bringt die Kälte des Dezembertages hinein. Unachtsam stößt er an ihren Tisch, während er in ein Handy brabbelt, auf einen Ecktisch zugeht und sich auf einen Stuhl fallen lässt.

Elisa schaut auf den übergeschwappten Milchkaffeesee in ihrer Untertasse. *Hätte sich wenigstens entschuldigen können*, denkt sie. Constantin bemerkt nichts.

Elisa betrachtet den Hinterkopf des Mannes, seine ungewöhnliche Frisur.

Augenblicklich erinnert sie sich, dass Sonja im Beautysalon von einem schwarzen Tattoo in Form eines Spinnennetzes an Koslowskis Hinterkopf sprach. *Dieser Mann hat solch ein Tattoo. Er gleicht dem Fahndungsfoto aus Max Büro und der Zeitung. Dort wurde das Tattoo aber nicht erwähnt.*

Elisa nimmt ihr Handy, macht ein Foto, denkt zu spät an das Geräusch beim Auslösen.

Da dreht sich der Mann um, kommt auf den Tisch zu und zischt: „Hast du mich fotografiert? Gib mir sofort dein Handy."

„Ich habe nur meinen Gatten fotografiert!" Constantin, total in die Zeitung vertieft, schreckt hoch.

Doch der Mann streckt in einer fordernden Geste die Hand nach Elisas Handy aus. Sie weicht zurück, erkennt mit einem Seitenblick, dass zwei Bahnpolizisten auf das Bistro zukommen. Sie springt auf, ruft den Beamten zu: „Halten Sie den Mann!"

Constantin versucht einzugreifen, doch da ist Koslowski, wenn es denn Koslowski war, wie vom Erdboden verschluckt.

Elisa schildert den Beamten den Sachverhalt. Mit ausdruckslosen Mienen starren sie Elisa an, glauben nicht, dass diese Frau gerade einen mutmaßlichen Mörder gesehen und fotografiert hat.

Sie kennen wohl die Fahndungsfotos nicht. Schlamperei! Sie wählt Max Teufels Telefonnummer. „Max, ganz schnell, ich bin hier im Hauptbahnhof Köln und habe ein Foto von Boris Koslowski gemacht. Ich gebe dir jemanden von der Bahnpolizei. Ich sende dir das Foto und dann kannst du mich immer noch kreuzigen. Aber erstmal musst du aufklären, dass ich keine Irre bin. Koslowski hat ein auffälliges Tattoo, ein schwarzes Spinnennetz, am Hinterkopf."

„Woher willst du das wissen?", fragt er. Elisa gibt das Handy, ohne die heikle Frage zu beantworten, an einen der Polizisten weiter. Der wird nach anfänglicher Skepsis sehr dienstbeflissen. „Jawohl, Herr Hauptkommissar, machen wir. Sofort. Jawohl."

Elisa rollt mit den Augen. Solche Typen kennt sie.

Dann überschlagen sich die Ereignisse. Schrille Töne von Polizeisirenen, Polizeiwagen halten mit quietschenden Bremsen vor dem Bahnhofseingang, der Bahnhof wird abgeriegelt. Beamte samt Suchhunden sind unterwegs, verwirrte Bahngäste rennen in alle Richtungen, werden informiert. Alle auf den Gleisen stehenden, abfahrbereiten Züge werden aufgehalten und durchsucht. Doch Koslowski bleibt verschwunden, und viele Menschen in NRW kommen an diesem Morgen zu spät an ihr Reiseziel.

Immerhin wurden zwei Taschendiebe festgenommen, 150 Gramm Haschisch und eine Waffe beschlagnahmt. Ein per Haftbefehl gesuchter Heiratsschwindler aus Hannover landet, statt in der Villa seiner Geliebten, hinter Schloss und Riegel.

Teufel hat Koslowski anhand des vorhandenen Fahndungsfotos identifiziert.

Elisa ist stolz auf ihr Klapphandy mit integrierter Kamera, doch Teufel bellt: „Wir sehen uns noch, heute!“ Er knallt den Hörer auf.

„Undank ist der Welten Lohn“, sagt Elisa gelassen und hakt sich bei Constantin unter. Constantin kann sich ein schadenfrohes Grinsen über die Abfuhr nicht verkneifen: „Na ja, Elisa, Teufel ist pikiert, dass du in seine Ermittlungen reinpfuschst.“ Sein Grinsen vergeht. „Außerdem ist die ganze Sache für dich nicht ungefährlich. Und jetzt schon gar nicht mehr. Koslowski hat dich gesehen.“

Elisa zuckt die Achseln. „Hast du von Reinpfuschen gesprochen? Das ist aber keine nette Wortwahl von dir, mein lieber Ehegatte. Ich muss jetzt los.“

„Pass auf dich auf, Elisa“, ruft er ihr nach, als sie im Abteil verschwindet. Aber er weiß, dass seine Mahnung vergessen ist, sobald sich die Türen des Zuges geschlossen haben.

Als Elisa in Gelsenkirchen aus dem Zug steigt, regnet und stürmt es. Wie leergefegt wirkt die Fußgängerzone der in Grauschleiern versunkenen Stadt.

Klimpernd pendeln bunte Lämpchen der Weihnachtsbuden im Sturm. Eine kleine Schlange Hungriger drängt sich an eine Pommesbude. Elisa kann nicht widerstehen, sie reiht sich ein.

Es ist schon Mittag, als sie Armins Wohnung erreicht. Der Haustürschlüssel dreht sich schwerfällig im Schloss. Es ist, als wolle es ihr den Eintritt erschweren.

Im Flur schlägt Elisa immer noch ein leichter muffig-süßlicher Geruch entgegen.

Es ist acht Tage her, seitdem sie zuletzt hier war. Obligatorisch öffnet sie alle Fenster.

In der ersten Etage liegen große Müllsäcke bereit. Elisa füllt sie mit Bekleidung ihres Bruders. Für 16 Uhr haben sich Caritas und Malteser angemeldet, um Sachspenden abzuholen.

Elisa geht einmal ganz nach oben. Seit dem letzten Besuch scheint alles unverändert.

Sie öffnet auch hier die Fenster, die Reste der Leuchtstoffröhre hängen als zerstörte Fragmente an der Decke.

Dämmerlicht breitet sich vom Flur ins Arbeitszimmer, ins Schlafzimmer und ins Badezimmer aus. Dort, an der Wand, sind immer noch schwache, braunrot gefärbte Spuren zu erkennen. Nur wer es weiß, erkennt in ihnen die Spuren der weggeschrubbten Blutfontänen. Substanz der Erinnerung. Wenn diese Wände sprechen könnten …

Die Luft ist erdrückend. Elisa vernimmt ein Scharren, Quietschen, Stöhnen.

Der Wind scheint mit den alten Dachschindeln zu spielen. Oder hausen hinter den Bücherwänden Nagetiere? Mäuse können sie zu Tode erschrecken. Das war schon immer so. Als sie mit ihren Eltern nach dem Krieg auf einem alten Bauernhof wohnte, waren Mäuse in der Vorratskammer, im Schlafzimmer und in den Scheunen und Kornspeichern.

Seltsam verwinkelt kommt ihr Armins kleiner Flur vor, mit den Bücherregalen, die sich unter der Schräge bis ins Arbeitszimmer fortsetzen. Die Regale sind massiv, scheinbar speziell für die Schräge angepasst und eingebaut worden.

Elisa räumt die verdorrten Rosen weg, die sie vor Wochen in den stillen Minuten der Totenwache mit ihren Schwestern an den Platz gelegt hat, an dem Armin gestorben ist.

Sie steigt die schmale Stiege hinunter, geht in die Küche, füllt die Thermoskanne mit frischem Kaffee und sieht noch einmal aufmerksam Armins Anzug- und Hosentaschen durch.

In einem schwarzen Blazer entdeckt sie zwei entwertete Theaterkarten.

Sie erinnert sich an ihr Gespräch mit Sokrates, dem Wirt der Kneipe 'Zum Anton', der ihr erzählte, dass ihr Bruder einmal im Theaterdress mit einem anderen Mann dort gewesen ist.

Kurzentschlossen ruft Elisa an der Theaterkasse an, fragt, ob ein Armin Wolf für die 2. Spielzeit 2003 ein Abonnement hat.

„Das stimmt", antwortet eine Frau Zierlich. „Allerdings hat er die letzte Vorstellung am 18. Oktober, den Parzival, verpasst. Schade."

„Da war Armin schon tot", flüstert Elisa.

„Was sagen Sie?"

Elisa schluckt, antwortet nicht auf die Frage. Ihr ist nicht danach.

„Hat mein Bruder ein Abo für eine oder zwei Personen?"

„Für eine Person."

„Würden Sie mir auch sagen, wer die Abo-Plätze rechts und links von ihm belegt?"

Elisa hört das Knistern von Papier, das Klacken einer Tastatur. Frau Zierlich scheint in Listen zu suchen. Im Hintergrund hört sie Gesprächsfetzen.

„Sind Sie von der Polizei?", fragt Frau Zierlich nun mit Zurückhaltung. „Ich darf solche Informationen nicht rausgeben."

„Nein. Mein Bruder ist verstorben." Peinliche Stille, Räuspern.

„Oh, das tut mir leid."

„Ich überlege, die Karte für den Rest der Spielzeit an einen der Sitznachbarn zu verschenken, die sich bestimmt an meinen Bruder erinnern", fügt Elisa hinzu.

„Das ist eine schöne Idee, da mache ich eine Ausnahme. Den Platz links belegt eine Frau Slomka, rechts ein Herr Karl-Heinz Nowak."

Elisa stockt der Atem, sie zieht die Luft ein, fasst sich schnell: „Frau Zierlich, gerne können Sie Frau Slomka benachrichtigen und fragen, ob sie noch jemanden ins Theater einladen möchte für die restlichen Vorstellungen. Mein Bruder kommt bestimmt nicht mehr."

„Traurig", seufzt Frau Zierlich, bedankt und verabschiedet sich.

Elisa legt den Hörer auf.

„Das wäre ja noch schöner, Karl-Heinz Nowak eine Karte zu schenken", zischt sie. Sie rechnet in Gedanken nach. Am 18. Oktober war Armin bereits 7 Tage tot, lag unentdeckt in seinem Badezimmer. Warum hat Nowak sich nicht gewundert, dass Armin, sein Sitznachbar für die letzte Saison, im Theater nicht neben ihm saß, ist nicht mal bei Armin vorbeigegangen?

Oder wusste er als Einziger, dass Armin tot war?

Schrilles, blechernes Türklingeln, das zu diesem schrägen Haus passt, schreckt Elisa aus ihren Überlegungen.

Die Malteser erwartend, tritt sie an den Treppenabsatz, aber da steht ganz aufgeregt Natalie, die Geschäftsführerin des Sonnenstudios.

Elisa bittet sie, doch hereinzukommen. Natalie sprudelt noch an der Wohnungstür los. „Frau Fuchs, ich bin froh, dass Sie da sind. Ich habe den Laden voll, hab gar keine Zeit. Aber haben Sie gerade die Nachrichten gesehen? Boris Koslowski. Er wird seit über einem Monat gesucht, weil er eine Prostituierte ermordet hat. Bis dahin war er Kunde bei uns. Er hat auch Ihren Bruder gekannt. Vergangenen Sommer habe ich mitbekommen, wie er Ihren Bruder auf der Straße angehauen hat."

Elisa horcht auf. „Haben Sie gehört, worum es ging?"

„Koslowski stürmte aus dem Studio auf die Straße und rempelte Ihren Bruder an. Er schrie: ‚Pass doch auf, du blöder Pauker!' Daraufhin Ihr Bruder, ganz cool: ‚Aha, Koslowski, immer noch der Alte? Wer hat Ihnen denn ins Hirn geschissen und nicht abgezogen?'"

Elisa kann sich ein Grinsen nicht verkneifen, ihr Bruder sprach Klartext. „Und weiter?"

„Koslowski wurde wütend: ‚Mit dir habe ich noch ne Rechnung offen, dich krieg ich noch dran', oder so. Er ist dann zu seiner knallroten Kirmeskarre gestürmt und hat den Stinkefinger rausgehalten. Ihr Bruder ist ungerührt weitergegangen." Natalie muss endlich Luft holen. „Koslowski ist im Kölner Hauptbahnhof gesehen worden und geflüchtet, stellen Sie sich das mal vor!" „Aha, danke, Natalie. Sehr, sehr interessant." *Ich war live dabei*, denkt sie.

Sie verabschiedet sich von Natalie, die ja schließlich den Laden voll hat.

Gespenster

12. Dezember 19.30 Uhr, Armin Wolfs Wohnung. Durchzug. Eine Tür knallt zu. Es klingt wie ein Schuss.

Elisa springt vom Sessel auf. Sie ist eingenickt, während sie auf Max wartete, der sie nach dem Dienst zum Essen – mit Manöverkritik als Beilage – abholen will.

Im Zimmer ist es stockdunkel.

Elisa sucht den Lichtschalter, drückt drauf, ein erneuter Knall. Sie schrickt zusammen.

„Oje, wahrscheinlich ist die Sicherung durchgeknallt", murmelt sie vor sich hin. Sie tappt durch das Zimmer und findet ihre Handtasche und das Feuerzeug, das sie wegen der Friedhofsbesuche und der vielen Kerzen in Armins Wohnung immer bei sich hat. Gott sei Dank liebte Armin Kerzen und Kerzenleuchter. Schnell verbreiten fünf dicke Kerzenstumpen im Raum ein warmes Licht. Aber es bleibt ein ungutes Gefühl. War da ein Geräusch? Vorsichtig schließt Elisa die Wohnzimmertür auf, lugt in den Flur und lauscht. Schritte unten, die leiser werden. Die Haustür fällt zu. Sie hatte doch gerade abgeschlossen? Schritte auf dem Kopfsteinpflaster, die sich entfernen. Sie rennt zum offenen Fenster, sieht im Dämmerlicht aber nur einen Schatten, der hinter der Hausecke verschwindet.

Wer treibt sich hier im Flur herum? Der Mieter aus dem Parterre befindet sich unten in seiner Wohnung. Sie sieht einen Lichtschein unter der Wohnungstür, vernimmt leichten Cannabisgeruch und hört alte Hippieklänge, die Herr Hase auf seiner Gitarre spielt. Verflixtes, verbautes Haus. Wie konnte Armin so etwas mieten?

Ein großer Nachteil der Wohnung in der ersten Etage ist die Trennung durch einen Flur. Will man in dieser Etage zum Beispiel vom Wohnzimmer in die Küche, muss zuerst der Flur durchschritten werden. Vom Treppengeländer in der 1. Etage ist der Flur im Hauseingang einsehbar, aber umgekehrt auch.

Vergisst Hase, die Haustür abzuschließen, kann sich ein Fremder einschleichen und bis oben zur Mansardentür durchgehen, jedes Zimmer betreten, sofern dieses nicht abgeschlossen ist. Elisa wird Hase nochmal daran erinnern, immer die Haustür abzuschließen.

Na ja, dafür sind die Wohnungen in diesem Haus billig.

Elisa horcht. Es ist stockdunkel im Flur. Der Sicherungskasten ist ganz unten, neben dem Treppenaufgang. Sie muss hinuntergehen und nachsehen.

Ein erneuter Knall lässt sie zusammenfahren. Es folgt ein Scheppern, so, als würde Glas brechen. Das Geräusch kommt von ganz oben, aus der Mansarde. Dort hatte sie, als sie einkaufen ging, doch alle Türen geschlossen? Ganz sicher ist sie aber nicht mehr.

Hitze schießt in ihre Wangen, es dröhnt im Kopf und das Herz schlägt bis zu den Ohren. Elisa sucht die große Taschenlampe ihres Bruders. Sie liegt in der Küchenschublade. Nun fühlt sie sich sicherer, kann im Notfall auch mit der Lampe zuschlagen.

Elisa löscht die Kerzen, schließt das Wohnzimmer ab und entscheidet, zuerst nach oben zu gehen und nachzusehen.

Leise steigt sie die ächzenden Stufen zur Mansarde hoch, zuckt zusammen, als sie erneut das Knarzen einer Tür und das Poltern eines Fensterflügels vernimmt.

Oben angelangt und nach dem ersten Blick ins Arbeitszimmer atmet sie auf. Dort hat sich im offenen Fenster eine Gardine verheddert. Ein Glas mit Pinseln, das auf dem schräg gestellten Arbeitstisch stand, ist umgefallen, zerbrochen und gegen eine kleine Flasche mit Balsamterpentinöl gefallen, die nun ausläuft. In Windeseile vermischt sich Armins Malmittel mit glitzernder Rubintinte, die auch umgekippt ist. Eine blutähnliche Lache bildet sich, läuft über ein aufgeschlagenes Buch, das ihr Bruder zuletzt gelesen hat. Umwölkt wird das gesamte Stillleben von penetrantem Terpentingeruch.

Elisa schaut sich um, hat das Gefühl, dass sich hier jemand aufgehalten hat. So leise wie möglich geht sie durch die Mansarde, leuchtet in alle Ecken, hört wiederholt ein Scharren. Oder ist es ein Seufzen oder Stöhnen, das sie schon mehrmals hier oben vernommen hat?

Sie schaudert und schwitzt, denn die Tür zum Bad steht auf, bewegt sich langsam hin und her, hin und her, hin und her. Elisa ist sicher, auch diese Tür, bevor sie am Nachmittag hinausging, hinter sich geschlossen zu haben.

„Verflixte Dunkelheit!“, ruft sie.

Sie ist es leid. Sie wird nicht mehr schleichen, will Poltergeister vertreiben, da komme wer mag. Sie geht mutig ins düstere Bad und stürzt über den Putzeimer, den sie selbst hat stehen lassen. Einen Moment bleibt sie still liegen, fasst an ihren Fuß, der manchmal noch bei Belastung schmerzt. Es reicht! Sie zieht sich am Badewannenrand hoch und steht auf. Mit einem Ruck schließt sie das Fenster, durchtrennt so die Stille. Sie verharrt erneut, hält den Atem an und steht im Türeingang der Mansarde auf der Lauer.

Schon wieder Schritte auf der Treppe. „Verflixt nochmal, was zum

Teufel ist hier eigentlich los?", flucht sie, um jegliche Geister zu verscheuchen. Sie hält den Atem an, lauscht und bleibt an der Treppe stehen. *Wenn ein Angreifer nah genug ist, werde ich ihn mit einem Tritt von der Treppe schubsen.*

Die Schritte kommen näher. Drohend, die Taschenlampe hochhaltend, steht sie da. „Kommen Sie nicht näher, ich bin bewaffnet."

Schnaufend, ja stöhnend, traut sich jemand trotz der Drohungen herauf, immer näher, immer näher.

Scheint nicht besonders sportlich zu sein, der Typ, wenn die paar Treppen ihm schon zu schaffen machen. Elisa ist sicher, mit dem hat sie leichtes Spiel!

Der Eindringling quält sich die letzte steile Treppe hinauf, das kann Elisa am Geräusch der Stufen hören. Jede alte Treppenstufe hier hat ihr eigenes Ächzen.

„Verdammt noch mal, ist denn hier kein Licht?"

„Max!", ruft Elisa erleichtert, fällt ihm spontan um den Hals, spürt seine Wärme, das Klopfen seines Herzens, spürt, wie Röte in ihr Gesicht steigt, löst sich von ihm und stottert: „Du bist der Letzte, den ich erwartet habe."

„Na danke, wir waren schließlich verabredet. Du hast mich gerufen! Ich habe das Wort Teufel gehört."

„Ja, ja, denn ich dachte, du wärst ein Einbrecher."

„Super, es wird nicht besser, Elisa. Was tust du hier im Dunklen?"

„Strom ist weg, wollte zum Sicherungskasten."

Max nimmt Elisa die Taschenlampe aus der Hand: „Wolltest du mich damit erschlagen?" Er geht die Stiege hinunter und leuchtet in den Sicherungskasten. „Elisa, jemand war hier im Haus und hat die Sicherungen für die mittlere und obere Etage ausgeschaltet."

„Jemand war hier?", flüstert Elisa und wird blass. „Der Schattenmann."

Dissonanzen

„So geht das wirklich nicht, Elisa."

Max Teufel nestelt an seiner Fliege, kämpft offensichtlich mit den großen Salatblättern seines Insalata Verde.

Ein grünes Rucola-Blättchen hat sich in seinem Bart verfangen. Elisa kann sich ein Lächeln nicht verkneifen. Sie verfolgt den Weg des Grünzeugs, bemüht sich jedoch, gefasst und ernst in die Augen ihres Gegenübers zu schauen, um ihn nicht zu reizen.

Die am Stadtrand gelegene Trattoria Michelangelo strahlt mit ihren terrafarbenen Wänden Behaglichkeit aus. Im Hintergrund läuft Musik, Schlager der italienischen Hitparade. Ein Pop-Sänger schmettert mit rauchiger Stimme seine Lebenserfahrungen in den Raum. Kerzenlicht überzieht die Szene mit warmer Lasur und aus der Küche klingen gedämpft das Geklapper der Teller und Gläser und die Stimme des Wirtes: „Veloce, veloce, Cäsare, il minestrone è freddo. Schnell, schnell, Cesare. Die Suppe wird kalt."

Idylle pur, doch die Atmosphäre an Tisch drei ist angespannt.

Max und Elisa haben nach den aufregenden Gespenstervisionen in Armins Wohnung beschlossen, sich zu stärken und die Ereignisse der letzten Stunden in Ruhe zu besprechen. Elisa weiß, dass Max ihre Ermittlungen nicht gutheißt, dass sie sich auf dünnem Eis bewegt und diplomatisch vorgehen muss. Fasziniert verfolgt sie, wie sich beim Sprechen erneut ein saftiges Rucola-Blättchen von seinen Lippen löst und im Bart verfängt. Er nimmt die Serviette zur Hand und das Grünzeug landet auf der weißen Stoffserviette.

„Hörst du mir überhaupt zu?", fragt Max und zieht die Augenbrauen zu einem Strich zusammen.

„Ich habe gerade ausnahmsweise einmal keinen Mörder verfolgt, sondern ein grünes Rucola-Blatt, das dir, entschuldige, verloren aus dem Mund hing."

Er schaut irritiert, entdeckt das gezackte grüne Blatt auf seiner Serviette und wird rot.

Elisa nutzt die Pause und übernimmt das Gespräch. „Ich habe in Köln keinen Mörder verfolgt, so wie du behauptest, er ist direkt gegen meinen Tisch gelaufen, mir quasi in meine Arme gerannt. In deine Ermittlungen habe ich mich auch nicht eingeklinkt. Ich habe wie eine Zivilperson gehandelt, indem ich die Polizei auf einen verdächtig wirkenden Mann hingewiesen habe, Kommissarin Zufall also. Dass es sich nun wirklich um den gesuchten Boris Koslowski handelt, kannst du mir nicht zum Vorwurf machen. Wie wäre es mit einem kleinen Dankeschön? Denn es war Koslowski selbst, der durch seine Rempelei und meinen verschwappten Milchkaffee auf sich aufmerksam machte. *Schwarze Spinne legt Kölner Hauptbahnhof lahm.* Das wäre doch mal eine Schlagzeile", meint Elisa und schaut ihn an.

Max schweigt. Er kämpft weiterhin mit den zu großen Rucolablättern, um sie halbwegs mit Anstand zu verspeisen.

Elisa legt das Besteck beiseite, hebt das Weinglas. Sie nimmt einen großen Schluck Roten und sieht Max in die Augen.

Über seinem Brillenrand bildet sich jetzt bestimmt erneut der typische Querstrich seiner Augenbrauen, unter denen er Elisa fixiert, als würde er einen Tatort betreten.

Was ist das nur für eine Frau, denkt Max. Er betrachtet Elisa, die gerade interessiert die Gäste taxiert und nebenbei das Ambiente des Lokals, die Säulen und Deckengemälde, in Augenschein nimmt. *Künstlerin und Kriminalbeamtin? Wie passt das zusammen? Na ja, an Fantasie fehlt es ihr nicht.* Was ärgert ihn eigentlich, und was zieht ihn an?

Elisa hat sich für das Date umgezogen. Max sieht nochmal genau hin. Elisa trägt eine schimmernd grüne Samtjacke. Sie betont eine altmodisch aussehende Kette mit blutroten Steinen. Das Haar glänzt rötlich im Kerzenlicht. Unter den Haaren, die halb die Ohren bedecken, glitzern rote Ohrringe, passend zum Collier, hervor.

Ein Blick aus ihren großen, blaugrauen Augen überrascht ihn, trifft ihn direkt. Wie ertappt, senkt er den Kopf.

Elisa wirkt selbstbewusst, hat die Sensibilität, ihr Gegenüber zu durchschauen. Er spürt das, erinnert sich genau an jenen Tag, einen freundlichen Vormittag, als sie ihm im Amt gegenübersaß, er ihr die schrecklichen Todesumstände des Bruders erklärte.

Er erinnert sich, dass sie um Fassung rang. Die zitternde Unterlippe, die glänzenden Augen und ihr Bemühen, nicht loszuheulen, sondern tapfer zu sein.

Er weiß noch, dass sich ihr Rücken straffte und sie ihn schon fast kampfeslustig und, so wie heute, prüfend ansah.

Haben wir Wünsche oder Absichten, die nicht miteinander vereinbar sind? Oder ist es vielleicht gerade andersherum? Sie überrascht mich immer wieder, ist verdammt anziehend. Ob sie glücklich mit ihrem Constantin ist? Eben, nach den Schrecksekunden im Hausflur, hätte er sie gerne länger im Arm behalten. Aber irgendwie traut er sich nicht, sie ist so unbefangen, klar, direkt und offen, aber nicht der Typ Frau, die auf plumpe Anmachen reagiert.

„Max? Das muss ja ein schöner Traum sein, in den du versunken bist. Guck mal nach oben, schau dir den Adam an, was der für Wurstfinger hat." Elisa lacht, und Max findet sie ganz entzückend. Sie zeigt auf das Deckengemälde, eine schlechte Kopie Michelangelos zum Thema, wie Gottvater mit ausgestrecktem Zeigefinger Adam zum Leben erweckt. Max folgt ihrem Blick und schaut auf den Finger an der Decke.

„Der Meister würde sich im Grabe umdrehen." Elisa lacht wieder. Sie senkt die Hand, um die weiße Stoffserviette auseinanderzufalten.

Max schaut sie an, lacht mit ihr. *Da ist es wieder, wenn es brenzlig wird: Themenwechsel bei Elisa, und das mit einer Unbefangenheit, die mich immer wieder erstaunt. Was interessiert mich jetzt Michelangelo? Elisa ist hier. Die Frau hat mein Interesse geweckt.*

Intuitiv ergreift er Elisas Hand.

„Frieden?", fragt sie, schaut ihn ernst und durchdringend an.

„Ja, sehr gerne, Miss Marple, wenn du mir alles erzählst, was du in Erfahrung bringen konntest. Du musst wissen, dass ich dich nur schützen möchte. Es ist gefährlich, dass Koslowski dich gesehen hat. Also Klartext."

„Gut! Das eben Berichtete war ja nur die Vorspeise. Zum Hauptgericht … ich nehme Gnocchi mit Gorgonzola … erzähle ich dir alle Gruselgeschichten, die ich über den Schattenmann herausbekommen habe. Die Nachspeise, einen feinen Bel Paese Käse, garniere ich dir mit Feinheiten aus der Petersilienmeile." Sie beugt sich zu ihm, gibt ihrer Stimme einen dunkleren Klang und raunt: „Der rote Vino Barbera hier in unseren Gläsern ist das Symbol für das Blut, das inzwischen geflossen ist."

Das war der Auftakt. Sie wird nun eine Stunde lang nicht mehr still sein.

„Koslowski und der unheimliche Nowak haben meinen Bruder gekannt, waren echte Problemschüler. Koslowski ist, als seine Mutter noch die Mansarde über Armin bewohnte, in dem Haus ein- und ausgegangen. Laut Aussagen einer direkten Nachbarin hatte Koslowski mit meinem Bruder vor einigen Wochen auf der Straße Zoff, hat ihn vor dem Sonnenstudio grob angerempelt." Elisa nippt an ihrem Wein.

Max nutzt ihre Pause und fragt: „Die Mutter Koslowskis hat über deinem Bruder gewohnt? Woher weißt du das?"

„Es gibt so ein Wort, das heißt Recherche. Was glaubst du denn?" Sie schaut in sein verdutztes Gesicht und lenkt ein. „Er war mein Bruder. Natürlich habe ich in den letzten Wochen die Wohnung durchforscht. Dabei sind mir eine Quittung und ein alter Mietvertrag in die Hände gefallen, unterzeichnet von Minta Koslowski. Außerdem hat mein Bruder die Dame in seinen Erzählungen erwähnt."

„Erzähl weiter."

„Nowak, der ist ein anderes, kleineres Kaliber, ein Heimlichtuer, Huscher, Typ Stalker. Ich sehe ihn ständig, bin ihm einmal bei Dunkelheit sogar gefolgt. Nun scheint er sich auch noch irgendwie ins Haus zu schleichen."

„Das ist aber bis jetzt nur dein Verdacht. Bisher ist es lediglich ein Phantom, der Schatten, der dich auf dem Friedhof verfolgt hat."

„Nein, so sehe ich das nicht. Dieser Schatten ähnelt auch dem Mann, dessen Umrisse ich von meinem Krankenhausfenster aus sehen konnte und der Gestalt des Mannes, der mich nach der Beerdigung ansprach. Und der hieß Nowak."

„Nowak und Krankenhaus, wie passt das jetzt wieder zusammen?"

„Ein Gustav Nowak ist dort in der Nacht, in der ich im Krankenhaus lag, gestorben. Im Zimmer neben mir. Mir kam der Name so bekannt vor. Da musste ich einfach nachsehen. Als die Angehörigen weg waren, bin ich rein in das Zimmer, hab mir die Adresse gemerkt. Der Tote war Nowaks Vater."

„Erstaunlich." Max schüttet sich Wein nach. „Um dich herum häufen sich die Zufälle, als würdest du sie anziehen. Und da lag einfach so die Akte herum? Du weißt schon, dass du mal so gerade am Rande der Legalität vorbeigeschlittert bist?"

„Nein, ich bin nur in das Sterbezimmer herein und habe mir die Adresse des Toten gemerkt. Sie stand auf einem Aufkleber, der am

Bettgestell hing, war für den Bestatter bestimmt. Ich habe keine Akten gesehen oder durchsucht."

„Was kommt jetzt, Elisa?"

„Alles normal, Max. Da war eine Schwester Berta in der Ambulanz, die ich von früher kenne."

„Zufällig?"

„Max, das Wort Zufall höre ich in dem Zusammenhang nicht gern. Ich habe seit Wochen das Ziel, den Tod meines Bruders aufzuklären. Ich halte die Augen auf und begebe und bewege mich dafür andauernd in den Dunstkreis der Verdächtigen. Da ist es kein Zufall, dass sie mir auch mal über den Weg laufen. Ihr würdet es Fahndungserfolg nennen."

Max ist für einen Moment sprachlos.

„Soso, du ermittelst also seit Wochen?" Er schüttet sich noch ein Glas Barbera ein.

Elisa nickt. „Als ich in der Ambulanz mitbekam, dass ein Nowak eingeliefert wurde, habe ich Schwester Berta gebeten, auf die gleiche Station wie Nowak zu kommen. War ganz einfach. Hättest du in diesem Fall auch gemacht."

„Meinst du, dass der Sohn des Verstorbenen der Mann sein könnte, der heute in Nummer 7 die Sicherungen ausgeschaltet hat?"

„Ja, sofern mich mein Bauchgefühl nicht trügt. Das hat es aber eigentlich nie."

Max nickt. Er kennt dieses kriminalistische Kribbeln in der Magengegend, doch er steht mehr auf Tatsachen, auf eindeutige Beweise.

„Nowak ist mir fast noch unheimlicher und scheint mir nicht weniger gefährlich als der brutale Koslowski. Bei dem weiß man, woran man ist, denn wenn der uns begegnen würde, wäre sofort Schicht im Schacht."

Elisa wird durch ein Geräusch abgelenkt. Sie schaut zum Hinterausgang, in die Richtung, aus der sie das Geräusch vermutet. Ein Vorhang aus großen Muschelscheiben zwischen Gastraum und Toilettenausgang gerät in Bewegung und macht Klanggeräusche. Ein Mann mit einem dunklen Kapuzenshirt verschwindet hindurch. Sie hatte nicht mitbekommen, wann er das Restaurant betreten hat, aber als sie ihn das erste Mal bemerkte, wunderte sie sich, dass der Typ mit dicker Wollmütze an seinem Tisch saß, ihr den Rücken zugewandt. *Auffallend*, dachte sie noch. *So kalt ist es hier ja gar nicht. Vielleicht ist er krank oder Frankenstein.* „Max, kannst du mal auf die Toilette gehen?" Ihr Bauchgefühl meldet sich. Die Klimpertöne des Muschelvorhangs sind längst verstummt. Der Einzeltisch in der Ecke ist und bleibt verwaist.

Max fragt: „Willst du dich heimlich aus dem Staub machen?"

„Ach Quatsch, bitte, durch den Vorhang dahinten ist ein Mann verschwunden, der nicht zurückkommt. Sah von hinten aus wie Nowak, der Schattenmann. Verflixt Max! Der verfolgt mich nun wirklich bis hierher, das nervt."

„Wie bitte? Meinst du das jetzt ernst?" Max lacht. „Ich will nicht schon wieder einen Verbrecher jagen, schon gar nicht bis aufs Klo. Ich habe das ganze Wochenende dienstfrei."

„Soll *ich* etwa auf dem Männerklo nachsehen und wegen Erregung öffentlichen Ärgernisses verhaftet werden, hier im Restaurant?", zischt sie.

„Ja, und zwar von mir persönlich."

Elisa steht so ruckartig auf, dass der rot gepolsterte Samtsessel im Stil italienischer Neorenaissance ins Trudeln gerät.

„Ich gehe ja schon, aber nur, weil du es bist", sagt Max mit dem Unterton eines Erziehers, der zu einem nervenden Kind spricht.

Doch die Herrentoilette ist leer. Die von dort auf den Hof führende Tür zur Mülleimerecke schlägt im Wind auf und zu.

„Ich habe einen Mann im Dunkeln des Hinterhofes gesehen. Er ist weggerannt, und da war eine Katze, die aus einem Pizzakarton schoss und in die gleiche Richtung davonsauste", berichtet Max. „Ich weiß aber nicht, wer von beiden dein Schattenmann ist. Welchen Flüchtigen sollen wir verhaften, Frau Fuchs?" Max kann sich ein Grinsen nicht verkneifen.

Ungerührt winkt Elisa dem Kellner. „Darf ich mal fragen, ob der Gast, der dort in der Ecke saß, bezahlt hat?"

„No", antwortet der Kellner und schaut sie fragend an.

„Tja, er ist gerade verschwunden."

„Maledetto", schimpft der Kellner und rauft sich die Haare. „I truffatori. Hat meine ganze Speisenkarte rauf und runter gegessen."

Irrläufer

Die letzten Stunden vor Mitternacht. Wuchtig graben sich die schweren Schritte eines Läufers in den weichen Waldboden. Zweige knacken unter seinen Füßen. Es ist eisig kalt. Die Kälte greift nach den Fußspuren des Läufers, die zu Eiskrusten werden. Das weiche, grüne Moos am Wegrand erhält einen feinen Überzug aus glänzenden Frostkristallen.

Kleine Bäche und Rinnsale erstarren, glitzern im spärlichen Mondlicht, das durch die knorrigen Baumkronen schimmert. Der Mann lauscht auf die Geräusche des Nachtwaldes, vernimmt das Aufheulen eines Fuchses, der, verschreckt durch die schweren Schritte des Läufers, in einer Erdhöhle verschwindet. Ein Käuzchen flüchtet mit warnendem Ruf. Das Knacken im Totholz des Winterwaldes, hervorgerufen durch Kleinstlebewesen. Das Rauschen der Baumkronen.

All das nimmt der Mann wahr in schrillen, verstärkten Tönen, im Vorbeilaufen, im Weglaufen.

Es rauscht und lärmt in seinen Ohren. Nirgendwo scheint er Frieden zu finden.

Nowak heult auf, greint wie ein Kind, Tränen laufen in sein dickes Kapuzenshirt. Er ist auf der Flucht vor den Menschen, vor dem Leben, vor sich selbst. Er läuft hier auf uraltem, dunklem, fruchtbarem Boden, darunter das ehemals schwarze Gold, die Kohle, die diese Gegend geprägt hat, entstanden durch Metamorphose vieler Millionen Jahre.

Sein Vater hat unter Tage gearbeitet, als Hauer, 40 Jahre lang. Dann war er kaputt, keine Luft mehr, Bronchialasthma, Bronchopneumonie. Rosa Luftbläschen kamen aus seinem Mund, zerplatzten und dann war er tot.

Das ist noch keine vier Wochen her. Nach einem markerschütternden Schrei stand der harte Mund für immer still. Der Mund, der ihn oft anschrie, ihm vorwarf, dass er nichts zu Ende bringen würde, ein Weichling, ein Versager sei. *Ob er schwul wäre*, fragte der Vater.

Dann die groben, rissigen Hände, die zupacken, aber auch schlagen konnten, ins Gesicht. Diese Hände lagen nach kurzem Todeskampf elfenbeinfarben und unschuldig, umwunden von einem Rosenkranz, auf dem schneeweißen, frischen Deckbett, auf dem noch die scharfen Falten der Heißmangel zu erkennen waren. Alles blitzsauber, klinisch rein und kalt.

Der Läufer schüttelt sich, weint, während er läuft, schreit, versucht nicht zu stolpern. Er rennt und rennt, denkt an seine Mutter, mit all ihren Ticks und Ängsten, allein in dem muffigen Altbau. Alle Tassenhenkel müssen in die gleiche Richtung weisen, starren ihn jeden Morgen herausfordernd an. Die bestickten Sofakissen bekommen jeden Tag einen Schlag in die Mitte, von Mamas weicher Hand, ähneln einer lächerlichen Kissenpatrouille. Mamas Mund, der an verknittertes Pergamentpapier erinnert und mindestens einmal täglich ausstößt: „Wann wirst du endlich heiraten, mein Junge? Was soll nur werden, wenn ich mal tot bin? Das ist doch kein Leben, das du führst."

Jeder Satz ein Vorwurf. Heiraten? Er hatte geliebt, einmal so heftig empfunden, dass es ihn zerriss, verstörte und zerstörte.

Er stürzt über eine vereiste Baumwurzel, rappelt sich wieder hoch, er ist verletzt. Warmes Blut läuft an seiner Hand herunter.

Er leckt es ab, ekelt sich vor sich selbst. Denkt an das sich bereits in Zersetzung befindende Blut der Leichen, wenn sie aufgeschnitten werden.

Ihm wird übel. Das fette Essen beim Italiener, der Wein, der große Mann am Nachbartisch, den er schon in jener Nacht gesehen hat, als Armin Wolf gefunden wurde, in Begleitung von Armins Schwester. Sie redeten über ihn, verfolgten ihn schon längst. Er hat gelauscht, so einiges mitbekommen. Wie nannten sie ihn: Heimlichtuer, Huscher, Stalker? Er kann auch anders. Sie werden schon sehen. Er wird Elisa einen Denkzettel verpassen. Jetzt schämt er sich. Es war dumm von ihm, in Panik abzuhauen. Er hat die Zeche geprellt, erstmalig eine Straftat begangen. *Erstmalig?* Er verdrängt aufkommende Erinnerungsfetzen.

Seit einigen Wochen zieht es ihn mehr zu denen, die nicht mehr leben. Zu den Toten in der Pathologie. Ihre Münder sind still. Die Augen geschlossen. Und wenn sie noch offen sind, schließt er sie mit sanfter Hand.

Er hat Macht über sie. Er darf sie berühren, sie spotten nicht. Er darf ihnen Organe entnehmen, sie in Glasgefäße mit Formalin einlegen, sie widersprechen nicht. Er reiht sie auf wie kleine Kostbarkeiten, verschließt sorgsam die Gläser, beschriftet sie mit seiner schönsten Schrift. Streift jeden Tag den Staub ab, damit die Gläser glänzen, nicht stumpf werden. Er achtet auf sie.

Oft geht er an den Regalen vorbei, staunt über die kleinen Föten, die nie richtig zum Leben erwachen durften, er schaut sie an und schluckt seine Trauer und Rührung hinunter. Ein durch Steinschlag abgetrennter Finger eines Bergmanns, das kunstvoll angeordnete Gehirn eines Wahnsinnigen, ein Auge, das durch einen farberhaltenden Zusatz nie seinen Glanz verliert und stets den Blick auf ihn zu richten scheint. Sein Reich. Hier ist er verantwortlich.

Er schließt die Wunden der Toten mit Nadel und Faden. Ihre friedlichen Gesichter sind für ihn wie ein stiller Dank.

Er spricht zu ihnen. Er kann ihnen alles anvertrauen, wenn er mit ihnen allein ist. Sie verstehen ihn. Zumindest schweigen sie.

Eine Turmuhr schlägt viermal für die volle Stunde. Er muss sich beeilen. Es beginnt zu schneien. Schemenhaft sind durch die grauen Wolkenschleier die Dächer der Vorstadtsiedlung zu erkennen.

Die Stadt erwacht an diesem Samstagmorgen aus dem Nachtschlaf. Ein Streifenwagen fährt im Schritttempo an ihm vorbei. Er zieht die Kapuze tiefer ins Gesicht und versteckt sich in einem Hauseingang. Sein Lauf ist beendet. Er ist am Ziel angelangt. Das zweite Mal innerhalb der letzten zwölf Stunden.

Nachdem die Streife vorbeigefahren ist, kramt er in seiner Jackentasche, nimmt mit vor Kälte zitternden Händen einen Schlüssel heraus und schließt auf.

Die verwitterte Tür sperrt sich, scheint zu spüren, dass dieser verstörende Mensch nicht in dieses Haus gehört.

Als die Tür sich aufschließen lässt, atmet er auf. Er horcht. Die Luft ist rein. Er geht die Treppe hinauf und schwenkt die verletzte Hand. Dicke Blutstropfen fallen auf den Balatumboden, neben den Schnee, den er an den Schuhen hat. „So weiß wie Schnee, so rot wie Blut." Er flüstert. Es ist ihm bewusst, dass er eine auffällige Spur legt. Er muss es tun. Er weiß, dass er sich in Acht nehmen muss. Elisa und dieser Kommissar Teufel sind ihm dicht auf den Fersen. Aber er kann nicht anders.

Oben, an der Tür zur Mansarde, stoppt er, fasst in seine Jackentasche. Er fühlt das Taschentuch und den silbernen Kamm. Ein Schauder durchfährt ihn. Er hat die gestohlenen Sachen gehütet wie einen Schatz. Er hat sie in den letzten Wochen bei sich getragen und häufig berührt. Elisa Fuchs ist für ihn das letzte Bindeglied zwischen ihm und Armin Wolf. Jetzt muss er das, was ihm nicht gehört, loswerden, bevor er auffliegt.

Dieses Mal will er Elisa einen Schrecken einjagen, den sie nicht vergisst. Er wird sie das Fürchten lehren, ein letztes Mal, bevor er entlarvt wird.

Er weiß, dass sie die Mansarde, in der ihr Bruder gestorben ist, nur ungern betritt. Er hat das beobachtet, wenn er sich in den Flur schlich und sie von unten mit seinen Blicken verfolgte.

Sein Herz rast, die Gesichtszüge verzerren sich, seine Hände beginnen zu zittern. Es erregt ihn sehr, Sachen zu nehmen, die ihm nicht gehören. Er trennt sich schwer davon.

Das mit Blut getränkte Spitzentaschentuch legt er vor die Mansardentür. Daneben drapiert er den blutverschmierten Kamm. „Elisa Fuchs“, raunt er, „lass dir das eine Warnung sein. Blut und Tod sind sich so nah wie Bruder und Schwester.“ Hastig wendet er sich ab, empfindet Trauer, tiefe Enttäuschung und Verachtung. Er wollte Elisa nahe sein, aber sie hat ihn verhöhnt.

Plötzlich hört er lautes Poltern von draußen. Er erschrickt, doch es ist nur das Rumpeln eines Streufahrzeugs. Danach herrscht wieder Stille. Ein Auto fährt vor. Lebhaftes Abschiednehmen. Die Stimme eines Mannes, dann die einer Frau, einen Gruß rufend. Panik erfasst ihn. Er muss so schnell wie möglich abhauen, den Schutz der Dunkelheit nutzen und dieses Haus in Zukunft meiden.

Schon hört er das Zuschlagen einer Autotür und leiser werdende Motorengeräusche.

Jemand verharrt vor dem Haus. Dann nähern sich Schritte der Haustür, die geöffnet wird. Wenn man ihn entdeckt, ist er geliefert. Er versteckt sich in einer Nische unter der Treppe. Er muss den Kopf senken, um hineinzupassen. Er hält den Atem an.

Elisa Fuchs tritt ein, stutzt, schaut sich um und schließt zweimal hinter sich ab. Es durchfährt ihn heiß: *Ich habe die Tür nicht abgeschlossen, nachdem ich eingetreten bin. Wie dumm von mir. Ob sie mich bemerkt?*

Weicher, blumiger Parfümduft liegt in der Luft. Der Eindringling genießt den Duft und die entsetzte Miene der Frau. Er beobachtet, wie sie zögernd die Treppe hochschleicht, an jeder Tür stehenbleibt, seine Spuren entdeckt, sich immer wieder umschaut und in der Küche verschwindet. Er hört, dass sie eine Schublade aufzieht.

Da löst sich der Schatten des Mannes aus dem Versteck. Er schaut noch einmal nach oben. Die Luft ist rein. Er schließt die Haustür auf, tritt aus dem Haus und dreht den Schlüssel einmal um. Geduckt taucht er ein in das diffuse Grau einer schmalen Gasse, die zwei Altbauten trennt und zu einem Hinterhof führt.

Nachtschwärmer

Die ersten Stunden nach Mitternacht. Dünne Wolkenschleier verdecken den Mond.

Max hatte die Idee, Elisa nach dem anregenden Gedankenaustausch beim Italiener und der dramatischen Begegnung mit dem Schattenmann die Brennpunkte des Nachtjackenviertels zu zeigen, allerdings treiben sinkende Temperaturen und eiskalte Windböen sie schneller vorwärts als geplant.

Mitternacht ist fast vorbei. Dünne Wolkenschleier verdecken den Mond.

„Es riecht nach Schnee", sagt Elisa in die Stille hinein. Dann schlägt sie sich an die Stirn. „Mein Gott, hier war das."

„Was war hier?", fragt Max.

„Ich hatte damals einen Lehrmeister, einen netten, älteren Kollegen mit dem Namen Rössle. Er begrüßte mich jeden Morgen mit *Junge Dame, jetzt wird ermittelt.* Erstes Ziel, nachdem er seine Butterbrotdose gelehrt und einen Kaffee getrunken hatte, war hier diese Kneipe. Sie hieß 'Nachtquartier'. Beim Betreten flüsterte er mir zu: ‚Vorsicht, hier an diesem morschen Tresen lungern bestimmt 100 Jahre Knast herum.' Den glotzenden Exknackis fuhr er gleich über den Mund: ‚Moin, moin, diese Dame hier ist meine Kollegin, also Finger weg.' Nach zwei oder drei ähnlichen Kneipen erklärte Rössle mir, wie man den Berg ungelöster Fälle reduzieren, das heißt, mit einem Satz zur Staatsanwaltschaft abverfügen konnte. So konnte man die Aufklärungsquote der Behörde erhöhen."

Teufel lacht. „So wird es immer noch gemacht. Weißt du, als unsere Tochter Andrea … sozusagen ungeplant … auf die Welt kam, wurde das Geld knapp. Ich gab damals das Studium auf. Heute bereue ich es. Bei meiner Vorbildung konnte ich sofort als Seiteneinsteiger Kommissaranwärter bei der Kripo werden, verdiente sofort etwas. Das Geld reichte so. Wir bekamen eine preiswerte Wohnung für Landesbedienstete. Aber dann … Verschuldung durch ein Häuschen am Stadtrand, eine unglückliche, unausgefüllte *grüne Witwe* mit Kleinkind, die sich verständlicherweise isoliert fühlte. Ich war wenig zuhause, wollte Karriere machen. Sie war zu viel allein. Es ging eine Zeit lang gut. Dann kam ich vor sechs Wochen gerädert von einem Tatort und bin im Flur über ihre Koffer gestolpert. Na ja. Was soll's. Andrea, unsere Tochter, lebt bei mir."

Elisa schweigt. Sie drückt kurz seine Hand.

„Elisa, lass uns das Thema wechseln. Ich wollte dich immer schon fragen, was dein Bruder für ein Mensch war? Vielleicht stoßen wir auf etwas, das uns zu einem Täter führt, die Thesen, die du hast, untermauert."

„Armin war sehr intelligent. Durch eine schwere Erkrankung als Kind wurde er dick und musste Hänseleien ausstehen. Er war kein *richtiger Kerl*, so wie unser älterer Bruder, eher ein Bücherwurm. Bücher und Kunst wurden seine besten Freunde. Durch sein Wissen hat er im Beruf viel Anerkennung erfahren und sich besonders für solche Kinder eingesetzt, die zuhause Probleme hatten. Armin war großherzig und großzügig, schenkte mit Freuden … Hoppla!" Elisa stolpert und rutscht auf dem glatten Pflaster aus. Sie wäre hingefallen, wenn Max nicht geistesgegenwärtig zugefasst hätte. Nun hält er sie einen Moment fest im Arm: „Ich glaube, ich sollte ein wenig auf dich aufpassen." Elisa fühlt sich trotz der Kälte mit einem Mal warm und geborgen.

Leichter Schneefall setzt ein. Schweigend gehen sie Arm in Arm weiter. Sanft drückt Elisa seinen Arm: „Das mit deiner Frau tut mir leid, Max."

„Nun aber keine trüben Gedanken mehr. Ab in die 'Ewige Lampe', Frau Füchsin, als meine geheime Undercover-Kollegin. In dem Lokal bekommen wir um diese Zeit noch ein warmes Süppchen, dann wird im Großmarkt Kaffee getrunken und danach ist Schluss mit dem Nachtleben. Ich fahre dich nach Hause. In den frühen Morgenstunden wird dich der Schattenmann wohl nicht belästigen, denn irgendwann muss der ja auch mal schlafen."

„Ich hoffe es."

„Wenn du einverstanden bist, zeige ich dir morgen dann die alten Zechengelände."

Elisa nickt, bleibt einen Moment stehen und schaut Max lange und nachdenklich in die Augen.

„Glaubst du mir eigentlich in Bezug auf Koslowski und Nowak?“

„Die Geschichte mit dem Nowak, dem sogenannten Schattenmann, nehme ich schon ernst. Ich denke da eben an die Szene beim Italiener. Ich mache mich keinesfalls über deinen Verdacht lustig. Allerdings bin ich nicht der Meinung, dass er mit dem Tod deines Bruders in Zusammenhang steht. Die Todesursache ist doch polizeilich abgeklärt.“

Elisa schüttelt den Kopf.

„Nowak wirkt deinen Schilderungen nach wie ein Stalker. Vielleicht hat er deinen Bruder auf seltsame Art verehrt und sucht nun Nähe bei einer Person, die ihm nahe steht. Und das bist du.“

„Dann wäre er aber ganz schön schräg. Wie soll ich mich ihm gegenüber verhalten?“

„Weiter so, wie bisher. Halte dich im Hintergrund, aber ihn im Auge. Wir werden morgen in Ruhe darüber reden, ob du Nowak wegen Hausfriedensbruchs anzeigen möchtest, aber bisher haben wir keine Beweise. Vielleicht ist er irgendwann polizeilich in Erscheinung getreten. Ich werde das prüfen.“

„Und Boris Koslowski?“

„Finger weg, keine Ermittlungen mehr von deiner Seite! Der Mann ist gefährlich, eine ganz andere Liga. Dass er deinen Bruder gekannt hat, auf dem gleichen Gymnasium war, kann Zufall sein. Wie viele Schüler sind durch die Hände eines Lehrers gegangen in vierzig Dienstjahren? Und wie viele haben ihren Lehrer umgebracht?“ Max lacht. „Obwohl der Gedanke daran bei einigen bestimmt nicht so abwegig wäre.“

Max sieht anziehend aus, wenn er so herzhaft lacht und der Schalk in seinen Augen aufblitzt, denkt Elisa in diesem Moment.

Es ist fast fünf Uhr in der Früh, als Max und sie vor Haus Nummer 7 stehen und sich verabschieden. Inzwischen hat es geschneit. Das Haus liegt, abgesehen von Hases spärlicher Weihnachtsbeleuchtung, im Dunkeln.

Elisa weiß nicht, wann sie zum letzten Mal bis in die Morgenstunden unterwegs war.

Der Wind hat sich gelegt, der Mond ist hinter dicken Wolken verschwunden. Unvermittelt setzt starkes Schneegestöber ein.

„Es ist spät Elisa. Oder besser früh. In ein paar Stunden hole ich dich ab, natürlich mit frischen Croissants in der Tasche. Wir machen eine Schneeballschlacht, ehe wir auf Gangsterjagd gehen. Einverstanden?" Es scheint, als hätte Max eine ganz andere Frage auf dem Herzen. Aber Elisa kommt ihm zuvor: „Nun mal ab nach Hause, Herr Kommissar, und nach Andrea sehen. Vielleicht hat sie eine wilde Party veranstaltet und euer Vorstadtidyll gleicht einer Vandalenhütte."

Max schaut sie ernst an, fasst mit der rechten Hand unter ihr Kinn, hebt sanft ihr Gesicht an. „Ich küsse dir nur die Schneeflocken von der Stirn und das sind eine Menge", sagt er leise, berührt mit seinen Lippen ihre Stirn, dreht sich danach und steigt winkend in sein Auto. Sein racing-grüner Rover jault altersschwach auf. Verdutzt streicht sich Elisa über das Gesicht. Mit klopfendem Herzen sieht sie dem Wagen nach, dessen rote Rücklichter hinter der nächsten Kurve im Schneeschleier verschwinden.

Urplötzlich fühlt sie sich sehr allein, denkt an Constantin, sie hat vergessen ihn anzurufen. Sie öffnet die Haustür und erschrickt. Die Tür ist nicht abgeschlossen. *Hat da der alte Hasch-Hase wieder einmal vergessen zuzusperren? Nicht schon wieder*, denkt Elisa.

Sie tritt ein, horcht mit angehaltenem Atem und schaut sich um. Dann gibt sie sich einen Ruck und schließt zweimal hinter sich ab.

Flackernd geht die Flurbeleuchtung an. Dieser Flur hat nachts etwas Gespenstisches.

Elisa schaut auf den welligen Balatumboden und entdeckt frische Fußabdrücke. Daneben Blutstropfen mit Schneeresten. *Blut, Schnee? Es hat doch gerade erst, vor einigen Minuten, angefangen zu schneien.* Hat sie sich so lange von Max verabschiedet? *Fest steht, jemand hat vor kurzer Zeit den Flur betreten.* Sie ist entsetzt über das Blut.

Sie verfolgt die Spuren, die nicht zu Hases Wohnung führen. Sie verharrt einen Moment vor seiner Tür und nimmt den obligatorischen Haschmief zu tristen Klängen aus den späten 60ern wahr.

Sie folgt den Fußspuren, die vor der Mansardentür enden.

Der Mörder kehrt stets an seinen Tatort zurück, schwirrt es Elisa durch den Kopf.

Schon will sie die Hand ausstrecken, um zu prüfen, ob die Tür abgeschlossen ist, da entdeckt sie auf der oberen Stufe das weiße Spitzentaschentuch mit ihrem Monogramm, das sie seit Armins Beerdigung vermisst.

Auf dem schneeweißen Stoff hat sich ein großer, roter Blutfleck ausgebreitet. Neben dem Taschentuch liegt ihr silbernes Etui mit dem schwarzen Taschenkamm, das ihr bei dem Sturz vom Friedhofstor abhandengekommen ist. Beide Gegenstände, voller Blut, sind offensichtlich wirkungsvoll drapiert worden.

Elisa erstarrt, Gänsehaut breitet sich im Nacken und an den Armen aus. Jedes Mal hatte sie vor dem Verschwinden der Gegenstände eine Begegnung mit Nowak. Nun ja, der Unfall auf dem Friedhof, da hat sie ihn nur gespürt, nicht gesehen.

Auf der Türklinke prangt ein blutiger Fingerabdruck. Ein Fingerabdruck. Das wäre ein Beweis, im Hinblick auf Nowak, aber nur, wenn er bereits aktenkundig ist. Wenn nicht, sollte er endlich einmal vorgeladen werden. Wie auch immer, jemand hat versucht, in die Mansarde zu gelangen. Beklommen hält Elisa für einen Moment den Atem an. Sie fasst sich. *Sei taff*, ermahnt sie sich.

Max anrufen? Nein. Sie sichert die Spuren, indem sie nichts tut, sie nicht anrührt. Das soll Max am Vormittag machen. Sie wird diese Situation als ehemalige Kriminalbeamtin in dieser Nacht alleine regeln. Erst wenn die Spuren kriminaltechnisch untersucht sind und Nowak wirklich aktenkundig ist, hat sie Beweise. Erstmal nur für Hausfriedensbruch, Körperverletzung, Nötigung. Eine Mordermittlung wird deshalb nicht eingeleitet. Aber der Verdächtige wird vielleicht so verunsichert, dass er verschwindet. *Dann haben wir Spuren, aber den Verursacher verscheucht.*

„Ist da jemand?", ruft sie laut. Stille, doch irgendwie fühlt sie sich beobachtet.

Sie geht die Treppe wieder hinunter, findet auch dort Blutspuren, die nach unten weisen. Sie schließt die Küche auf, kommt mit zwei kleinen Plastiktüten, Gummihandschuhen und Schulkreide, die in der Küche neben Armins Einkaufstafel lag, wieder oben an. Nachdem sie die Handschuhe übergezogen und die beiden Fundstücke in Tüten verstaut hat, greift sie an die Türklinke.

Gott sei Dank, die Tür der Mansarde ist fest verschlossen. Sie horcht. Kein Laut dringt aus der Mansarde. Über diese Schwelle will sie heute nicht mehr treten. Keine Mutproben mehr.

Auf der vorletzten Stufe hat sich bereits eine kleine Lache gebildet. Rosa Schneewasser und Blutstropfen. Sie markiert mit der Kreide die Stellen, an denen noch Fußabdrücke zu erkennen sind, mit einem Kreuz.

Was ist das nur für ein Geisterhaus? Sie denkt an die irre Geschichte des Untoten vom Nachbarhaus und schaudert. *Warum finden ich und Armin hier keinen Frieden? Will sich da jemand rächen? An ihr? Aber wofür? Oder will jemand Armins Andenken zerrütten?*

Den Spuren nach muss der Besucher vor der verschlossenen Wohnzimmertür eine Weile verharrt haben.

Als sie die Küche der ersten Etage betritt, um die gesicherten Gegenstände abzulegen, hört sie von unten ein Geräusch. *Es ist jemand an der Haustür. Ich habe doch abgeschlossen!* Sie rennt die Treppe herunter: Die Haustür ist abgeschlossen, aber nur einmal. Sie verschließt immer zweimal und das hat sie eben, als sie das Haus betrat, auch gemacht. *Wer auch immer hier war, ist gerade durch die Haustür verschwunden und hat einen Schlüssel.*

Sie schaut in die Nische unter dem Treppenaufgang. Fußabdrücke kann sie nicht mehr erkennen, aber das Gefühl, dass da jemand war, lässt sie nicht los. Doch was sind schon Gefühle, sie sind nicht beweiskräftig. *Ich habe jetzt zwei Beweisstücke mit Blut- und Fingerabdrücken und Fußabdrücken auf dem Boden, die Max morgen sichern wird.* Wieder schließt sie zweimal ab.

Sie geht eine Treppe höher, schließt die Wohnzimmertür auf. Vom Tisch im Wohnzimmer nimmt sie sich einen schweren Barock-Bronzeleuchter, der als Waffe gut geeignet ist. Sie geht noch einmal auf die gegenüberliegende Toilette. Danach schließt sie sich im Wohnzimmer ein. Unter die Türklinke stellt sie einen schweren Eichenstuhl. Bekleidet, sie möchte nicht im Schlafanzug von einem Störenfried überrascht werden, sitzt sie auf dem Sofa, hält mit pochendem Herzen Wache, sprungbereit und auf der Lauer, den schweren Leuchter fest in der Hand.

Sie überlegt, ob sie sich fürchten muss, horcht und horcht. Dann wird sie von einem bleiernen Schlaf übermannt. Sie wird erst wieder wach, als ihr der Leuchter aus der Hand fällt, auf den Parkettboden knallt und dort ein kleines Loch hinterlässt.

Mit einer Tüte duftender Croissants in der Hand steht Max vor der Tür.

Verblüfft fragt er: „Bist du etwa mit einem Schneepflug zusammengestoßen?" Er betrachtet ihr Gesicht. „Was ist passiert?"

Elisa schaut in den Flurspiegel. Sie hat das Gefühl, um zehn Jahre gealtert zu sein. Die Wimperntusche verschmiert, das Haar abstehend wie bei einem Berggeist und die Kleidung von gestern total verknautscht.

„Ja, Max, das ist das Ergebnis einer heißen Nacht eines Endvierzigers mit einer 55 Jahre alten Dame." Sie spürt, wie sich ihr Gesicht rot färbt. Sie hofft, dass Max es nicht bemerkt. Die Erinnerung an seine zärtliche Geste in der Nacht, als er mit seinen Lippen die Schneeflocken auf ihrer Stirn zum Schmelzen brachte, macht sie verlegen. Sie huscht ins Bad. „Bin in einer Sekunde fertig, Max."

Na, das kenne ich, das kann dauern, denkt Max. „Ich koche schon mal Kaffee und decke in der Küche, wenn es der Gnädigsten recht ist."

Nach 20 Minuten sitzt Elisa mit Max in der Küche und berichtet über die Ereignisse und das Spurenlesen des frühen Morgens.

Max wird ernst. „Elisa, ich war gestern schon besorgt, habe dann heute Morgen direkt diesen Nowak überprüft."

„Und was kam dabei heraus?"

„Völlig jungfräulich, er ist noch nie polizeilich in Erscheinung getreten."

Elisas Hoffnungen sind zerschlagen.

„Das sagt aber nicht viel, wir bleiben an ihm dran. Nach den Vorgängen der Nacht kannst du hier nicht mehr alleine schlafen. Ich kenne eine Frühstückspension, die eine Anna Pawlowski führt. Sie ist ganz in der Nähe. Dort bist du sicher. Ich werde dir ein Zimmer reservieren. Dann sichern wir die Fingerabdrücke. Mal sehen, was von den Fußabdrücken zu verwerten ist. Das Taschentuch und das Etui nehme ich mit zur KTU, damit sie am Montag mal drüber schauen, Blutgruppe et cetera. Nowak wird für die kommende Woche von mir vorgeladen. Hausfriedensbruch. Das steht fest. Und eventuell auch Körperverletzung, wenn du Strafantrag stellst, denn der Typ hat dir ja einen gehörigen Schrecken versetzt. Gestohlen ist nichts?“

Elisa schüttelt den Kopf. „Der nächtliche Besucher, wenn es denn Nowak war, hat nur widerrechtlich die verschlossene Haustür geöffnet und das Treppenhaus mit seinem verdammten Blut gesegnet.“

„Vielleicht ist er gestört worden, zum Beispiel durch dich. Er hat sich irgendwo in der Kellerecke versteckt und gewartet, bis du dich eingeschlossen hast. Du hättest mich anrufen sollen.“

„Ich möchte den Schattenmann nicht weiter provozieren, bis dass wir Beweise gegen ihn haben, auch im Hinblick auf den Mord an meinem Bruder.“

„Elisa! Erst einmal ...“

„Ja! Ich weiß es auswendig. Der Fall ist abgeschlossen.“

„Vielleicht noch nicht ganz“, räumt Max ein.

„Jemand muss sich irgendwie einen Haustürschlüssel beschafft oder nachgemacht haben. Es könnte sein, dass bei den Aufräumarbeiten einiger Zimmer am letzten Wochenende die Haustür offenstand.“

„Ich werde gleich bei einer Firma anrufen, die mit der Polizei zusammenarbeitet, und darum bitten, das Schloss auszuwechseln.“

„Danke.“

„Auch mit dem Mitbewohner, dem Herrn Hasch-Hase, werde ich das abklären, ihn ein wenig aushorchen. Ich werde auch den Vermieter über das neue Schloss informieren.“

„Ja, das ist gut. Ich kann alles Weitere morgen mit meinen Geschwistern klären, wenn wir mit der Auflösung der Wohnung fortfahren. Zunächst sollten wir wohl die Wertsachen aus dem Haus bringen."

„Gut, ich bestelle jetzt den Schlosser. Wenn der da war, werde ich dir die alte Zechenkultur näherbringen und dich damit auf andere Gedanken. Du wirst staunen, wie sich alles verändert hat. Zieh dich warm an." Max schaut kritisch auf Elisas elegante Schuhe. „Festes Schuhwerk bitte, du wirst Treppen steigen, vielleicht einen Schacht besichtigen und über schneebedeckten Schotter gehen."

Ruhrschnellweg am gleichen Tag, 19 Uhr. Scheinwerfer flackern auf, verschwinden im Dunkel.

Der Tacho von Koslowskis SUV zeigt 190 km/h. Der Fahrer sitzt verspannt vornübergebeugt hinter dem Steuer. Die Stirn schweißnass, die Hände klebrig. Er flucht: „Verdammte Bullen, verdammt, verdammt."

Er schlägt mit der Faust auf das Lenkrad, der gellende Hupton wird erwidert von anderen Hupen, von ärgerlichen Fahrern, die sich schlingernd davonmachen, um diesem gefährlichen Idioten zu entgehen.

Er wird verfolgt, fühlt sich massiv gehetzt. *Seit dem Zusammenstoß mit dieser Frau im Bahnhofsbistro in Köln ist alles wie verhext. Die Flucht aus Köln. Habe bestimmt Ampeln bei Rot überfahren, wurde geblitzt. Ich muss die Karre loswerden. Dann werde ich mich rächen, an dem Bullen und dieser Trulla, die sich einmischt. Ich habe sie eindeutig gewarnt, als ich Sunnys Wohnung verwüstet habe.*

Was will diese Alte von ihm? Eine neue Sonderermittlerin? Er kennt doch seine Pappenheimer in Gelsenkirchen. Und die kennen ihn. Da ist zum Beispiel der eitle Typ, der geschniegelte Teufel, der ihm wegen Sunny auf die Schliche gekommen ist.

Sunny, da hat er durchgedreht. Sie wollte ihn verlassen, bescheißen. Man verlässt ihn, Boris Koslowski, nicht. Die Hand ist ihm ausgerutscht, die Wut hat ihn übermannt, er hat das Halstuch zugezogen, wie im Rausch. Dieser Zorn, der ihn überkommt wie eine heiße Woge. Dann sieht er nur noch rot.

Schon als er noch ein Kind war, als der besoffene Stiefvater auf ihn und seine geliebte Mutter eingeprügelt hat.

Zitternd, mit dem Fleischmesser aus der Küche, hat der Zehnjährige dagestanden, mit dem Wunsch, seinen Stiefvater zu töten, um das Geschrei der gequälten Mutter nicht mehr hören zu müssen. Seine Mutter, die er nicht schützen konnte, oder doch?

Sie hatte ihm das Messer entrissen. Der Stiefvater stieß sie brutal zur Seite und schlug Boris ins Gesicht. Rache ist süß. War nicht der Alte eines Tages verschwunden und wurde dann in einer Schrebergartensiedlung erfroren aufgefunden? Jeder hatte gedacht, der alte Säufer sei einfach an einer Überdosis Schnaps gestorben. Er, Boris, weiß es besser, weiß, dass *er* dem Schnaps vergällten 90-prozentigen Isopropylalkohol aus dem Badezimmerschrank hinzugemischt hat. Die Mutter brauchte das Zeug verdünnt zum Kühlen ihrer geschwollenen Füße, wenn sie erschöpft von ihren Putzjobs nach Hause kam. Sie hatte Boris immer gewarnt. Es sei Gift und er solle die Finger davon lassen.

Bremsen quietschen, ein Autofahrer hinter ihm blinkt ihn an. Boris flucht, schreit, obwohl ihn niemand hören kann: „Willst du ein Rennen, du Ampelkriecher? Kannst du haben." Boris tritt aufs Gas.

Er denkt wieder an seine Mutter. Sie musste ihren spärlichen Verdienst an den Alten abliefern, damit der sich zudröhnen konnte, während sie das Abendessen zubereitete. Oh, wie er seine Mutter liebte.

Seit damals hat er solch eine Wut in sich. Sein Lehrer, der Wolf, hat ihn in eine Therapie vermittelt, aber zuhause war immer der Teufel los, der Alte machte sich lustig über die Therapie. Als schließlich das Jugendamt vor der Tür stand, verbot er Boris hinzugehen. Boris fing an zu klauen und flog von der Schule.

Jaja, der Lehrer von damals, der Wolf, Professor oder Allwissender, wie sie ihn nannten, war ihm manchmal im Hausflur begegnet, als seine Mutter dort wohnte. Der Pauker hatte immer nur eine Augenbraue hochgezogen, was ein wenig herablassend wirkte. „Na, was macht die Kunst, Koslowski?", fragte er und wartete auf Antwort.

„Mal dies, mal das", hatte er auf diese blöde Frage geantwortet. Der alte Lehrer schaffte es, dass Boris sich stets ertappt fühlte.

„Na, wenigstens haben Sie Ihrer Mutter ihre Lieblingspralinen mitgebracht", sagte Wolf dann und deutete mit einem Kopfnicken auf die Schachtel mit den Branntweinpralinen. Es war immer so.

Nun ist der Pauker tot. Er hat es in der Zeitung gelesen. Verdächtigte man ihn etwa? Er hätte dem Typen, dem alten Professor, der sich damals für ihn eingesetzt hatte, nie was angetan. Als er ihn vor einigen Wochen auf der Straße umrannte, hatte er es wirklich eilig und Zoff mit Sunny gehabt und keinen Bock auf die hochgezogene Augenbraue des Paukers und eine eventuell klugscheißerische Frage.

Ein Schild wird im Schneegestöber sichtbar: Abfahrt Venlo.

Nun muss er überlegen. Er möchte das Auto loswerden, denn er ist inzwischen bekannt wie ein bunter Hund mit seiner roten Karre.

Er verlässt die Autobahn und sucht einen ganz bestimmten Waldweg. Hier an der Grenze zu den Niederlanden ist ein See und der Drogenumschlagplatz. Dort wird er den Cayenne versenken. Sollen doch alle denken, er sei mit dem Fahrzeug abgesoffen, nachdem er sich hier mit Drogen zugedröhnt hat.

Er stoppt, schnürt ein Bündel mit seinen persönlichen Sachen, ergreift die Pistole aus dem Handschuhfach, schaut nach, ob sie geladen ist. Er schaltet in den Leerlauf, springt heraus und lässt das Fahrzeug in den eiskalten See rollen.

Es spritzt und zischt minutenlang. Als das letzte Blubbern mit einem menschlich anmutenden Aufstöhnen verklungen ist, wendet er sich um, schlägt den Weg zu einem Rastplatz ein. Dichtes Schneegestöber verschleiert seine Sicht. Da entdeckt er die Umrisse eines Wagens. Sein Glückstag? Er schleicht sich an. Ein schwarzer VW Touareg 2.5 TDI steht herrenlos und unverschlossen auf einer Lichtung. Der Schlüssel steckt sogar. Keine Insassen. Wie leichtsinnig die Menschen doch sind. Das ist die Gelegenheit. Vielleicht muss der Besitzer mal pinkeln, ist kiffen oder ein Liebespaar macht einen Spaziergang. *Wie dumm von ihnen. Super für mich*, denkt Koslowski.

Er steigt in das Auto und ist plötzlich bester Laune, die ihm schnell vergeht, als er den Innenraum sieht. Versiffter Saustall, gebrauchte Spritzen, überall Dreck und Kippen. Der Fahrergurt ist auch hin. *Na ja, angurten ist sowieso was für spießige Ampelwichser.* Er hat jetzt Lust, Polizisten zu jagen, befindet sich wieder auf der A40, zurück in Richtung Ruhrgebiet. *Wenn mir jetzt der Teufel und seine ominöse Kollegin in die Quere kommen, ich habe nichts mehr zu verlieren. Einsatz wie beim Zocken: volles Risiko. All in!*

Urplötzlich wird er schlapp, fährt von der Autobahn ab, wirft sich Speed ein. Die Droge wirkt schnell. Koslowski überlegt. Er weiß, dass Teufel am Gelsenkirchener Stadtrand wohnt. Er hatte schon mal mit ihm zu tun und damals alles ausbaldowert. Er kann die Strecke im Schlaf fahren. In der Nähe ist ein altes Zechengelände mit einem alten Förderturm.

Wochenende, vielleicht ist der Bulle ja zuhause oder sogar mit der Kollegin dort? Was die wohl treiben? Er wird auf der Lauer liegen. Zweimal fährt er um den Häuserblock. Alles dunkel in Teufels Haus. Entnervt gibt er auf und wendet. Nach einer starken Kurve tauchen plötzlich vor ihm die Rücklichter eines alten Rover auf, mit einem ihm sehr bekannten Kennzeichen. *Schon wieder Glück gehabt, Teufels Schrottlaube!* Siegessicher schlägt er sich auf die Schenkel. Die beiden alle machen und dann nix wie weg von der Scheiße hier, wieder auf die A40, nach Holland abdüsen, ein neues Leben anfangen. Er verfolgt das Fahrzeug, das mit zwei Personen besetzt ist, mit angespanntem Grinsen bis zum Parkplatz des alten Zechengeländes.

Es ist 22 Uhr. Elisa und Teufel sind in ein Gespräch vertieft. Sie steuern ein uriges Gasthaus an, in dem sie den Abend ausklingen lassen wollen.

Elisa erinnert sich, dass sie Max noch nichts über die Baupläne, die sie in Armins Wohnung fand, erzählt hat. Gestern Nacht, verwirrt durch Max' plötzliche Umarmung, hatte sie vergessen, darüber zu berichten.

„Max, ich habe dir doch gestern gesagt, dass ich im Keller des Nachbarhauses von Nummer 7 war."

„Hast du? Ich kann mich nicht daran erinnern."

Elisa ignoriert seine Unaufmerksamkeit.

„Armin hatte etliche Kopien von den Bauplänen von Haus Nummer 7 und dem Nachbarhaus in seinen Unterlagen. Da häufen sich auch alte Schriften über die Baugeschichte Gelsenkirchens um 1800."

„Verstehe. Nicht verwunderlich. Er hat doch Geschichte unterrichtet."

„Ja, aber diese Recherchen hat er alle nach 2000 gemacht. Wie mein Bruder so war, pingelig und genau, hat er alles auf der Rückseite datiert. Es ist doch so, die Ermittlungen zum Tod meines Bruders wurden doch nur eingestellt, weil die obere Wohnung von innen abgeschlossen war. Wenn ich den Verdacht, dass mein Bruder getötet wurde, endlich abhaken soll, muss oben nochmal alles untersucht werden."

„Das kann ich nicht veranlassen. Dafür brauche ich beweiskräftigere Hinweise."

„Ich dachte, dass eventuell ein Polizeihund Spuren suchen kann. Zum Beispiel nach Spuren hinter den Regalen schnüffeln, falls der Täter Blutspuren von Armin an sich hatte oder selbst geblutet hat. Der Hund könnte auch direkt nach Nowaks Spuren suchen, wenn wir zum Beispiel ein Kleidungsstück von Nowak hätten. Das können Hunde heutzutage, oder?"

Max nickt. „Aber Elisa, träum weiter. Das alles müsste hochamtlich auf dem Dienstweg geschehen und genehmigt werden."

„Ich weiß, Max."

„Such doch noch einmal nach Unterlagen, zum Beispiel nach Handwerkerrechnungen. Vielleicht hat Armin ja renoviert, als er oben einzog."

„Ja, gute Idee. Ich räume auch einige Regale an der Rückwand leer." Mit Seitenblick auf Max sagt sie: „Auf der Suche nach Nowaks Visitenkarte."

„Na, dann viel Spaß."

„War nur ein Scherz. Es kann doch sein, dass Armin irgendetwas entdeckt hat, einen Ausweg oder Ausgang, den wir noch nicht kennen, durch den eventuell ein Täter seine Mansarde verlassen hat. Ist nur so eine Hypothese von mir. Ich habe dort auch Geräusche gehört, vor allem nachts."

„Das waren wohl nur Nagetiere. Die müssen ja nicht unbedingt auf einen versteckten Geheimgang weisen."

Max überlegt einen Moment und fasst sich an die Fliege. „So wie ich es verstanden habe, war dein Bruder handwerklich nicht sehr geschickt. Wahrscheinlich ist das der vielversprechendste Weg. Wenn er wirklich dazu neigte, könntest du mit einer Rechnung die Nadel im Heuhaufen finden."

„Da fällt mir ein, da ist noch ein dicker Ordner mit alten Versicherungsunterlagen. Den muss ich sowieso noch durchgehen, um zu überprüfen, ob alles abgebucht ist und ob da noch der eine oder andere Vertrag gekündigt oder eine Rechnung beglichen werden muss. Hab mich immer gedrückt. Vielleicht finde ich da was."

„Miss Marple, denkst du kriminalromantisch an geheime Verliese oder Tapetentüren, an Mafia, Bluthunde und eingemauerte Leichen?" Er lacht schallend.

„Das ist jetzt aber nicht nett."

Sie schweigen.

Nach einer Weile stößt sie ihn an: „Schau mal Max, uns folgt ein Fahrzeug. Mit holländischem Kennzeichen."

„Oh, der weiß bestimmt nicht mehr, wo er seinen alten Wohnwagen geparkt hat."

Nun lachen beide, lachen immer noch, als sie aussteigen und über den Parkplatz gehen, um den Förderturm zu betrachten und in die Bergmannskneipe zu gelangen.

Der Platz liegt völlig im Dunkeln. Max umarmt Elisa, dreht sie zu sich und wird plötzlich geblendet.

Scheinwerfer leuchten auf. Mit heulendem Motor und grell aufgeblendetem Licht rast ein Auto auf sie zu. Blitzartig erkennt Elisa das grimassenhaft verzerrte Gesicht Koslowskis hinter der Windschutzscheibe.

„Elisa!", schreit Max, stößt sie heftig zur Seite. Er selbst wird mit Wucht von dem Wagen erfasst, fliegt durch die Luft und bleibt auf dem Schotter liegen.

Elisas markerschütternder Schrei verebbt. Totenstille, während Max' Gesicht von einer dunklen, immer größer werdenden Lache umrahmt wird und sich das Heulen des Fahrzeugs in der Ferne verliert.

Jagd auf die schwarze Spinne

Vor einer Rechtskurve der Autobahn schlingert ein dunkler Wagen mit hoher Geschwindigkeit über die eisglatte linke Fahrspur. Boris Koslowski ist auf der Flucht. Es ist Samstag, der 13. Dezember 2003, 22.30 Uhr.

Mit Karacho, Sirenengeheul und Blaulicht rasen die Streifenwagen Erna 10/22, unter Führung von PHM Piontek und PM Kantak, und Erna 12/30 mit Spitz und zwei weiteren Polizeibeamten über die A40. Sie sind auf der Jagd nach Koslowski.

Währenddessen sind Beamte des KI, der Spurensicherung und der zuständigen Staatsanwaltschaft bereits am Tatort eingetroffen.

Weithin sind die grellen Lichter der Einsatz- und Notarztwagen zu erkennen. Im gleißenden Licht werden Umrisse eines alten Zechengeländes mit einem Förderturm sichtbar.

Taghell beleuchtet ist der inzwischen abgesperrte Parkplatz, Spuren werden gesichert. Ein weißes Zelt überdeckt den Tatort und die Einsatzzentrale.

An alle Polizeifahrzeuge der Umgebung geht folgender Funkspruch: „Gesucht wird wegen Mordes und versuchten Mordes Boris Koslowski, 39 Jahre alt. K. ist in folgendem Fahrzeug unterwegs: schwarzer VW Touareg 2.5 TDI, holländisches Kennzeichen NL 01-XK-BB. Der Wagen wurde soeben als gestohlen gemeldet. Der Gesuchte hat ein auffälliges, schwarzes Spinnen-Tattoo am Hinterkopf, er ist bewaffnet und versucht wahrscheinlich, die A40 in Richtung Venlo zu erreichen. Haftbefehl seit dem 24.10.2003 wegen Mordes an der Prostituierten Sunny M. und 13.12.2003 wegen versuchten Mordes an einem Polizeibeamten."

„Verdammte Scheiße", ruft Piontek: „Da hat doch das Schwein den Teufel erwischt." Er gibt Gas. Der Drehzahlmesser steigt zitternd in den roten Bereich. „Anschnallen, Kantak, das Auto beginnt zu fliegen."

Kollege Kantak ist immer noch nicht angeschnallt, hat seit der letzten All-inclusive-Kreuzfahrt zunächst noch Probleme, seine schusssichere Weste zu schließen. Ringförmig kreisen die Einsatzfahrzeuge den Tatort ein, sperren Aus- und Zugangsstraßen. Am Nachthimmel das Knattern eines Polizeihubschraubers. Grelle, sternförmige Strahlen der Scheinwerfer spalten die Dunkelheit.

„Pass auf!", schreit Kantak. Spiegelblank, wie ein metallenes Band, liegt die Autobahn im kalten Licht des kilometerlangen Autobahntunnels der A40. Vor der Biegung des Tunnels gerät ein dunkler Wagen auf der eisglatten Fahrbahn ins Schleudern, schlittert dann auf die seitliche Betonwand zu, gerät wieder auf den Mittelstreifen, schießt aus dem Tunnel hervor und rast weiter.

Die Einsatzwagen Erna 10/22 und Erna 12/30 sind dem Flüchtenden dicht auf den Fersen.

„Ich fass es nicht", ruft Piontek, „das ist er. Erna von 10/22: gesuchtes Fahrzeug, Kennzeichen NL 01-XK-BB, auf dem Ruhrschnellweg Richtung Essen-Duisburg gesichtet … nehmen Verfolgung auf … Ende."

„Erna an alle Einsatzfahrzeuge und Einsatzkräfte: gesuchtes Fahrzeug, holländisches Kennzeichen NL 01-XK-BB. Auf dem Ruhrschnellweg, Richtung Essen-Duisburg gesichtet. Die Ausfahrten Essen, Mülheim und das Autobahnkreuz Duisburg sperren."

Inzwischen setzt Eisregen ein. Nach wenigen Minuten wird die Fahrbahn gespenstisch leer. Vier Autos befinden sich noch auf der Spur, vorab der Touareg, inzwischen verfolgt von drei Polizeifahrzeugen, Erna 10/22, Erna 12/30 und Gruga 13/10 von der Essener Polizei. Sie folgen dem Flüchtenden mit schrillem Sirenenklang, schaffen es nicht, ihn zu überholen.

„Mist!", flucht Piontek. „Mit unseren mageren 136 PS holen wir den nie ein."

Nach fünfzehnminütiger Verfolgungsjagd rast der Touareg gegen eine Polizeisperre, zwei Streifenwagen werden durch das schleudernde Fahrzeug aus der Bahn geworfen. Das Fluchtfahrzeug schlittert, dreht sich, rast auf Piontek und Kantak zu.

„Verdammt, verdammt, die blöden Bullen." Koslowskis Stimme bricht. *Hab mich total verfranzt, bin in der Pampa rumgeirrt, nachdem ich die beiden Bullen platt gemacht habe. Zuviel Speed, schlechter Stoff. Wenn ich den erwische, der mir das Zeug verkauft hat, mir war kotzübel.* Koslowski schreckt auf, reißt abrupt das Lenkrad des schweren Wagens nach links und sieht im Zeitlupentempo den mächtigen Pfeiler auf sich zukommen. Er registriert die geweiteten Augen der Beamten in den querstehenden Polizeifahrzeugen. Da zerquetscht die Betonsäule die Front des Touareg. Glassplitterhagel setzt ein, trifft sein Gesicht. Er beginnt zu schweben, aus dem zerborstenem Fenster, hinaus in die Nacht. Sunnys Gesicht erscheint vor seinen Augen. Sein Entsetzensschrei erstickt, als sich eine Glasspitze in seinen Rachen bohrt. Plötzlich öffnet sich für Koslowski eine lichte Nebelwand, in der das Antlitz seiner Mutter sichtbar wird: „Boris, Boris, mein Junge." Nun verliert sich ihr Gesicht in namenloser Leere. Boris Koslowski hat das Gefühl zu fliegen. Dann stürzt er ab und knallt gegen etwas Hartes.

Ein schreckliches Szenario, die Sirenen schweigen. Tödliche Schockstille, untermalt vom kalt flackernden Blaulicht der Einsatzfahrzeuge. Nur das Zischen der entweichenden Hitze aus dem Motor des Touareg ist zu hören.

Über der seitlichen Autobahnabsperrung hängt ein menschlicher Körper. Der Kopf ist in unnatürlicher Stellung verdreht. Blut rinnt über Koslowskis Kopf und das Tattoo. Die schwarze Spinne färbt sich rot.

Als ein Notarzt sich über den Verletzten beugt, vernimmt er noch ein Aufstöhnen. Dann tritt ein Blutschwall aus dem Mund des Verunglückten, gepaart mit einem gurgelnden Ton, der im Rachen erstickt. Boris Koslowski ist tot.

Narben

Elisa öffnet die Tür zum Intensivzimmer und betritt, mit einem blauen Schutzkittel bekleidet, den Raum.

Die monotonen Pieptöne der Überwachungsgeräte lassen sie frösteln. Max liegt vor ihr. Er ist unter all den Verbänden, Schläuchen und Bandagen kaum zu erkennen. Das Herz klopft ihr bis zum Hals. Sie tritt näher ans Bett, berührt Max' Wange, die einzige Stelle des verbundenen Gesichtes, die nicht verhüllt ist.

„Danke, Max", flüstert sie und spürt einen dicken Kloß im Hals. „Du hast mir das Leben gerettet." Sie holt sich einen Stuhl. In dem Moment öffnet sich die Tür und ein junges Mädchen kommt herein, schaut sie fragend an. In den verweinten Augen erkennt Elisa Schmerz und Traurigkeit.

„Entschuldigung, ich bin Elisa Fuchs, eine Kollegin."

„Hallo, Frau Fuchs, ich bin Andrea, ich bin die Tochter."

„Hat der Arzt gesagt, was Ihrem Vater fehlt?"

„Ja, aber ich habe es nicht verstanden." Andrea deutet auf das Gipsbein: „Sein Bein ist gebrochen und an seinem Kopf ist auch irgendwas, eine schlimme Verletzung." Sie kämpft mit den Tränen.

Elisa versucht, sie zu trösten, lächelt und reicht ihr ein Taschentuch. „Soll ich jemanden anrufen?"

„Nein danke, Mama ist schon unterwegs. Bin mega froh, dass Papa noch lebt." Jetzt kann sie die Tränen nicht mehr stoppen.

„Gut, dass Ihre Mutter kommt. Dann sind Sie mit den Sorgen um den Vater nicht allein."

Andrea sieht viel erwachsener aus als auf dem Foto, das Max ihr mal gezeigt hat. *Sie hat die Augen des Vaters.*

Andrea und Elisa sitzen links und rechts vom Bett des Verletzten.

Andrea trocknet sich die Augen und schaut Elisa an. „Das ist so krass, was da heute Nacht passiert ist. Papa hat vor einigen Tagen mal von Ihnen gesprochen, Frau Fuchs."

„Dein Vater hat mir das Leben gerettet. Wenn er mich nicht zur Seite gestoßen hätte, als dieser Wahnsinnige auf uns zuraste, wäre ich bestimmt auch so vermummt oder vielleicht sogar tot. Dann würde ich nicht schon morgen entlassen", flüstert Elisa mit belegter Stimme. „Ich habe auf meinem Handy den Notruf gedrückt, Max' Kollegen informiert. Bin dann neben ihm umgekippt. Ich heiße übrigens Elisa."

Andrea lächelt verlegen.

„Max und ich, wir sind wie gute Kollegen, obwohl ich schon lange nicht mehr im Dienst bin."

Andrea schaut skeptisch, doch Elisa fährt fort: „Als ich wach wurde, fand ich mich im Notarztwagen wieder, sah noch, dass Max wie tot auf dem Schotter lag und beatmet wurde. Da schwanden mir gleich wieder die Sinne. Ich bin wohl doch nicht so taff, wie ich dachte."

Max regt sich und möchte etwas sagen. Es klingt wie ein sehr schwaches: „Hallo, Süße. Hallo, Miss Marple."

„Oh, meine Güte, er wird wach. Psst, bitte nicht sprechen, Max, und in den nächsten Tagen keine Ganoven jagen." Elisa lächelt schief und ein wenig verlegen, zeigt auf seinen rechten, eingegipsten Unterschenkel.

Andrea drückt aufgeregt die Klingel. Eine Schwester stürmt herein.

„Mein Vater war kurz wach und hat gesprochen. Das ist doch ein gutes Zeichen, oder?"

„Natürlich“, meint die Schwester. „Ich werde den Arzt holen, damit er Ihnen die neuesten Ergebnisse der Untersuchungen mitteilt.“

Sie studiert die Anzeigen für Blutdruck, Puls, Sauerstoffsättigung und Körpertemperatur und schaut Elisa an. „Ihre Kollegen, die Herren Piontek, Kantak und Spitz, waren bis eben hier. Vor der Glastür. Sie standen fast eine halbe Stunde vor dem Fenster und hatten ein wachsames Auge auf Ihren Kollegen. Ich habe ihnen erklärt, dass sie morgen wiederkommen sollen. Wie begossene Pudel sind sie abgezogen.“ Die Schwester wechselt die Flasche mit der Infusionslösung aus.

„Ach so, das hätte ich fast vergessen. Ich soll Ihnen ausrichten, sie hätten das Schwein gefasst. Sie wüssten dann schon Bescheid.“

„Ja, sie sind ein gutes Team“, sagt Elisa.

Die Schwester schaut auf den Patienten.

„Ich glaube nicht, dass der Kommissar morgen schon vernehmungsfähig ist.“ Sie macht ein Pokerface, sieht Teufel an, dessen Augen sich wieder geschlossen haben. „Und Sie, Frau Fuchs, sind zwar eine Kollegin des Kommissars, aber auch Patientin. Sie gehören ins Bett. Wo ist eigentlich Ihre Infusion?“

„Entschuldigen Sie, Schwester, erstens, ich bin nur eine gute Bekannte von Herrn Teufel.“

Die Schwester mustert Elisa von oben bis unten. „Soso.“

„… Zweitens, zur Infusion: Sie war leer und ich habe der Nachtschwester gesagt, dass eine weitere Infusion nicht nötig ist. Ich werde morgen entlassen.“

Flammende Röte überzieht das Gesicht der Schwester. „Sie können doch nicht mit einer Praktikantin Ihre Therapie besprechen“, poltert sie. „Wir beide gehen jetzt ganz schnell zurück ins eigene Zimmer und ins Bett. Ich kümmere mich danach gleich um eine neue Infusion.“

Andrea kichert und zwinkert Elisa zu.

„Wir gehen gleich ins Bett? Alter Drache, niemals", flüstert Elisa.

„Wie bitte?"

„Danke habe ich gesagt. Danke für Ihre Mühe, Schwester", antwortet Elisa beflissen.

Elisa verabschiedet sich von Andrea mit einer kurzen Umarmung und verschwindet in den leeren Gängen des nächtlichen Krankenhauses. Sie ist umgeben von den unverwechselbaren Gerüchen nach Desinfektionsmitteln, kranken Ausdünstungen und Tod. Aber wenn, wie jetzt hier auf dem Flur des Hospitals, ein frischer Wind durch ein Kippfenster fegt, dann riecht es auch ein wenig nach Hoffnung, Gesundheit und Leben.

Brisante Entdeckung

Erst eine Woche später, einen Tag vor dem vierten Advent, ist Elisa aus dem Krankenhaus entlassen worden und zieht in die Pension der Anna Pawlowski, die Max ihr empfohlen hat. So kann sie gleichzeitig in Armins Wohnung tätig werden, abends mit Constantin telefonieren und Max im Krankenhaus besuchen. Constantin ist zu einer Fortbildung nach Frankreich abgedüst. Sie wird ihn vermissen.

Auch der Gedanke an die Trennung von Max liegt ihr wie ein Stein auf dem Herzen. Schnell verdrängt sie aufkommende Grübeleien. Sie möchte in Ruhe den Fall aufklären, noch einmal nach Armins Wohnung sehen. Die wirkt in der 1. Etage, bis auf die Küche mit der unerlässlichen Kaffeemaschine, trostlos und entseelt. Anders das Dachgeschoss. Es ist noch vollgepfropft mit Bücherwänden. Zum Jahresende wird auch diese Wohnung leer sein. Elisa hofft inständig, Hinweise zu Armins auffälligem Interesse an den Bauplänen des Hauses zu finden. Sie hat da einen ganz bestimmten Ordner im Auge, dessen Inhalte noch nicht geschreddert sind wie all die anderen, inzwischen unbrauchbaren Papiere.

Während sie nach dem neuen Haustürschlüssel in ihrer Tasche sucht, lässt sie den Ablauf der letzten, ereignisreichen Tage Revue passieren.

Max Teufel, mit seinem Kopfverband wie ein Scheich im Bett thronend, hält im Krankenhaus auf Station 5 täglich eine *Lagebesprechung* mit seinem Team ab, um Oberkommissar Hans Nachmüller zu beraten. Der *lange Nachmüller*, schlank, schon fast mager, ist vierzig Jahre alt. Dünnes, aschblondes, sorgfältig gescheiteltes Haar und graue, durchdringend blickende Augen lassen ihn streng und unnahbar wirken. Eine dunkle Hornbrille unterstreicht diesen Eindruck. Seine Kleidung wirkt altbacken grau in grau. Sie scheint für den Träger nicht wichtig zu sein.

Doch Nachmüller geht nicht zum Lachen in den Keller, wie Spitz einmal äußerte. Er gewöhnt sich sehr schnell an den lockeren Ton der Dienstbesprechungen an Teufels Krankenlager.

Der Unfall und die tödliche Jagd nach Boris Koslowski hat das Team eng zusammengeschweißt. Dazu gehört nun auch Elisa, sie wird wie selbstverständlich von Nachmüller, Piontek, Kantak und Spitz akzeptiert.

Oft schallt Lachen aus dem Krankenzimmer. Dann schaut mit spitzer Nase Schwester Letizia herein, macht irgendeine Anordnung, die für Erheiterung sorgt: „Wir müssen aber gleich Fieber messen und dann wird geschlafen." Oder: „Wir müssen den Blasenkatheter wechseln."

Auch Piontek versucht, zur Erheiterung beizutragen, bei jedem Besuch mit dem gleichen Scherz zu punkten. Zunächst bleibt er respektvoll an der Tür des Krankenzimmers stehen, schaut Teufels Vertreter Nachmüller fragend an und sagt, zuvorkommend mit einer galanten Geste auf die Tür: „Nach Müller, oder was?" Dafür erntet er inzwischen aber nur noch ein fades Grinsen.

„Denk dir mal einen neuen Witz aus, Piontek", meint Spitz.

„Sitz, du vorlauter Spitz", kontert Piontek, während Kantak auf das übriggebliebene Frühstücksbrot des Chefs schaut.

So lange bis Teufel, der die Szenen sichtlich genießt, sagt: „Na, nimm schon die Leberwurststulle, Karl, du bist ja nicht der Kräftigste."

Dann holt sie der Ernst des Lebens wieder ein.

„Nachmüller, fühl dem Nowak mal auf den Zahn. Wir haben den Verdacht, dass er sich in Armin Wolfs Wohnung die Zeit vertreibt und mit bösem Schabernack unsere Füchsin zu Tode ängstigt."

„Wird gemacht, Chef. Die Vorladung geht heute noch raus."

Wo ist denn dieser verflixte Ordner mit Armins Rechnungen und Versicherungsunterlagen? Elisa sucht und findet ihn schließlich neben einem großen, schwarzen Müllsack. Sie setzt sich an den Schreibtisch des Bruders und sieht Blatt für Blatt durch. Unter dem Abschnitt *erledigte Rechnungen 2000* findet sie eine Rechnung der Firma Wilhelm Meister. Auf dem beigefügten Werbeflyer steht: *Möchten Sie einen geheimen Zufluchtsort besitzen? Geheimtüren und Schreinerarbeiten aller Art, Wilhelm Meister, Fachbetrieb, Oberhausen.*

Dann kommt der Lieferschein: *Geheimtür, in dunkel gebeiztem Eichenholz, getarnt als Bücherregaloptik, 500 DM. Gelsenkirchen, 15. August 2000, Wilhelm Meister.*

Elisa springt auf, rennt nach oben in die Mansarde, besinnt sich aber schnell. Sie will auf keinen Fall Spuren vernichten. Sie ruft Max an.

„Max, ich habe eine Spur gefunden. Ist die Vorladung an Nowak schon weg? Ich hätte hier einen möglichen Hinweis auf eine geheime Tür, die jemand, also auch unser Hauptverdächtiger Nowak, als Fluchtweg genutzt haben könnte. Wenn Nowak erfährt, dass wir ihm auf der Spur sind, kann es sein, dass er flüchtet."

Nach Elisas Beschreibung der Handwerkerrechnung wird es am anderen Ende der Leitung still. Elisa hört, wie Max tief Luft holt.

„Das ist ja, also, ich weiß nicht, was ich sagen soll? Glückwunsch, Elisa, ich rufe Nachmüller sofort an. Die Vorladung an Nowak ist allerdings schon raus. Nachmüller ist schnell und zuverlässig. Ich benachrichtige sofort die KTU. Bleib du an Ort und Stelle. Fass nichts an, überlass das der Spurensicherung."

„Das weiß ich doch selber."

„Ja, stimmt natürlich, Elisa. Nowak weiß nicht, dass wir ihm auf der Spur sind. Er wird in der Vorladung nur als Zeuge erwähnt. Außerdem kann es sein, dass er die Tür gar nicht kannte, dass er gar nicht in dem Haus war."

„Ja, und vielleicht war es doch Koslowski? Du weißt doch bestimmt schon Näheres über die Ergebnisse der Auswertung der Spuren, die wir in Armins Wohnung sichergestellt haben?"

„Ja, die Auswertung ist fertig. Der Datenabgleich ergab keinerlei Übereinstimmungen mit Koslowski und Nowak ist bisher polizeilich noch nicht in Erscheinung getreten. Die Person, die im Hausflur Spuren gelegt hat, ist nach bisherigen Recherchen in keinem Polizeicomputer erfasst. Keine Übereinstimmung beim Abgleich mit den Ergebnissen aus Koslowskis Akte, Nachmüller hat nichts gefunden. Nothing, nada, leider. Koslowskis Blutbahn war hingegen ein echtes Chemielabor. Im Hinblick auf die Spuren in Nummer 7 ist er clean. Er war in der Nacht, als du die Blut- und Fußspuren entdecktest, definitiv nicht im Hausflur."

„Danke, das wusste ich noch nicht. Koslowski war ein Heißsporn, aber sein Ende wäre meinem Bruder bestimmt nahe gegangen. Apropos Hausflur. Überleg mal, Koslowski war doch echt nicht der Typ, der nachts durch Häuser schleicht und tropfenweise Blut verteilt. Wenn der keine 330 PS unter seinem Hintern hatte, fühlte er sich entmannt. Wenn der Zoff hatte, schlich er nicht herum und erschreckte Frauen, sondern schlug zu oder machte kurzen Prozess, wie bei Sunny."

„Stimmt, aber sollte sich in Wolfs Wohnung wirklich ein Geheimversteck finden, werden wir natürlich weitere Spurenvergleiche machen, auch im Hinblick auf Koslowski. Wir werden alle Möglichkeiten prüfen, in zwei Richtungen ermitteln. Bist du an Armins Telefon oder auf dem Handy erreichbar?"

„Beides. Ich bleibe in der Wohnung. Wenn du mich da nicht erreichst, ruf mich auf dem Handy an."

„Ich mobilisiere jetzt das Team. Ich umarme dich in Gedanken", sagt er zum Abschied. Einfach so.

Elisa wird rot. *Gott sei Dank, dass Max mich jetzt nicht sieht.* „Oh Max, das gehört jetzt wirklich nicht hier hin." Sie seufzt. „Ganz kurz, ich habe noch ein dienstliches Anliegen: Bitte doch die Spurensicherung, hier nur *mit kleinem Gedeck* vorzufahren. Kein Polizeifahrzeug, nur Zivilfahrzeuge. Nowak soll keinen Wind von der Sache bekommen. Vielleicht beobachtet er das Haus, schleicht herum und flüchtet, wenn er merkt, dass wir ihn verdächtigen."

„Im Hinblick auf Nowak passiert nichts, bevor wir handfeste Spuren haben. Was wir bereits haben, ist wertvolles Vergleichsmaterial."

„Aber Nowak ist in seiner Versponnenheit wirklich zu allem fähig, wenn er sich in die Ecke gedrängt fühlt."

„Ist gut, Elisa."

„Tschö, Max, ich werde hier auf deine Kollegen warten."

Wenige Minuten später parken zwei Zivilfahrzeuge in der Seitengasse des Hauses Nummer 7. Sie werden von Elisa erwartet. Alle Beteiligten ziehen sich im Parterre um und gehen die Stiegen zu Wolfs Wohnung hinauf.

Oben unter dem Dach angekommen, sichtet Elisa gemeinsam mit der Spusi die Bücherwand und die Regale des Bruders.

Sie ist froh, dass die Mansarde noch nicht leergeräumt wurde. Sie weiß, dass ihr Bruder Goethes Erstausgaben gesammelt hat. Ist nur so ein Gefühl. Vorsichtig schiebt sie fünf Goethe-Bände zur Seite. Hinter ihr warten die Beamten mit angespanntem Atem.

Als Elisa Goethes 'Wahlverwandtschaften' vorsichtig herauszieht, wird ein Messingknopf sichtbar. Durch leichten Druck öffnet sich eine schwere Tür. Das Bücherregal verschwindet mit schnurrendem Geräusch zur Seite. Gruftähnlicher, muffiger Geruch schlägt den Beamten und Elisa entgegen. Nachmüllers Stablampe leuchtet in ein wahres Horrorszenario. Fünf Augenpaare starren hinein, in eine abstruse, kleine Welt, die an ein Bühnenbild vergangener Zeiten erinnert. Der Gestank lässt sie den Atem anhalten. Selbst Spitz ist endlich mal sprachlos, total mundtot. Aber nur für Sekunden: „Krass, total abgefahren!"

Graue Spinnweben hängen von der Decke. Auf dem Boden liegen ein umgeworfener Stuhl, daneben ein Stuhlkissen mit dunklen Flecken.

„Sieht aus wie getrocknetes Blut", meint Spitz, die anderen schweigen.

Von der Wand starrt sie ein knöcherner Totenkopf mit leeren Augen an, lässt sie erschauern. Darüber hängt ein bestickter und mit Symbolen versehener Schurz.

„Was ist das denn?", staunt Spitz.

„Ein Freimaurerschurz", antwortet Nachmüller gelassen.

Glasscherben glitzern im Licht der Taschenlampe, es sind Scherben einer zerborstenen Sanduhr. Gut sichtbar sind rotbraune Flecken im herausgeflossenen Sand. Auf dem Boden liegen einige, teils mumifizierte, Mäusekadaver und Exkremente. *Daher das Scharren und die undefinierbaren Geräusche, die ich hier oben manchmal gehört habe,* denkt Elisa. *Das waren Mäuse im Todeskampf. Sie sind verhungert.*

Im Schein des blauen UV-Lichts werden nicht nur Blutspuren im Sand, sondern auch blutige Fingerabdrücke am Dachfenster sichtbar. Schweigend machen sich die Ermittler an ihre Arbeit.

Dunkle Kammer

August 2000: Ferienzeit. Armin Wolf fährt selten in die Ferien. Er hasst den Urlaubsstress, dem sich seine Kolleginnen und Kollegen unterwerfen. Zuhause fühlt er sich wohl. Wenn sie hektisch und voller Stress Reiseprospekte wälzen, spöttelt er: „Was für die Griechen der Mythos war, ist für uns der Neckermann-Katalog."

Nun steht Wolf auf einer wackeligen Trittleiter. Er möchte die Mansarde renovieren, nachdem Minta Koslowski ins Maria-Hilf Seniorenheim gezogen ist.

Er versucht, mit einem Messer die alte Tapete mit Rosenmuster anzuritzen, zu lösen und abzuziehen.

Nun, er mag ein kluges Köpfchen haben, doch auf die Idee, die Tapete vorher anzufeuchten, kommt er nicht. Die Leiter wackelt unter seinem Gewicht, gerät ins Schwanken, und er fällt mit der Leiter, das Messer in der Hand haltend, krachend gegen die Wand, die das Haus vom Nachbarhaus trennt.

Der Fluch, den er schon auf den Lippen hat, weicht Erstaunen. Das Messer hat ein Loch in die Wand gerissen, Putz bröselt heraus.

Wolf lugt durch das entstandene Loch und schaut ins Dunkle.

Eine Taschenlampe und noch ein paar härtere Schläge mit dem Holzgriff des Fleischmessers gegen den Gips bringen Licht in das Geheimnis und am Abend freut sich Wolf, im Besitz einer geheimen Kammer zu sein. Er hat eine knapp 1,70 Meter hohe, 70 Zentimeter breite Öffnung freigelegt, die etwa zwei Meter lang unter der Dachschräge bis zur Dachkante verläuft. Durch ein verdrecktes Dachfenster dringt schwacher Lichtschein. *Na, das sind ja fast eineinhalb Quadratmeter Bodenfläche mit einer ganz passablen Höhe.* Wolf reibt sich die Hände. An der höchsten Stelle des Kabuffs kann er gerade so stehen.

Im Schummerlicht des Verschlags erkennt Wolf einige Mäuseskelette, alte Zigarettenpackungen aus der Nachkriegszeit, Zeitungsfetzen vom Beginn des 20. Jahrhunderts, die das marode Fachwerk füllen, und einige Flaschen Doppelkorn mit der Aufschrift August Brennekamp Oelde, Westf. 1946. *Nachkriegsfusel aus meiner Heimat. Aufgrund des Alters eine Rarität.*

Den ganzen Nachmittag säubert er die Kammer. Das Mauerwerk des Nachbarhauses wird sichtbar. An den verschiedenfarbigen Backsteinen ist zu erkennen, dass es auch zum Nachbarhaus einmal eine Öffnung gab. *In dieses Verlies passt höchstens noch ein Stuhl, aber immerhin. Mir gefällt's*, denkt Wolf.

Nun vergisst er seine ursprünglichen Renovierungspläne, richtet erst diese Schatzkammer ein. Er hat es immer schon geliebt, Geheimnisse zu haben.

In der Kammer bringt er ein kleines Regal an. Darauf legt er kleine Fundstücke, die er als Schüler bei einer Ausgrabung gefunden hat. Eine Sanduhr und einen eindrucksvollen Totenschädel vom Flohmarkt. Einen alten, englischen Freimaurerschurz befestigt er an der Wand. Er hat ihn auf einem Antikmarkt zusammen mit seiner Schwester Elisa entdeckt. Armin Wolf ist kein Freimaurer, doch die Geschichte um und über die Freimaurerei hat ihn als Geschichtslehrer stets interessiert.

Er freut sich über diese abgeschiedene Kammer. Hier würde er sich zurückziehen zum Denken, Philosophieren und, falls nötig, um sich zu verstecken. Man weiß ja nie. Er überlegt: *Eine Kerze darf natürlich nicht fehlen und bei Bedarf ein Glas Wein. Na ja, ein Stück Käse und Brot würden auch noch hineinpassen.*

Wolf ist, was Essen und Trinken angeht, ein Genussmensch.

Doch nun hat Wolf ein Problem: ein großes, unordentliches Loch in der Wand.

Einen Tapezierer kann er nicht holen, denn niemand aus der Nachbarschaft soll sein Geheimnis lüften. Er grübelt herum. Dann hat er eine Idee. Warum nicht eine Geheimtür einbauen lassen? Wer fertigt so etwas an?

Er hat zwar einen neuen, teuren PC, doch kennt er sich damit noch nicht gut aus. Technik ist nicht gerade sein Metier. Wolf schaut ins Branchenverzeichnis der Nachbarstadt.

„Maßgefertigte Einbaumöbel und Türen nach Ihren Wünschen" bietet ein Unternehmen an.

Schon am nächsten Tag kommt mit Wilhelm Meister ein Fachmann ins Haus, der den Eindruck macht, als sähe er jeden Tag Löcher in Wänden, die zu verbrämen sind.

Er zeichnet einen Plan für die Ummantelung der Öffnung und einer Tür, als Bücherregal getarnt, in dunkel gebeiztem Eichenholz.

Für das Tapetendesaster weiß er auch einen Rat: „Das kriegen wir hin, nächste Woche ist alles fertig und das Bücherregal eingebaut, Herr Wolf."

Die erste Ferienwoche ist vorbei. Armin Wolf ist glücklich, denn der Schreiner hat sein Werk vollendet. Während Wolfs Kollegen sich an Stränden aalen und mit ihren Kindern spielen, im Schwarzwald wandern oder Animation in Ferien-Clubs genießen, freut er sich über seine geheime Kammer.

Andächtig streicht er über das polierte Holz, summt: *Sesam öffne dich*. Er wundert sich über sich selbst. Immer wieder drückt er auf den besagten Knopf. Wie auf wundersame Weise öffnet und schließt sich eine kleine verborgene Welt. Einmal am Tag möchte Wolf dort in der Stille meditieren.

Er räumt einige der Bücher, die sich schon auf dem Boden stapeln, in das neue Regal. Links neben Goethes 'Wahlverwandtschaften' ist der verheißungsvolle Knopf zu finden.

Todsichere Entscheidung

Nowak sitzt in seinem Zimmer am Schreibtisch. Mit einer spitzen Feder beginnt er ein kleines Kreuz in das faserige Holz des Möbelstückes zu kratzen. Nach seiner Nachtschicht ist er in einen unruhigen Schlaf mit bedrückenden Träumen gefallen. Seine stummen Patienten waren darin überhaupt nicht friedlich. Sie jagten ihn durch die Nacht, die matten, leblosen Augen auf ihn gerichtet.

Er hört das Klacken des Briefkastenschlitzes. Post, was interessiert ihn die Post. Wer sollte ihm schreiben?

Nun, es könnte ja auch etwas für seine Mutter sein, die schon seit Tagen Weihnachtskarten mit glitzernden Glöckchen, niedlichem Christkind und Weihnachtsmännern mit Schlitten verschickt, in der Hoffnung auf Antwortkarten. Diese werden dann auf der alten Vitrine der Großmutter präsentiert.

Es sind Hinweise, dass seine Mutter und er noch nicht ganz von der Welt abgeschieden sind, dass da noch Verbindungen, hauchfeine, zarte Fäden zu anderen Menschen oder gar Freunden bestehen. Die Ausbeute ist mager. Fünf Kärtchen stehen erst auf dem Podest. Sie werden täglich zum Staubwischen zusammengelegt und dann wieder aufgestellt. Nachdem die Mutter am Sonntag mit geschürzter Unterlippe die magere Kartenauslese betrachtet hatte, rutschte ihr heraus: „Das sind doch, mit zwei Ausnahmen, ganz einfache Karten, für einen Euro beim billigen Jacob erstanden."

Nowak dachte: *Liebe Mutter, Du bekommst in diesem Jahr eine ganz besondere Weihnachtskarte. Im besten Buchladen der Stadt werde ich sie kaufen. Weihnachten 1900.*

Nowak erwacht aus seinen Tagträumen. Das Klacken des Briefkastens fällt ihm wieder ein. Er geht zur Haustür. Die Ecke eines Briefumschlages lugt aus dem Schlitz hervor.

Ihm wird beklommen ums Herz. Der graue Umschlag weist auf etwas Amtliches hin oder auf eine Rechnung. Mit einem Ruck zieht er den Umschlag heraus und erstarrt. Er blickt auf das Polizeilogo der Stadt.

Er geht in die Küche und setzt sich erst einmal hin. Dann nimmt er ein Küchenmesser, um den Brief zu öffnen. Seine Hand zittert.

Schon hört er im Geiste die Stimme der Mutter, in der ein leidender, oft auch anklagender Klang mitschwingt. Er stopft den Umschlag in die Hosentasche. Das Papier knistert, so als wolle es sich beschweren.

Nun ist der ganze Brief zerknittert, schwirrt es ihm durch den Kopf.

Leise betritt er die erste Treppenstufe zum Obergeschoss, will der Mutter entkommen, doch schon vernimmt er ihr Schnaufen, dicht hinter sich, zu nah. Er hasst es. Kurzatmig erklimmt sie hinter ihm die Treppe. Ihre wässrigen Augen stimmen ihn traurig, machen ihm ein schlechtes Gewissen.

„Was ist mit dir, Junge, verbirgst du etwas vor mir? Haben wir heute keine Weihnachtspost bekommen? Du würdest es mir doch sagen, mein lieber Junge? Was lugt denn da aus deiner Hosentasche, Karl-Heinz?“

Sie greift nach dem Umschlag, wird jedoch von ihrem Sohn, den plötzliche Wut und Abscheu übermannen, zurückgeschubst. Sie wäre fast die Treppe heruntergestürzt.

„Junge, was ist denn nur mit dir los? Hast du Ärger gehabt im Dienst?“, fragt sie mit ihrem schmalen Mund und den zitternden Lippen.

Nowak zieht die Brauen hoch. Immer muss sie ihn ausfragen wie ein Kind.

Sie räuspert sich, durchtrennt die Stille: „Ich habe eine Überraschung für uns.“ Sie deutet auf ein Paket, das sie am Fuß der Treppe abgestellt hat. „Einen Weihnachtsbaum aus Kunststoff mit blinkenden Lichtern. Der wird jahrelang halten, Junge. Ach, wenn Vati das noch sehen könnte.“

Nowak schüttelt den Kopf. „Mutter, lass mich endlich mal in Ruhe.“

Er stürmt in sein Zimmer, schlägt die Tür zu und schließt ab.

„Aber Junge, ich habe doch deine Lieblingssuppe auf dem Herd stehen. Die magst du doch so gerne. Du weißt, Essen und Trinken hält Leib und Seele zusammen, das hat Vati auch immer gesagt.“

„Ja, aber mit mehr Betonung auf Trinken“, ruft Nowak durch die Tür, doch die Mutter ist schon in der Küche und klappert demonstrativ mit Töpfen und Pfannen.

Nowak öffnet den Brief mit unruhiger Hand, liest, wird bleich und sackt auf dem Schreibtischsessel zusammen.

Aus und vorbei.

Er hatte es seit Tagen geahnt. Man ist ihm auf der Spur.

Eine Vorladung ins Polizeipräsidium, am 23.12., 16 Uhr, Zimmer 10, als Zeuge, steht da. Zeuge, das ist eine Falle. Unterschrieben hat ein Oberkommissar Nachmüller, komischer Name. Er kennt den Namen des Leiters KI. Anfragen von ihm wegen spezieller Untersuchungen landen oft auf dem Schreibtisch seines Chefs. Es ist KHK Teufel. Er hat ihn auch schon gesehen, zusammen mit Armins Schwester. Warum steht hier Nachmüller? Ein Täuschungsmanöver?

Er wird nicht hingehen, aber er muss schreiben, sofort. Nowak wird ruhiger.

Er setzt sich an seinen Schreibtisch, den er bekommen hat, als er aufs Gymnasium kam, gerät ins Nachdenken, schaut auf die Schreibtischfläche. Tintenflecke, kleine Malereien und Einritzungen, die seine Mutter auch nicht mit der besten Politur wegwischen konnte, kommen ihm jetzt vor wie Meilensteine. Er schaut auf den Abreißkalender an der Wand mit dem fett gedruckten Datum 22. Dezember. Er kann sich nicht vorstellen, dass noch weitere Meilensteine seines Lebens folgen. Seit einigen Wochen hat er das bedrückende Gefühl einer inneren Leere.

Dann wieder überkommt ihn unbändiger Zorn, Hass, die Lust zu zerstören, sich zu zerstören, seit dieser unseligen Nacht.

Eine letzte Markierung gehört hier noch hin, eingeprägt in diese Schulbank, an der er bis zum Abitur täglich gesessen hat, träumend, überlegend, lernend. Aber auch immer dann, wenn er einen Rückzugsort brauchte, allein sein wollte. Das Argument „Ich muss lernen" zog immer. Aus dem Jungen sollte ja mal was werden. Nowak erinnert sich nur an wenige, innige Momente mit seinen Eltern.

Nur hier, in seinem Zimmer, fand er Ruhe, konnte sich einigeln, wenn die Eltern nervten und er ihr Gezänk und Gezeter, das Weinen der Mutter aus der Küche hörte. Sein Blick geht, wie so oft in all den Jahren, zum Gekreuzigten an der Wand, der dort seit dem Fest seiner ersten Heiligen Kommunion hängt. Ein stiller, mahnender Leidensbegleiter. Der Buchsbaumzweig vom Palmsonntag, den seine Mutter jedes Jahr erneuert, ist verdorrt. Nowak versinkt, auf das Kreuz starrend, wieder in Gedanken, spürt, dass ihn lähmende Müdigkeit überfällt. Der schlechte Schlaf. Das ist erst seit einigen Wochen so. Früher war er immer emsig, hatte irgendwas zu ordnen, zu besichtigen oder für die Mutter zu erledigen.

Nach einigen Minuten rafft er sich auf, nimmt die Weihnachtskarte, die er für die Mutter erstanden hat, zur Hand und schreibt.

Er bemüht sich um eine besonders schöne Schrift, eine Schrift, auf die sein Lehrer Armin Wolf so viel Wert gelegt hatte.

Als die Karte und das Einlegeblatt beschrieben sind, holt er sich noch einen Briefbogen aus der Schreibtischschublade. Er ist nun absolut gefasst. Sein letzter und endgültiger Entschluss steht fest.

Auch der Briefbogen, der für eine andere Person bestimmt ist, füllt sich mit Worten, die unbändig aus ihm herausquellen.

Nach getaner Tat nimmt er ein weißes Kuvert zur Hand, adressiert den Umschlag und klebt ihn zu.

Er legt die Weihnachtskarte für seine Mutter in die Schreibtischschublade, den adressierten Brief steckt er ein. Der Brief soll noch vor Weihnachten ankommen. Er wird ihn morgen nach seiner Schicht einwerfen, und dann hat er frei.

Todesbote

Nowaks Schlaf ist unruhig, trotz der zwei Schlaftabletten, die er mit einem großen Glas Wasser heruntergespült hat. Seltsamerweise träumte er vom Sandmann, in Erinnerung an eine Unterrichtsstunde, in der Lehrer Armin Wolf E. T. A. Hoffmanns Nachtstück ‚Der Sandmann' besprach.

Im Traum mutiert er, Nowak, selbst zu dem furchteinflößenden Sandmann, der dem kleinen Protagonisten Nathanael große Angst einflößt. Nowak sieht sich im Traum in dieser grässlichen Gestalt die Treppen zu Wolfs Mansardenwohnung heraufschleichen.

Schweißnass wacht er auf, tastet nach dem Wecker. Sechs Uhr morgens. Er taumelt, benebelt von den Schlaftabletten, ins Bad. Als er im Spiegel sein düsteres Gesicht sieht, fährt er zurück. „Der Sandmann", flüstert er.

Nowak wäscht sich, zieht seinen besten Anzug an. Er putzt sogar das Bad, denn er möchte, dass alles in Ordnung ist, bevor er weggeht. So wie seine Mutter es mag.

Mutter? Er hat zu ihr immer Mutter gesagt. Andere Kinder riefen nach ihrer Mama, das klang so weich, so schön für ihn. Er hätte sich gerne als Kind an seine Mutter gekuschelt und ganz weich *Mama* geflüstert. Doch sein Vater war der Ansicht, dass die Worte Mama und Papa etwas für Weichlinge wären. Er bestand auf den Bezeichnungen Mutter und Vater. Seine Mutter aber nannte ihren Mann Vati. Paradoxe Welt.

Nun macht er sein Bett, räumt sein Zimmer auf und öffnet die Schublade seines Schreibtisches.

Er nimmt die Weihnachtskarte für die Mutter heraus. Auf den Umschlag klebt er zwischen die Glitzerbuchstaben MAMA kleine goldene Dekosterne. „Mama“, flüstert er. Als Kind hat er sich, wenn ihm zum Weinen war, manchmal getraut im Bett leise *Mama* zu rufen.

Den dekorierten Weihnachtsbrief legt Nowak in die Mitte des Küchentisches.

Mit einem Mal laufen ihm Tränen über die Wangen. „Heulsuse“, schimpft er sich, schlägt sich mit den Händen fest auf beide Wangen. Rote Abdrücke entstehen auf seiner sonst so fahlen Haut.

Seine Mutter wird erst gegen Abend nach Hause kommen. Sie ist zu ihrer kranken Schwester nach Herne gefahren. Nowaks Gesicht glüht, als er auf Zehenspitzen die Treppe hinuntergeht, eine Angewohnheit von ihm, dieses Huschen, das ihm in Fleisch und Blut übergegangen ist. Er kann die Treppe gar nicht mehr anders laufen.

Nowak verlässt das Haus. Als die Tür hinter ihm ins Schloss fällt und seine Erinnerungen für immer einschließt, zögert er einen Moment. Er strafft sich und geht so schnell wie möglich vorbei an dem monströsen Blumenfenster. Er hat das Gefühl, als saugten sich die exotischen Blattpflanzen an der Scheibe fest und starrten ihn an.

Seine Mutter liebt sie, diese Ungeheuer, doch auf ihn wirken diese Gewächse wie fleischfressende Dschungelpflanzen. In seinen Träumen wuchsen sie oft durch die Wände, bis in sein Zimmer, und saugten ihn aus.

Langsam weicht die Nacht der Morgendämmerung. Nowaks Weg führt zum Friedhof. Er greift in die Manteltasche, prüft, ob sich darin noch der Brief an Armins Schwester befindet.

Ja. Der Brief ist da. Er wird ihn später direkt in den Briefkasten in Haus Nummer 7 einwerfen, am Nachmittag, wenn er aus der Pathologie kommt. Nun greift er in die linke Tasche seines grauen Wollmantels und holt eine Grablampe hervor.

Als er sie anzündet und auf Armin Wolfs Grab stellt, leuchtet sie rot im fahlen Schein der Morgendämmerung und erscheint ihm erneut wie eine Warnung. Er schluckt. Weint er? Es klingt eher wie ein raues Krächzen. Hastig wendet er sich ab, streift sich mit dem Mantelärmel über die Augen und geht. Er wird heute, wenn keine besonderen Aufträge oder Anfragen kommen, allein auf der Arbeit sein. Weihnachtsurlaub der Kollegen und Kolleginnen, die Familie haben. Als Erstes wird er im Archiv Ordnung schaffen. Allein mit seinen stummen Freunden und dann … er mag den Satz noch nicht vollenden.

Als er fertig ist, nichts mehr zu ordnen findet, hat er noch eine Stunde Zeit bis zum Dienstschluss. Korrekt wie er ist, will er sie auch ableisten. Noch einmal wischt er mit Desinfektionsmittel über den Seziertisch, der ohnehin schon spiegelblank ist. *Ob ich auch einmal hier liegen werde?* Es ist gerade mal zehn Tage her, da lag auf diesem Tisch ein junger Mann mit einem tiefen Riss am Hals. Der haltlose Kopf rutschte trotz der Nackenstütze immer zur Seite. Das störte

Nowaks Ordnungssinn. Er stützte bis zur Obduktion den Kopf seitlich mit einem kunststoffbezogenen Keil ab. Doch nun lag der Kopf schief, der Kiefer war verzerrt. Das gefiel ihm gar nicht. Er gab auf und verdeckte eilig den verkrusteten Abriss und die klaffende Öffnung mit einem weißen Tuch. Dann breitete er das obligatorische grüne Tuch über den Leichnam aus.

Als Nowak sich umdreht, sieht er in dem Regal mit den Reagenzgläsern das Auge, das durch einen farberhaltenden Zusatz nie seinen Glanz verloren hat. Wie immer scheint es den Blick auf ihn zu richten. Ihn schaudert. *Wie das Auge des sterbenden Lehrers. Soll ich persönlich nicht auch reinen Tisch machen?*, denkt er mit Blick auf die polierte Edelstahlfläche des Seziertisches. *Armins Schwester habe ich zwar geschrieben, dass ich Armin erschlagen habe, weil er meine Freundschaft nicht annehmen wollte, meine Liebe verhöhnte, doch war es so? Hätte ich ihm nicht helfen können, als er blutend neben der Badewanne lag? Und Armins Schwester? Ich habe sie gequält, wollte ihr nahe sein. Aber sie hat mich verfolgt. Ich musste sie bestrafen.*

Nowak erinnert sich an seine Schulzeit, an ein Theaterstück, dass Wolf mit Schülern einübte. Ein Zweipersonenstück mit einigen unwichtigen Statisten. Er allerdings bekam eine der beiden Hauptrollen. Das war ein aufregender Moment in seinem Leben. Diese Ehre, die Anerkennung. Es ging um Liebe. Nowak konnte seine Rolle wie am Schnürchen herunterrasseln, doch Wolf war nicht zufrieden.

„Sie müssen sich in die andere Person hineindenken, um sie glaubhaft auszuleben. Nowak, Sie sind doch ein guter Schauspieler, Sie müssen sich selber sehen und erkennen, wie Sie wirken auf den Mitspieler. Es geht um das Hineinversetzen in eine Rolle, um Einfühlungsvermögen. Für das Gegenüber gilt das Gleiche. Sonst spielt jeder für sich allein, der Zuschauer hört lediglich langweilige Monologe.“

Damals habe ich es geschafft. Wolf wollte mich aus der Reserve locken. Mich dazu bringen, dass ich mich öffne, in mein Gegenüber hineinversetze, ihn oder sie verstehe. Danach ist es mir nie mehr gelungen. Ich war und bin ein Einzelgänger.

Nowak will reinen Tisch machen, sich an den Ablauf der Nacht des 11. Oktobers erinnern. *Wie muss Wolf sich gefühlt haben, als er spät in der Nacht gestört wurde?* Nowak sammelt sich und lässt Szene für Szene des nächtlichen Besuches an sich vorüberziehen. Seine Stimme hallt durch die leeren Räume der Pathologie.

Duodrama – Eine Rückblende

Armin Wolf legt die Zeitung auf den Nachttisch, kämpft mit den großen Blättern und legt sie sorgsam aufeinander. Morgen möchte er sich mit einigen Artikeln, die er mit gelbem Textmarker markiert hat, beschäftigen, weiter zum Thema Irakkrieg recherchieren. Er ist mit den Äußerungen des Autors nicht ganz einverstanden, wird seine eigene Meinung mit Rotstift am Rand kundtun.

Wolf gähnt, steht auf, um noch einmal ins Bad zu gehen. Er hat eine Stunde in seiner geheimen Kammer meditiert und danach noch im Bett die Zeitung gelesen. Jetzt sehnt er die Nachtruhe herbei. Sie ist ihm heilig.

Seine Füße tasten nach den bequemen, blauen Filzschluffen. Es ist absolut ruhig im Haus. Von draußen wabert ab und zu Geschwafel hoch, immer dann, wenn sich die Tür der Gaststätte 'Zum Anton' öffnet und Angetrunkene laut auf der Straße labern.

Als Armin Wolf die Bettdecke aufschlägt, klingelt es. *Vielleicht mein Tinnitus.* Er gähnt herzhaft. Doch als er wieder im Bett liegt, hört er das Klingeln erneut.

Verdammt nochmal, hat der Hase wieder einmal seinen Schlüssel vergessen?

Er blickt kritisch an sich herunter. „So kann ich doch nicht die Tür öffnen.“ Ärgerlich nimmt er die Jeans vom Hocker, zieht sie über und denkt: *Schon wieder dicker geworden. Morgen ist mal ein Safttag angesagt.* Erneut klingelt es. *Da hat es aber jemand eilig. Ärgerlich.* Er geht zur Tür und schließt auf, hängt sich das Band mit dem dicken Schlüsselbund um den Hals. Eine Angewohnheit, seit er zweimal hintereinander versehentlich die Tür hinter sich ins Schloss hat fallen lassen. Zeitraubend und teuer.

Wolf schaltet das Flurlicht an und steigt die steile Treppe hinunter zur 1. Etage. Dort betätigt er den Türöffner.

Inzwischen ist das Flurlicht schon wieder erloschen, er sucht den Schalter. Plötzlich steht Nowak vor ihm.

„Nowak! Was machen Sie denn hier?“

Wolf unterhält sich eigentlich gerne mit dem ehemaligen Schüler, der wissbegierig und beflissen seinen Worten lauscht. Nowak zeigt ähnliche Interessen wie Wolf: Theater, klassische Musik, Geschichte, Philosophie und Kunst. Auch für ein Schlückchen Roten oder einen Cafébesuch mit Torte ist er zu haben. Manchmal ähneln ihre Gespräche jedoch einem Wissenswettkampf.

Es ist schwer für Nowak, das Wissen seines Vorbilds zu toppen, im Zweifelsfall gibt er nach und ist bereit, andächtig dessen Klugheit zu bewundern.

Trotz ihrer regelmäßigen Treffen beharrt Wolf auf dem *Sie.* Er hasst Neugier, Vertraulichkeiten und Gefühlsduselei. Nur Wolf entscheidet, wie nah man ihm kommen darf.

„Also, Nowak, welcher Notstand treibt Sie zu später Stunde aus dem Haus? Ist die Mutter krank, der dritte Weltkrieg ausgebrochen, ist die CIA hinter Ihnen her oder haben Sie Ärger mit Ihren *stillen*

Patienten in der Pathologie? Ich war nämlich schon im Bett."

Die Worte des Lehrers wirken wie eine kalte Dusche. Nowak gerät aus dem Konzept.

„Was soll das, Nowak?" Wolf deutet auf die Weinflasche, die Nowak in der Hand hält, ein sehr guter Tropfen für einen besonderen Anlass.

„Also, Herr Wolf." Nowak räuspert sich. „Darf ich kurz zu Ihnen hochkommen? Hier im Hausflur ..." Er stottert, deutet auf Hases Tür unten.

„Na gut, aber machen Sie es kurz." Wolf spürt deutlich, dass Nowak etwas auf dem Herzen hat. Ihm ist gar nicht wohl bei der Sache.

Wolf schließt die Tür zur kleinen Schlafkammer. Er bittet Nowak vom engen Flur in sein Arbeitszimmer. Er deutet auf einen Hocker. Wolf setzt sich in seinen Schreibtischsessel: „Nun schießen Sie mal los, setzen Sie sich."

„Sollen wir nicht erst einmal ein Schlückchen nehmen?", fragt Nowak.

„Nein, Nowak, wirklich! Fassen Sie sich kurz. Ich habe schon meine Medikamente genommen und möchte jetzt keinen Wein trinken, hole Ihnen aber gerne ein Glas Wasser." Ohne die Antwort abzuwarten, geht Wolf in die Küche, holt Wasser und stellt es vor Nowak auf den Schreibtisch.

Ehe Wolf sich wieder setzt, fällt sein Blick auf die hintere Bücherwand, auf die Geheimtür. Er stutzt, hat vergessen, sie ganz zu schließen. *Verflixt noch mal, ein zehn Zentimeter breiter Spalt ist zu sehen. Dahinter ist es stockdunkel. Was soll ich tun? Nowak sitzt mit dem Rücken zur Bücherwand. Er soll die dunkle Kammer keinesfalls entdecken, mein Reich. Wird schon gut gehen. Warum soll Nowak in die hinterste Ecke der Bücherwand sehen? Und wenn doch, wird er dort nicht das vermuten, was es ist.*

Wolf setzt sich wieder in seinen Schreibtischsessel.

Aber Nowak hat seinen Blick bemerkt und dreht sich herum.

„Oh, ich habe den weiteren Raum dahinten nie bemerkt." Nowak nimmt einen Schluck Wasser.

„Das ist nichts, nur eine Abstellkammer. Kommen Sie zum Thema, Nowak!"

Nowak wendet sich ihm wieder zu. Sein Mund ist trocken. Er trinkt das Glas leer. „Herr Wolf, ich muss Ihnen etwas gestehen. Es quält mich schon sehr lange."

„Na, da bin ich aber gespannt." Wolf hofft, dass Nowak sich nicht verliebt hat. Da wäre er als alter eingefleischter Junggeselle der falsche Ratgeber. „Sind Sie etwa verliebt?"

Nowak wird blass. Mit waidwundem Blick starrt er seinen alten Lehrer an. Wolfs Frage verschlägt ihm die Sprache. *Wie der schon wieder schaut, mit diesem unbestechlichen Lehrerblick.*

Angespanntes Schweigen.

Diese Augen, denkt Wolf, *sind das etwa Tränen? Hat Nowak Drogen genommen?* Wolf ist gar nicht mehr geheuer zumute. Er ist mit dieser Situation überfordert.

Nowak nimmt einen erneuten Anlauf: „Gestatten Sie, Herr Wolf, dass ich Sie Armin nenne?"

Wolf braust auf. „Und darum wecken Sie mich mitten in der Nacht?"

Wie ein Paukenschlag treffen Nowak diese Worte.

„Herr Wolf, ich habe mich verliebt." Nowak fährt sich nervös durch die Haare. „Ich liebe und bewundere Sie, schon seit Jahren." Nowak senkt den Kopf. Es ist raus.

Unheimliche Stille folgt diesem Geständnis. Nur das Ticken der hölzernen Wanduhr ist zu hören und die Atemzüge Nowaks.

Beides mischt sich zu einem dumpfen Rauschen in seinen Ohren, als Wolf beginnt schallend zu lachen.

„Nowak, Sie spielen Theater und das vorzüglich. Haben Sie in letzter Zeit Thomas Manns Bücher studiert? Nun, sei's drum. Ich bin nicht Thomas Mann und Sie nicht der 17-Jährige Klaus Heuser. Wunderbar haben Sie die Szene gespielt, sogar mit Herz, wie damals bei der Schulaufführung. Aber jetzt müssen Sie gehen. Ende der Vorstellung."

Und da ist es schon wieder, Wolfs schallendes, befreiendes Lachen, das nicht aufhören will.

Die Erleichterung nach dem Geständnis schlägt in Beschämung und Erschütterung um. Seine Hoffnung auf Verständnis, Erwiderung und Entgegenkommen – ein Scherbenhaufen. Schmerzhaft muss er sich eingestehen, dass all die Jahre, in denen er gewünscht hat, dass Armin ihn eines Tages lieben wird, hart und gnadenlos zerschellt sind.

Bloßgestellt, völlig nackt ist er, seiner Haut beraubt. Aus der anfänglichen Enttäuschung wächst eine höllische Wut.

Er springt auf, der Hocker poltert durch den Raum.

Jetzt erkennt Wolf den Ernst der Lage.

„Nowak, wir müssen demnächst einmal in Ruhe darüber reden." Wolf steht auf und legt freundschaftlich die rechte Hand auf Nowaks Schulter. Doch Nowak stößt Wolfs Arm zur Seite. Er ballt die Faust und holt aus. Sein erster Schlag trifft Wolf mit Wucht im Gesicht. Wolf taumelt. Es folgt ein zweiter Faustschlag, begleitet von einem hässlichen, schmerzerfüllten Wutschrei. Erbarmungslos, mit aller Kraft trifft er Wolfs Brustkorb. Wolf schreit auf, Blut schießt aus Nase und Mund, er versucht, es mit dem Ärmel aufzufangen.

Er stolpert Richtung Bad und verliert dabei seine Pantoffeln. Im Bad beugt er sich über die Badewanne. Blut spritzt, rote Fontänen rinnen die Wand herunter.

„Sind Sie verrückt, Nowak?", ächzt er voller Todesangst.

Da steht Nowak schon neben ihm, stößt ihn zur Seite. Wolfs Kopf schlägt am Toilettenrand auf. Er versucht, sich an der Kloschüssel festzuhalten, sackt aber auf dem gefliesten Boden zusammen.

Nowak erstarrt. Dieser Anblick, diese Situation. Das hatte er nicht kommen sehen. Bewunderung und Liebe sind umgeschlagen in Hass und Wut. Er hat die Kontrolle verloren, ist explodiert, hat sich entmenscht und in eine Bestie verwandelt. Die Situation ist hoffnungslos. Ein furchtbares Ende droht.

So leidenschaftlich ihn zuvor die Liebe quälte, so stark ist jetzt sein Hass. Für ihn ist klar, es endet hier. *Für immer.*

Den Anblick des sterbenden Wolfs kann er nicht ertragen. Außer seinem eigenen Atem, der laut und stoßweise geht, ist nur noch das Röcheln zu hören. *Wann ist es endlich vorbei?* Er beugt sich herunter, fühlt den Puls, der fadenförmig und fliegend dahingaloppiert. *Dem Ende entgegen? Ganz sicher.*

Nowak befindet sich in der Falle. Wie soll er hier herauskommen, ohne Verdacht zu erregen? Er ist mit Blut besudelt, an Schuhen und Händen klebt Blut.

Zur Mansardentür hinaus und dann die Treppe hinunter?

Vielleicht hat Hase gelauscht, ist Zeuge seines späten Besuches. Seine Fingerabdrücke sind überall. Er muss es so aussehen lassen, als wäre Wolf eines natürlichen Todes gestorben. Es darf erst gar nicht zu einer Untersuchung kommen.

Er nimmt einen Wischeimer aus dem Badezimmerregal, versucht den Boden vom Blut zu befreien, wischt um Wolf herum, wendet dabei das Gesicht ab.

Noch einmal hebt Wolf den Kopf. Sein linkes Auge ist zugeschwollen, das rechte Auge auf Nowak gerichtet mit einem durchbohrenden Blick, den Nowak nie mehr vergessen wird, der sich in seine Erinnerung eingräbt.

Nowaks Gedanken überschlagen sich. Er muss verschwinden. Schnell! Aber wie?

Nowak geht zu Wolf und nimmt dem Sterbenden das Band mit den Schlüsseln vom Hals, um abzuschließen. Ihm wird übel, als er den Schlüsselbund in der Hand hält. Er erbricht sich über der Badewanne und spült sie aus.

Die Kammer. Voller Panik, immer das Röcheln Wolfs im Ohr ist dieser Gedanke seine einzige Rettung, es sei denn, sie ist eine Sackgasse. Im Arbeitszimmer ist das Bücherregal und daneben die dunkle Öffnung. Er zieht am Regal und die Tür öffnet sich. Nowak staunt, wie leicht das geht. Er taucht in die Finsternis der Kammer ein. Nur ein schwacher Schein vom Arbeitszimmer beleuchtet die Szene. Als sich seine Augen an die Dunkelheit gewöhnt haben, ist seine Wut erloschen. Das Grauen packt ihn. Der Totenschädel an der Wand starrt ihn an. Nowak wendet sich entsetzt ab. Über ihm: eine Dachluke!

Immer noch vernimmt er Wolfs Röcheln. Es wird unerträglich. Von Panik gepackt, steigt er auf den einzigen Stuhl in der dunklen Kammer, um durch die sehr schmale Luke zu entkommen. Der erste Versuch schlägt fehl. Der Stuhl kippt um, fast wäre er gefallen. Er kann sich gerade noch an einem Regal festhalten, reißt dabei etwas zu Boden. Glas klirrt, er kann nicht erkennen, was da zerbrach. Ein stechender Schmerz in seiner Hand.

Nowak hebt ein Kissen auf. Er geht damit zurück zu Wolf.

„Ruhe, Ruhe, ich will Ruhe“, krächzt er verzweifelt. *Dieses Röcheln, ich kann es nicht mehr ertragen. Ich könnte Wolf ersticken. Aber ich kann nicht.*

Die Zeit scheint einen Moment stillzustehen. Nur das schwache Gurgeln des Sterbenden ist zu hören.

Nowak hält inne. Er wendet sich endgültig ab. Er schließt die Dachgeschosstür von innen ab, dreht den Schlüssel zweimal um und lässt ihn stecken. Als Nowak auf die dunkle Kammer zugeht, hört er, dass Wolf noch einmal schwach aufschreit. Unschlüssig schaut er auf das Kissen in seiner Hand. Nein, er kann es nicht.

Nowak schließt die Tür der dunklen Kammer hinter sich und lässt das Kissen fallen. Endlich Ruhe. Er zwängt sich durch die Dachluke, in eine ungewisse Freiheit.

Wettlauf mit der Zeit

Es ist 18 Uhr, die Spurensicherung hat vor einigen Stunden das Haus Nummer 7 verlassen. Erste Spurenabgleiche an der Geheimtür und in der Kammer ergeben eine Übereinstimmung mit den Fingerabdrücken und Blutspuren, die Teufel am Morgen des 13.12., vor seinem Unfall, im Hausflur mit Elisa gesichert hat. Es steht nun fest, dass der Besucher, der im Hausflur sein Unwesen trieb, identisch ist mit der Person, die in der geheimen Kammer war und geflüchtet ist. Dringend tatverdächtig ist Karl-Heinz Nowak. Eine Sonderkommission wird gebildet, an der Elisa teilnimmt.

Bevor sie als Letzte das Haus verlässt, um zum Präsidium zu fahren, entdeckt sie im Briefkasten einen Umschlag.

Sie betrachtet den Brief. Die Erfahrung sagt ihr, dass sie auf alles gefasst sein sollte.

Der Briefumschlag ist aus feinem Büttenpapier und an sie persönlich adressiert. Die Schrift ist ihr unbekannt.

Sie dreht den Brief um und erstarrt, sie hat das Gefühl, dass sich ihre Haare an den Armen aufstellen und ihr Herz gegen den Brustkorb hämmert.

'Karl-Heinz Nowak' steht in steiler Schrift auf der Rückseite. Sie dreht sich um, meint schon wieder, Nowaks Atem im Nacken zu spüren. Doch außer kalten Windstößen, die durch die Gassen jagen und Papierfetzen und Getränkedosen hin und her fegen, ist da niemand. Sie muss jetzt ganz ruhig bleiben. Die Kommissarin in ihr mahnt sie zur Vorsicht und Besonnenheit.

Elisa geht zurück ins Haus. Aus einer Küchenschublade holt sie ein Paar Plastikhandschuhe und öffnet mit einem Küchenmesser den Briefumschlag. Zwei Seiten, dicht beschrieben.

„Sehr geehrte Frau Fuchs", so beginnt das Schreiben, „heute ist der letzte Tag meines Lebens. Wenn Sie den Brief lesen, bin ich tot."

Elisa schluckt. Dann schreit sie auf. Ihre Augen huschen über den Text, über die gestochen scharfen Buchstaben, die sich zu wirren Sätzen formen.

Sie taucht ein in eine detailgenaue Schilderung der letzten Minuten ihres Bruders und eines entsetzlichen, todbringenden Kampfes, den ihr Bruder mit Karl-Heinz Nowak ausgefochten hat. Sie versucht, das Geständnis Nowaks zu erfassen, zu begreifen. Sie liest den Brief ein zweites Mal.

Was an dem Abend geschah, ist noch furchtbarer, als Nowak es ausgedrückt hat. Elisa ist sich sicher, denn sie weiß, wie verwüstet der Tatort aussah. Urplötzlich muss sie an Armins Pantoffeln denken, die oben neben dem Schreibtisch lagen, und muss weinen.

Der Brief gleitet Elisa aus den Händen.

Sie sitzt auf dem Küchenhocker, den Kopf gesenkt, die Arme hängen zu beiden Seiten herunter.

Sie atmet tief durch. Sie weiß, jetzt muss sie handeln. Doch wozu die Eile? Ihr Bruder ist tot und Nowak will sie nicht retten, soll er sich doch umbringen. Sie weiß ja gar nicht, wie Nowak sterben will. Nicht jeder Selbstmord ist eine Qual.

Doch schon regt sich wieder die Kriminalistin in ihr. Ihre Gefühle sind nicht relevant. Sie wollte den Fall klären, nun steht sie vor der Lösung.

Sie wählt mit zitternden Fingern die Telefonnummer der SoKo. Dann, nach einem kurzen Bericht, die Handynummer Teufels.

„Max, Elisa hier."

„Ich verstehe dich nicht Elisa, wo bist du? Ist alles in Ordnung mit dir? Du weißt, mit meinem Gipsbein kann ich dir wohl kaum zur Hilfe eilen". Elisa sieht sein sympathisches Lächeln vor sich.

„Max, das ist jetzt sehr ernst." Ihre Stimme bebt. Sie räuspert sich und berichtet klar und mit fester Stimme: „Ich habe einen Brief von Nowak im Briefkasten gefunden, in dem er den Mord an meinem Bruder gesteht. In der Kammer sind fast alle Spuren gesichert, werden schon in der KTU untersucht. Wir müssen nicht mehr auf die endgültigen Spurenergebnisse warten, um Nowak festzunehmen. Nowak hat ein Geständnis abgelegt. Er ist jetzt eine Gefahr für sich und andere. Er schreibt, dass er nicht mehr lebt, wenn ich diesen Brief erhalte. Entweder will er sich umbringen oder uns auf eine falsche Fährte führen und flüchten. Nachmüller weiß Bescheid, die SoKo ist unterrichtet. Piontek und Kantak sind mit einem Einsatzwagen unterwegs zur Pathologie, falls Nowak dort noch aufkreuzt. Nachmüller und Spitz fahren zu seiner Wohnung. Ich fahre auch hin, halte mich natürlich im Hintergrund. Tschö, Max."

„Elisa, sei vorsichtig!"

Doch sie hört nichts mehr, hat ihr Handy in die Tasche geschoben, gibt Gas und ist mit ihrem Mini unterwegs zum Sterntalerweg 77, den sie schon von ihren nächtlichen Recherchen kennt. Von fern der Laut der Martinshörner. Die Stadt ist in Aufruhr. Es geht um Leben und Tod.

Nowaks letzte Reise

Nowak beendet seinen Dienst in der Pathologie. Nun hat er alles geregelt. Er hat seinen Frieden mit Armin gemacht. Als er auf die Straße tritt, ist es fast 18 Uhr. Der weiße Briefumschlag an Elisa Fuchs verschwindet im Briefkasten des Hauses Nummer 7, an dem immer noch der Name 'Armin Wolf' steht. „Schöne Bescherung", murmelt er.

Er schreitet durch die Menschenmenge, nimmt die Hektik und das Getöse der Großstadt an diesem letzten Tag vor Heiligabend nur am Rande wahr. Er fühlt sich fremd und isoliert vom Lärm und der Betriebsamkeit seiner Umgebung. Die Menschen links und rechts bilden eine Kulisse, durch die er sich bewegt, ein letztes Mal. So ist der Plan.

Vor dem Bahnhof spielt eine Gruppe der Heilsarmee 'Stille Nacht, Heilige Nacht'.

Gerade aufgerichtet, nicht huschend, steigt er die Treppen hoch zum Bahnsteig drei. Hier fahren die Fernzüge ab. Es ist viel los. Feierabendverkehr und Reisende, die zu ihren Familien wollen. Er wird von der Menge gedrückt, geschoben und gequetscht. Diese Menschen entscheiden, welchen Zug er nehmen wird.

Als der nächste Zug eintrifft, lockert sich die Kulisse. Stürmische Begrüßungen, Wiedersehensfreude bei den einen, Trübsinn bei anderen, die einsam nach Hause trotten, weil der erwartete Besuch nicht angekommen ist.

Er steht allein da. Zu spät, der Zug fährt los. Nowak, am Rande der Gleise, ist wie erstarrt.

Aus dem Lautsprecher eine neue Ansage: „Der verspätete IC 35 aus Norddeich Mole wird in wenigen Minuten einfahren. Vorsicht an der Bahnsteigkante!"

Wieder füllt sich der Bahnsteig. Nowak hat einen günstigen Platz, bevor der letzte Vorhang fällt. Nowak schaut auf seine Uhr. *Schon zwölf nach sechs.*

Dann fährt der Zug ein. Ein rotes Monster mit leicht angespitzter Schnauze und glühenden Augen, die direkt auf ihn gerichtet sind. Die Bühne. Er ist angekommen.

Nowak sehnt sich nach Ruhe. Ruhe, schneller Befreiung und Erlösung.

Er muss sich beeilen, seine Rolle zu Ende spielen, den Sprung wagen. Er beugt sich vor und springt.

Es ist kurz vor 18 Uhr, als Emma Nowak ihr Haus betritt.

„Karl-Heinz? Wo bist du, Junge? Karl-Heinz."

Sie sucht ihn in der Küche. Dreht den alten, schwarzen Bakelit-Schalter um, zieht sich ihren Alltagskittel aus dunklem Blümchenstoff an, um die *guten Sachen* zu schonen.

Die Leuchtstoffröhre über dem Küchentisch erhellt sich. Künstliches Licht beleuchtet das toskanisch anmutende Blumenmuster der Wachstuchtischdecke. Aus der Kuckucksuhr springt der kleine, derangierte Holzvogel und schreit sechsmal, um dann mit einem Klack wieder hinter seiner kleinen Tür zu verschwinden.

Schon sechs Uhr, fährt es Emma Nowak durch den Kopf, *bald kommt Karl-Heinz, dann setze ich das Essen auf.*

Auf dem Küchentisch, neben einem Topf mit rosé-violetten Alpenveilchen, findet Emma Nowak den Briefumschlag, auf dem „Mama" aufgeklebt ist.

Sie wühlt in der Handtasche aus braunem Krokoimitat nach ihrer Brille, bewundert den geschmückten Umschlag.

Der Junge. Da hat er sich was Schönes für mich überlegt.

Sie atmet einmal durch, lächelt. Vielleicht werden sie doch ein schönes Weihnachten haben, obwohl der Vati ja nicht mehr bei ihnen ist.

Emma Nowak wischt sich noch einmal die Hände an ihrer Kittelschürze ab, damit der Brief nicht befleckt wird.

Sie fühlt schon am Gewicht, dass in dem Umschlag eine Karte ist. Die schönste Post für sie. Voller Spannung öffnet sie ihn. *Den Umschlag kann man sicher nochmal gebrauchen.* Vorsichtig, mit spitzen Fingern, nimmt sie eine prächtige Weihnachtskarte heraus. Eine Kostbarkeit für sie. Ihre Augen glänzen. Tränen treten in die Augen der Mutter. Nun, als die Karte geöffnet ist, erklingt eine uralte Weihnachtsmelodie.

Sie nimmt ein Taschentuch aus ihrem geblümten Kittel und schnäuzt sich. Da fällt ein gefalteter Briefbogen heraus. Sie nimmt ihn zur Hand, faltet ihn auseinander und beginnt zu lesen.

Sie wird totenbleich. Sie hat den Abschiedsbrief ihres Sohnes in der Hand. Sie schreit, weh und fürchterlich.

Geistesgegenwärtig will sie den Notruf wählen, lässt aber erschreckt den Hörer fallen, denn vor dem Fenster sieht sie zwei Polizeiwagen, die mit quietschenden Bremsen vor dem Haus halten. Polizisten umstellen das Gebäude, zwei Beamte klingeln. Sie öffnet und schreit: „Mein Sohn will sich umbringen, im Hauptbahnhof. Ich muss da jetzt hin."

„Hauptkommissar Nachmüller, Kommissar-Anwärter Spitz", stellen sich die Beamten vor. „Frau Nowak, wir müssen Ihren Sohn festnehmen. Es besteht der dringende Verdacht, dass er in einen Mordfall verwickelt ist."

„Nein", kreischt sie, „mein Sohn tut sowas nicht, er will sich selber umbringen! Hier ist sein Abschiedsbrief."

Sie hält ihn in der Hand, hält ihn wie ein Beweismittel den Polizisten hin.

„Wir müssen zum Hauptbahnhof! Schnell, schnell, retten Sie meinen Jungen, retten Sie ihn, bitte, bitte. Er ist wirklich nicht im Haus."

Nachmüller nickt Spitz zu, deutet nach oben. Er selbst läuft in den Keller. Frau Nowak schreit ihnen hinterher: „Glauben Sie mir doch. Ach, glauben Sie mir doch. Mein Sohn ist nicht da. Oh Gott, oh Gott", weint sie. „Retten Sie meinen Karl-Heinz, ich habe doch sonst keinen mehr."

Nachmüller und Spitz lenken ein. Keine Spur von Nowak, weder oben noch im Keller. Sie helfen Nowaks fassungsloser Mutter ins Polizeifahrzeug, nehmen über Funk Kontakt mit der Bahnpolizei auf, die in Bahnhöfen zuständig ist und den Notarzt und die Feuerwehr mobilisiert.

Elisa, gerade im Sterntalerweg 77 eingetroffen, läuft auf die Gruppe zu, steigt mit in den Einsatzwagen und setzt sich neben Frau Nowak. Sie legt einen Arm um sie. Es fällt ihr nicht schwer.

Die Einsatzwagen 10/22 und 12/30 rasen gleichzeitig zum Hauptbahnhof, in der Hoffnung, Nowak noch aufhalten zu können. Sie halten auf dem Vorplatz. Da erreicht sie ein Funkspruch der Bahnpolizei. Jemand ist auf Gleis 3 vor einen Fernzug gesprungen.

Sekunden später stürmen Beamte der Bahnpolizei, Notarzt und Feuerwehr die Treppen hoch zum Bahnsteig. Die betroffene Bahnstrecke wird gesperrt. Fahrgäste werden beruhigt und versorgt. Der Lokführer erleidet einen Schock und muss ins Krankenhaus gebracht werden. Die Bahnpolizei fordert die Kripo an, um den Fall zu klären und Fremdverschulden auszuschließen.

KHK Nachmüller und KA Spitz begeben sich zum Unglücksort, betreten ebenfalls Gleis 3, um ihre Ermittlungen aufzunehmen. Doch der Verursacher der Katastrophe kann nicht mehr haftbar gemacht werden. Er ist tot.

Piontek und Kantak gehen zurück zu ihren Einsatzfahrzeugen. Für sie gibt es hier nichts mehr zu tun.

Die kleine, etwas rundliche Frau Nowak quält sich aus dem Polizeiwagen, blickt zum Bahnhof, wo sich eine Menschentraube gebildet hat, die von Beamten zerstreut wird. Das Hütchen auf dem krausen Haar, das sie sich in der Eile verkehrt herum aufgesetzt hat, ist verrutscht, der braune Wollmantel falsch zugeknöpft. Ihr Gesicht ist von Schmerz geprägt. Sie will aussteigen, zum Bahnhof laufen, vor dem immer mehr Einsatzfahrzeuge halten.

„Oh mein Gott", schreit sie voller Verzweiflung.

Elisa legt ihr eine Hand auf die Schulter und versucht sie zu beruhigen.

„Bleiben Sie hier im Wagen, Frau Nowak. Wir werden uns um Sie kümmern. Ein Seelsorger ist schon unterwegs."

„Ich will zu ihm, zu meinem Sohn, ihn sehen, bitte, bitte."

„Der Bahnhof ist gesperrt. Aber ich bleibe bei Ihnen. Wenn alles untersucht ist, können Sie Ihren Sohn sehen, wenn Sie das wünschen. Es wird nicht leicht für Sie sein."

„Mein Sohn, mein Sohn", klagt Emma Nowak, und als nach bangen zwanzig Minuten am seitlichen Eingang des Bahnhofs eine schwarze Limousine vorfährt, bricht sie völlig zusammen. Es ist der Wagen des Bestatters.

Enthauptet

„Max, wie ich höre, bist du noch mindestens für eine Woche im Krankenhaus. Nun kann ich dir zumindest telefonisch berichten. Details hat Nachmüller dir wahrscheinlich schon präsentiert. Ich bin hier in Armins Wohnung, die gerade versiegelt wird, und gebe Nachmüller den Wohnungsschlüssel."

„Hallo, Elisa, ja, mir wurde schon berichtet. Das geht ja schnell bei der Polizei, das weißt du aus Erfahrung. Schreckliche Sache. Nowak wurde durch seinen Sprung vor den Zug enthauptet. Nachmüller redet gleich mit der Presse, damit das Geschehen nicht so breitgetreten wird."

„Ja, das sagte er mir. Er ist gerade durch die Tür. Ich gehe gleich in die Pension Pawlowski, muss mich ein wenig frisch machen."

„Das kann ich mir denken, wie geht es dir?"

„Mach dir da mal keine Sorgen. Aber die arme Frau Nowak. Sie tut mir so leid. Sie hat nach dem Einsatz einen Herzanfall erlitten."

„Wie ich hörte, hast du sie gut betreut."

„Ja, Piontek, Kantak und ich, wir haben sie begleitet, auch wegen der Formalitäten im Krankenhaus."

„In solchen Fällen arbeiteten die Bahnpolizei und Staatsanwaltschaft zusammen. Es kann sein, dass auf Nowaks Angehörige eine Schadensersatzklage zukommt."

„Wie furchtbar für sie. Daran hat Nowak nicht gedacht, als er seinen Tod plante."

„Nachmüller wird mit Spitz noch einmal in Nowaks Haus nach Spuren vom Tatgeschehen am 11. Oktober suchen. Damit alles seine Ordnung hat. Vielleicht finden sie Kleidungsstücke oder Schuhe, die er bei der Tat trug. Da Nowak im pathologischen Bereich tätig war, gehe ich aber davon aus, dass er alles, was er in der Tatnacht anhatte, schon längst gereinigt beziehungsweise weggeworfen oder verbrannt hat. Nowak könnte zum Beispiel gelogen haben, könnte den Mord geplant haben. Auch werden alle Ermittlungsergebnisse mit anderen, noch ungeklärten, ähnlichen Fällen verglichen."

„Verstehe. Wer solch eine Tat begangen hat, kann, sinngemäß, noch eine Leiche im Keller haben."

„Das trifft den Nagel auf den Kopf."

„Ich will ehrlich sein, Max, zu Beginn der Ermittlungen ist einiges schief gelaufen. Ich bin deiner Meinung, dass wir jetzt auf Nummer sicher gehen müssen."

„Hast du Nowaks Abschiedsbrief noch?"

„Nur die Kopie. Das Original hat die KTU."

„Den Abschiedsbrief des Sohnes an seine Mutter hat Nachmüller. Frau Nowak bekommt ihn zurück."

„Frau Nowak und ihr Sohn. Beide einsam, konnten sich gegenseitig nicht helfen, nicht vertrauen. Es ist so traurig."

„Ja, das ist es."

„Weißt du, was ich nach dem Lesen des Briefes in meiner Fassungslosigkeit kurz gedacht habe?"

„Was denn?"

„Soll er sich doch umbringen. Ich habe mich dann aber schnell wieder gefangen."

„Ist doch verständlich."

Tränen laufen über Elisas Wangen.

„Du hast ein bemerkenswertes Gedächtnis für Details, hast durch dein unermüdliches Recherchieren den Stein ins Rollen gebracht."

„Gedächtnis für Details? Manchmal auch wie ein Sieb. Wenn du wieder fit bist, musst du dir die geheime Kammer unbedingt mal selbst ansehen."

„Elisa, es tut mir leid. Ich hatte Zweifel nach der Tatortaufnahme, als ich auf Entschluss der Staatsanwaltschaft entschied, nicht weiter zu ermitteln. Dagegen konnte ich nichts machen. Ich war völlig kaputt in der Nacht, hatte die Eindrücke von Sunnys Tatort noch in den Knochen. Keiner aus der Truppe konnte sich vorstellen, wie ein Täter aus der verschlossenen Mansarde herausgekommen sein könnte. Doch ich hatte von Anfang an kein gutes Gefühl. Das nächste Mal sollte ich besser auf dich hören."

„Das ist eine gute Idee!“ Sie schweigt eine Weile. „Das nächste Mal?“, fragt sie dann doch.

„Ja, wenn du mir die geheime Tür zeigst.“

„Wie geht es nun weiter? Wir haben zwar Nowaks Geständnis, dass er meinem Bruder schwere Verletzungen zugefügt hat. Er war eventuell noch nicht tot, als Nowak flüchtete. Wird der Fall neu aufgerollt?“

„Ja, die Staatsanwaltschaft hat die Exhumierung deines Bruders angeordnet, um festzustellen, welche Verletzungen zum Tod geführt haben. Bei Kapitalverbrechen besteht für die Polizei Ermittlungszwang. Das ist doch auch in deinem Sinne. Du wolltest von Anfang an wissen, wie dein Bruder gestorben ist. Die Entscheidung, wann die Obduktion stattfindet, fällt noch heute. Bleib in der Nähe des Telefons.“

„Ja, ruf mich auf dem Handy an. Ich bin gleich in der Pension.“ Sie schluckt. „Danke, Max.“

„Wofür?“

„Dass du da warst.“

„Immer wieder gerne.“

Elisa steht vor der Pension Pawlowski. Sie friert. „Tschö, Max, ich gehe jetzt hinein. Mein Akku ist fast leer. Ich irgendwie auch. Wir sind ja ein echt verrücktes Ermittlerpaar, treiben die Verdächtigen in den Tod.“

Nachtgeflüster

Der Besucherparkplatz des Krankenhauses ist in dieser Nacht vor dem Heiligen Abend fast leer. Ein grüner Mini braust heran, parkt in der Nähe des Eingangs. Eine Frau steigt aus. Sie hat es eilig. Die Uhr über der Pforte zeigt die Zeit an: 22.00 Uhr.

Mit wehenden Haaren betritt die Frau den Eingang, stürmt am Pförtner vorbei.

„He, junge Frau, die Besuchszeit ist vorbei."

Die Dame zückt eine Karte: „Kripo, ich muss dringend in einer dienstlichen Angelegenheit zu Herrn Kommissar Teufel, auf Station 5."

„Da muss ich erst nachfragen."

„Na, na, junger Mann. Das sehe ich als Beeinträchtigung unserer Ermittlungsarbeit. Wenn ich jetzt nicht durch kann, können Sie mit einer Anzeige rechnen. Es geht um Leben und Tod."

„Na gut", sagt der Mann, drückt auf den Türknopf und wendet sich wieder dem Fußballspiel zu: FC Schalke 04 gegen Borussia Dortmund. *Weibsbilder bei'e Polizei*, denkt er. *Frech wie Dreck. Dat hat uns noch gefehlt. Nächstens wollen die noch auf Schalke mitspielen. Na, solange sie ihre Beinchen vom Fußballfeld lassen, wirds gehen.*

Die Frau geht zum Fahrstuhl.

Der Pförtner hat sich von meiner Kreditkarte bluffen lassen. Elisa kichert in sich hinein, richtet sich in der spiegelnden Aufzugswand noch einmal die langen Haare, zieht sich die Lippen nach und ist, wenn das provisorische, metallische Bild sie nicht täuscht, zufrieden. Man sieht ihr die Anstrengungen der letzten Tage nicht mehr an. Ihre Wangen sind natürlich gerötet und ihr Herz klopft einen Takt schneller als sonst.

Station 5 liegt im Halbdunkel. Die Kälte des Nachtlichtes ist gedämpft durch einen Weihnachtsbaum mit elektrischen Kerzen, die warmes Licht verbreiten.

Sie geht den Gang entlang. Das Schwesternzimmer ist leer. Gott sei Dank.

Vor der Tür mit der Nummer 505 verharrt sie, atmet ein und klopft.

Drinnen bleibt es still.

Sie drückt die Klinke herunter, schaut in das Zimmer und geht hinein, auf das Bett zu.

„Max", flüstert sie.

Max schreckt aus dem Halbschlaf. „Elisa? Was machst du denn hier?"

Sie lässt sich einfach in seine Arme fallen.

„Ich wollte mich von dir verabschieden. Ich fahre nach Hause, Constantin und die Familie warten."

„Constantin?"

„Ja, du dummer Kommissar", sagt sie liebevoll, „ich habe auch noch einen Mann, mit dem ich reden muss."

Er schweigt betreten.

„Elisa, weißt du eigentlich, was ich mir wenige Minuten, bevor Koslowski uns übel erwischt hat, vorgenommen hatte?"

„Nein, woher denn?"

„Ich habe mir geschworen, dass ich dich sofort, wenn wir auf dem Parkplatz angekommen sind, küssen werde."

„Soso, solche Gedanken lauern hinter dieser hohen Stirn." Sie lächelt. „Das hätte ich nicht gedacht, aber … gewünscht."

In dem Moment beugt sie sich zu ihm hinunter und küsst den verdutzten Kommissar auf den Mund. Er streicht ihr die Haare aus der Stirn und bedeckt sie mit Küssen, wie damals, im Schneegestöber vor Nummer 7.

„Elisa." Seine Stimme ist rau. „Was sollen wir nur machen?"

„Abwarten, Max. Wenn unsere Zuneigung wirklich echt und anhaltend ist, dann können wir auch eine kurze Trennung ertragen. Tschö, Max." Sie streicht noch einmal über sein Gesicht, steht auf, geht und schließt leise die Tür.

„Frau Fuchs, was machen Sie denn hier? Es ist gleich Mitternacht."

„Erstens ist es erst 22.50 Uhr. Und zweitens verrichte ich hier gerade meinen Dienst, Schwester Letizia. Ich hatte eine dringende Besprechung mit Kommissar Teufel."

Die Schwester taxiert Elisas zerzauste Haare. „Dienstbesprechung nennt man so etwas? Nun ja, man lernt nie aus." Sie verschwindet mit ihrem fast schon militärischen Schwesternschritt im Stationszimmer.

Gestörte Grabesruh

Ein diesiger Morgen. Nebelschwaden hängen über dem Gräberfeld. Beginnende Morgendämmerung. Ein Leichenwagen bewegt sich durch die noch leeren Straßen am Stadtrand zum Friedhof.

Es sind die Rauhnächte zwischen Weihnachten und Neujahr. Viele Menschen genießen die Ferien, tummeln sich in den Geschäften, um Gutscheine einzulösen oder all das umzutauschen, was nicht mit Liebe geschenkt, nicht den Geschmack getroffen oder nur des obligatorischen Schenkens wegen gekauft wurde.

Doch hier, auf dem Friedhof, herrscht Totenruhe. Vereinzelt flackern rote und weiße Grablichter auf, spiegeln sich in weihnachtlichen Glaskugeln oder Sternen, die auf einigen Gräbern hinterlegt wurden.

Herbert Hempel, der Friedhofswärter, schließt zu früher Stunde das schwere, gusseiserne Tor auf. Hempel weist den schwarzen Leichenwagen ein.

„Unangenehme Sache", murmelt er. Er kennt die Gräber, die Familien, die Toten. Nun ja, vom Hinsehen, wenn sie aufgebahrt werden oder von früheren Besuchen, als sie noch quicklebendig die Gräber ihrer Angehörigen besuchten. Hempel zieht die Nase hörbar hoch und die Schirmmütze tiefer ins Gesicht.

Zwei Wagen halten. Staatsanwaltschaft und Kripo. Die Beamten kommen näher, sehen allesamt dienstbeflissen, aber verfroren aus.

Es ist 9.20 Uhr, als der Sarg verladen wird und die Wagen den Friedhof verlassen, sich in den Stadtverkehr einfädeln mit dem Ziel: Rechtsmedizin der Ruhrmetropole.

Bei der Obduktion zeigt sich, wie vorausgesehen, dass der Leichnam Wolfs fortschreitende Verwesungsmerkmale aufweist. Bleicher als die hier aufgebahrten Toten steht ein junger Gerichtsassessor an der weiß gekachelten Wand des übel riechenden Obduktionsraums. Sein Chef hat Weihnachtsurlaub und ihn aus dem Bett geklingelt.

Für Oberkommissar Nachmüller und sein Team gehört eine Obduktion zum Tagesgeschäft. Wenn es zu hart ist, rauchen sie eine im Vorraum, machen schon mal Witze, um die bedrückende Situation zu überspielen. Sie sind es gewohnt, dass Neulinge solche Anblicke schlecht verkraften, schlimmstenfalls bewusstlos neben ihnen auf den kalten Fliesen der Leichenhalle landen.

Der Gerichtsmediziner und sein Assistent begutachten zunächst den äußeren Zustand der Leiche und gehen dann schrittweise zur Beurteilung der inneren Organe vor. Der Chefpathologe doziert: „Nach der Öffnung des Bauchraums werden korrespondierende Unterblutungen im Unterhautfettgewebe und in umliegenden Weichteilen diagnostiziert. Eine Fraktur des Brustbeins und ein schweres Schädelhirntrauma durch stumpfe Gewalt kommen hinzu. Die Fraktur des Brustbeins führte zu einer Ruptur der krankhaft erweiterten Venen im Bereich der Speiseröhre. Da Armin Wolf Blut aspirierte, finden sich entsprechende Rückstände in der Lunge."

Der Gerichtsassessor würgt und verlässt den Raum.

Der Pathologe beugt sich über den Leichnam: „Durch den Grad der Verwesung aber hier nur schwer feststellbar."

Sein Pathologiegehilfe, zuständig für das Protokoll, wartet geduldig.

„Bei einer frischen Leiche müssten wir auch ein typisches, sehr feines Sprühbild vom Röcheln in der Umgebung des Opfers finden. Dem Grad der Verletzungen nach zu schließen, ist das Opfer verblutet, letztendlich an einem hämorrhagischen Schock verstorben. Die äußeren Verletzungen deuten auf Fremdverschulden."

Für kurze Zeit wird Wolfs Leiche in die Kühlkammer 11 geschoben. In der Kammer 12, links neben dem Opfer, liegt – das erscheint makaber – kopflos der Täter Karl-Heinz Nowak. Sein Leichnam ist bereits zur Bestattung freigegeben.

Epilog

Auf der gerade frisch aufgetürmten Erde des Grabes liegt Raureif. Erste Sonnenstrahlen, die Wolkendecke durchbrechend, kündigen einen schönen Wintertag an und geben den Erdklumpen einen silbrigen Schimmer.

Elisa hält einen dicken Strauß roter, weißer und rosa Rosen in der Hand, steht versunken und schweigend vor dem Grab ihres Bruders.

In der Nacht hat sie Armin im Traum gesehen. Er war so gekleidet wie zu seinen obligatorischen, jährlichen Besuchen. Er ging nicht, wie in vorangegangenen Träumen, auf sie zu und umarmte sie. Er stand da, in Hut und Mantel, auf einem gepflasterten Weg, zog den Hut zum Gruß, lächelte und winkte ihr zu, während er nach und nach verblasste, bis dass er unsichtbar wurde.

Elisa grübelt. Sie kommt zu dem Schluss, dass Armin nun endgültig Abschied genommen hat und ihr signalisiert: Lass los, meine Schwester. Alles hat sich geklärt.

Damit ist ein wichtiges, schmerzhaftes Kapitel meines Lebens abgeschlossen, wird aber immer in meiner Erinnerung bleiben.

„Hallo, Miss Marple."

Eine Hand legt sich auf Elisas Schulter. Sie spürt warmen Atem in ihrem Nacken, zuckt zusammen und dreht sich um. Ihr Gesicht erhellt sich.

„Hallo, Max", ruft sie, umarmt ihn und schaut auf sein verletztes Bein. „Du hast ja einen beneidenswert wunderbaren, weißen Gehgips. Er steht dir gut. Und nenn mich nicht immer Miss Marple!"

„Aber Miss Marple hat immer recht, klärt die Fälle auf, die tumbe Polizisten nicht lösen können."

„Ich wusste bis heute nicht, dass du ein tumber Polizist bist." Sie lächeln sich beide zu.

„Danke, dass du zur zweiten Beerdigung meines Bruders gekommen bist. Danke, nicht nur dafür." Elisa legt den Arm um Max. „Du hast mir das Leben gerettet, das werde ich nie vergessen. Und dich auch nicht."

„Freunde?"

„Natürlich, sehr gute Freunde und ein bisschen mehr." Elisa fasst seine Hand. Er erwidert den Händedruck.

Schweigend stehen beide Hand in Hand eine Weile an Armin Wolfs Grab.

Da vernimmt Elisa Stimmengemurmel und schaut sich suchend um. „Sieh mal Max, die beiden Gestalten. Irgendwie kenne ich die, aber ich weiß nicht woher."

Und da tauchen sie wieder auf, am Ende der Geschichte, die zwei Bergleute Bruno Dembrowski und Franz Bergmann:

„Siehse, Bruno, dat gibbet hier auch nich alle Tage. Manche Menschen werden im Pott gleich zweimal begraben. Doppelt genäht hält besser. Sicher ist sicher."

Ebenfalls im Scylla Verlag erschienen:

ISBN: 978-3-945287-26-2

978-3-945287-29-3